SPACETIME
BOOKSHOP

獻給每位愛看故事的小孩

SPACETIME BOOKSHOP

獻給每位愛看故事的小孩

佛多與波特的奇幻冒險

二部曲：雪之城堡的詭計

作者：王志宏、吳育慧

目錄

第一章：消失的科技古國

獵戶座流星雨

夜幕低垂，今晚的塔爾加沙漠特別寒冷刺骨，冷冽的寒風吹起了一陣又一陣的黃沙。此時的沙漠上仍然可以看見早上的塔爾加戰爭所遺留下來的屍骸，然而這片曾經被鮮血染紅的黃土如今已被新的黃沙所覆蓋過去。一望無際的夜空中佈滿著滿天的星斗，照耀著逐漸被黃沙所覆蓋過去的殖晶動物與人類士兵的殘骸。這些閃耀的星光像是一盞盞飄在空中的燭光，為這場戰爭中所有盡忠職守而犧牲生命的動物以及士兵們哀悼著，也為他們的靈魂指引著一條回家的路。

突然間，上百顆的流星劃破了東北方的夜空，為平靜的夜晚帶來了稍縱即逝的亮光。這是每年十月份都會出現在東北方的獵戶座流星雨[1]，但是今年流星的數量似乎比往年多了好幾倍，其中有一顆特別耀眼的翠綠色流星，後面拖著長長的尾巴，朝著摩爾共和國與巴梵莎王國邊界的死亡沙漠快速的接近著。在死亡沙漠的西北方大約五公里的地方有一大片高聳綿延的山脈，摩爾共和國的人民稱這個地區為庫西斯山脈。這片南北走向的山脈裡居住著一個古老的民族－「圖坦族」，他們與世隔絕，幾乎不跟外面的世界往來，沒有人知道這個民族是從哪裡來的，只知道他們在這裡生活已經有超過上千年以上的歷史。庫西斯山脈向北綿延了數十公里，其中有一座高度超過三千公尺的死火山，稱為提貝斯提火山，傳說「提貝斯提」一詞是源自於圖坦族的古老方言，意思是「祖靈的安息地」。

空中發出了巨大的聲響，吸引了摩爾共和國境內大部分居民的注意，一顆直徑大約一百多公尺的隕石出現在東北方的天空，穿過了整個摩爾共和國的上空，朝著庫西斯山脈的方向快速的下墜，耀眼的翠綠色光芒瞬間照亮了整個漆黑的夜空。隕石周圍的碎片已經先紛紛墜落到庫西斯山脈裡，撞擊的聲響立刻往四周擴散開來，正當所有人都目不轉睛的注視著這個千年難得一見的奇景時，這顆巨大的火石已經來到眾人的眼前，三秒過後，一道劇烈的爆炸火焰直衝天際，隕石直接撞擊到了提貝斯提火山。撞擊面所產生的高溫，讓不斷在燃燒的隕石將火山側面撞出了一個非常大的凹洞。地面上出現劇烈的震動，這個震動從庫西斯山脈向四面八方傳遞出去，整個摩爾共

1 請參見**科學筆記Ⅱ**：流星雨、隕石、洛希極限 P342

和國境內的人民都可以感受到這股強烈的地震。

同一時間，寒冷的死亡沙漠附近出現了兩個熟悉的身影，慕若希和米撒兩人正坐在智能飛天駱駝上，專心地觀看著這顆隕石墜落的過程。米撒發出驚嘆的聲音說：『哇！若希老師，這真是難得一見的天文奇觀。我從來沒有親眼看過這麼大的隕石墜落到地球上，不過還好這顆隕石是墜落在人煙稀少的庫西斯山脈，要是墜落在城市裡那可就糟糕了。』

慕若希似乎沒有聽到米撒所說的，他只是一直皺著眉頭，表情顯得非常凝重，他突然喃喃自語地說：『難道壁畫上的傳說是真的？』

米撒看著心事重重的慕若希說：『若希老師，您怎麼了？是在擔心法蒂雅公主嗎？』

慕若希回過神來，看著米撒，神情顯得有點慌張的說：『嗯。米撒，你現在立刻跟我去調查一件事。』

米撒有點擔心的說：『老師，是什麼樣重要的事？我從來沒有看過您如此慌張的樣子。』

『米撒，現在沒有時間解釋，你緊跟著我就對了！』說完，慕若希對著智能飛天駱駝說：『卡梅爾，全速前進。』卡梅爾左右兩側的白色機械翅膀很快地伸展開來，兩邊翅膀的下方各有一個渦輪推進器。隨著兩道氣體快速的噴出，卡梅爾加速地往死亡沙漠的方向飛去，而米撒則是緊跟在慕若希後面。夜晚的寒風不斷地從他們身旁呼嘯而過，大約飛行了十分鐘後，他們來到了死亡沙漠的上空，兩道強烈的光束從卡梅爾的眼睛射出，卡梅爾的眼睛就像是兩顆探照燈一樣，不斷的在搜尋著地面。米撒從來沒有看過如此憂心忡忡的老師，在他的印象中，老師無論在遇到任何困難時，總是能夠冷靜地思考出解決的辦法。正當他想開口詢問時，這片死亡沙漠突然出現了劇烈的震動，他看到所有的流沙都開始往下沉，頓時間，死亡沙漠出現了許多凹陷下去的大洞。米撒發現這些深不見底的大洞竟然排列出一個無限大的數學符號，而且在無限大符號的中心還有一個特別大的洞，直徑大約有快兩百公尺。

慕若希說：『米撒，小心提高警覺。』

米撒有點害怕的問：『老師，這些洞的出現是不是和隕石的墜落有關？』

慕若希沒有回答，朝著中心大洞的方向飛去。他們降落在中心大洞的旁邊，慕若希對米撒說：『我們過去查看一下。』他們從飛天駱駝上下來，小心地接近著洞口。就在他們快到達時，洞裡的深處忽然傳來一陣窸窸窣窣的聲音，像是有什麼東西在快速的爬行著。隨著聲音越來越接近洞口，慕若希將繫在腰間的機械鞭子抽出，而米撒則是拔出手槍，忽然有兩隻比他們身體還大上好幾倍的大螯出現在他們眼前，米撒頓時被嚇得全身發抖，慕若希趕緊拉著米撒的手臂往後跑。他們兩個使盡全力的往智能飛天駱駝的方向跑去，米撒回頭一看，大喊了一聲：『天啊！好大隻的蠍子！』一隻巨大的金黃色蠍子從洞裡爬了出來，它的身長大約有七十公尺，已經遠遠超過一架客機的長度，身體的前面還有兩隻金黃色的巨螯，更特別的是在它長長而且彎曲的尾巴末端有一根看起來非常鋒利的紅色尖刺。慕若希說：『米撒，我們趕快離開這裡。』說完兩人跳上智能飛天駱駝。同一時間，蠍子似乎察覺到慕若希他們的方位，立刻移動著八隻腳，快速地往他們的方向爬行過來。慕若希和米撒乘坐著飛天駱駝，很快地飛到了天空，沒想到這隻蠍子似乎可以知道他們飛行的軌跡，它將兩隻大螯插入到土裡，後腳用力一蹬，整個身體瞬間立了起來，它舉起長長的尾巴刺向了米撒的飛天駱駝。那根猶如鮮血般的紅針不偏不倚地刺進了飛天駱駝的身體，駱駝瞬間冒出白煙，並且開始往下墜。

坐在駱駝上的米撒大喊著說：『老師，你快走！』蠍子的身體回到地面後，很快地將它的大螯從土裡拔出來，用其中一隻大螯夾住了快要墜落到地面的飛天駱駝。慕若希看到之後，揮舞著手中的機械長鞭，對準那根紅針甩出去，長鞭越變越長，很快的便纏繞在針上。此時慕若希的手握緊了長鞭，從卡梅爾的身上跳出去，整個身體在空中以圓弧狀的軌跡往米撒的方向盪去，他大聲的喊著：『米撒，抓住我的手！』米撒趕緊站在駱駝背上高舉著雙手，在千鈞一髮之際，慕若希抓住了米撒的手，兩人一起擺盪到空中，沒想到此時蠍子突然將尾巴用力往後一甩，纏繞在針上的長鞭瞬間鬆脫，兩人被甩到了高空中，呈現拋物線的飛行軌跡。身處在失重狀態[2]的慕若希吹出了一聲響亮的口哨聲，卡梅爾快速地往口哨的方向飛去，在兩人落地前接住了他們。

慕若希微笑的對米撒說：『好險，你有受傷嗎？』米撒搖搖頭，一副驚魂未定的樣子。

『那我們趕緊離開這裡。』慕若希說完後，卡梅爾加速準備飛離這裡，沒想到這隻蠍子再度用紅針刺向他們，卡梅爾好幾次都是非常驚險地閃開。蠍子持續地攻擊讓卡梅爾只能忙於閃躲，根本沒有機會逃離這個地方。這時東方的天空中出現了飛機的引擎聲，並且伴隨著響亮的老鷹叫聲，一架輕型飛機出現在漆黑的夜空中，後面跟著五隻智能飛鷹。他們快速地接近著這隻巨大的蠍子，飛機裡坐著一個熟悉的身影，後面五隻飛鷹突然收起翅膀，朝蠍子的方向俯衝，迅速地加入了這場戰鬥。飛鷹不停的用爪子和尖嘴攻擊著蠍子的身體和尾巴，但是卻無法對蠍子造成有效的傷害，此時蠍子的尾巴突然出現了劇烈震動的聲音，沒想到這條巨大的尾巴竟然分裂出其他五條尾巴，而且每條尾巴的末端都伸出一根紅色的尖刺。

2 請參見**科學筆記Ⅱ**：失重狀態 P345

戰鬥持續了五分鐘左右，已經有三隻飛鷹被尖刺刺穿身體，冒出了濃濃的白煙，輕型飛機此時也加入了戰局。飛機靈巧地在六條尾巴之間來回穿梭，同時射出導彈攻擊蠍子的頭部和身體。在一陣爆炸煙霧散去後，蠍子金黃色的外殼出現了好幾處黑色的爆炸痕跡，然而這些導彈似乎對它沒有造成什麼傷害。突然有三條尾巴同時從不同的方向朝著輕型飛機的位置攻擊，飛機在閃過第一條尾巴後，隨即側身九十度飛行，與第二條尾巴擦身而過，但是沒想到第三條尾巴的尖刺已經出現在飛機的正前方，這時飛機的引擎突然瞬間熄火，左側的機翼同時出現許多擋風板，飛機立刻向右迴旋，在轉身一百八十度後引擎再度全速開啟，將第三條尾巴甩在後面。坐在卡梅爾上的慕若希看到這樣如此高超的駕駛技術，心中已經猜出駕駛這架飛機的人。

這架飛機再度朝著蠍子的頭部發射了導彈，但是這隻巨大的蠍子突然快速的往後退，閃開了導彈的攻擊，並且開始舞動著兩隻大螯去攻擊飛機，同時所有的尾巴也一起去攻擊飛機。在面對這麼多的攻擊，這台飛機此刻的處境也是險象環生。一般駕駛員在面對這樣兇猛的攻擊，早已經被擊落，但是這架飛機卻能夠持續地閃躲著。此時坐在卡梅爾身上的慕若希注意到蠍子頭部附近的一小塊地方，上面印著無限大的符號。慕若希趕緊命令卡梅爾降落在蠍子的背上，一降落後，慕若希立刻跳到蠍子背上，朝著符號的方向快速地奔跑著，冷風不斷地從他黝黑的臉龐呼嘯而過。

蠍子似乎感覺到在背上奔跑的慕若希，一條尾巴立刻朝慕若希攻擊過來，慕若希縱身一躍，閃過了尖刺的攻擊，在背上翻滾了幾圈後，他馬上站起來邁開步伐繼續的奔跑著。就在尾巴準備做第二次攻擊時，剩下的兩隻智能飛鷹飛到了慕若希的附近保護著他，然而不到三分鐘的時間，兩隻飛鷹紛紛地冒出濃煙，墜落到地上。慕若希此時已經順利的抵達了印著無限大符號的地方。慕若希拿出了機械長鞭，按了長鞭上面的一個按鈕後，長鞭立刻變成一根堅硬的金屬長矛，他舉起長矛，雙腿奮力一躍，身體來到三公尺的高空，他將長矛對準符號的地方，在他落下的瞬間，使盡全力將長矛刺進了蠍子的外殼。突然蠍子停止了所有的攻擊，全身出現了劇烈的震動，慕若希趕緊拔出長矛，恢復成長鞭模式，而這時的卡梅爾正朝著慕若希的方向飛去。在一陣劇烈震動後，這隻巨大的金黃色蠍子突然轉身往原來的洞穴方向爬行，卡梅爾已經飛到慕若希旁邊，慕若希助跑一下後，順利的跳上了卡梅爾背上，接著說：『走吧，卡梅爾，我們趕緊回中心去。』

卡梅爾飛到了空中，此時輕型飛機來到了慕若希身旁，駕駛艙的玻璃打開，慕若希對著駕駛員大聲說：『好久不見啊！洛書。』源洛書戴著護目鏡，神情自若的對慕若希點頭示意了一下。慕若希接著說：『先到我們中心再聊吧！』源洛書用右手大拇指比了一個讚的手勢之後，駕駛艙的玻璃緩緩蓋上，一陣渦輪引擎聲響起，飛機快速的飛向農業與草藥研究中心。

提貝斯提火山

時間來到了凌晨兩點，距離隕石撞擊提貝斯提火山已經過了兩小時，東北方的流星雨仍然持續著，但是庫西斯山脈則已恢復了往常的寧靜。農業與草藥中心的外面停放著一架輕型飛機，身穿一件深藍色風衣的源洛書，獨自一人站在露天花園的噴泉池旁看著流星雨，此時溫室旁的小徑上出現了一個身影，慕若希一隻手插在咖啡色的卡其褲口袋裡往源洛書的方向走來。他和源洛書禮貌性地握手後，顯得有些疲倦的說：『還好剛才有你的幫助，我們才能順利脫困。』

源洛書笑著說：『不用客氣，你們怎麼會遇上這麼大隻的蠍子？』

慕若希走到噴泉池旁的白色大理石圓桌，圓桌周圍有四張圓形的石椅，他坐下來後說：『這件事之後再說，這兩天實在是發生太多事了。』

源洛書收起笑容說：『我知道，你現在一定很擔心法蒂雅公主吧。』

『不愧是時空學院的院長，消息總是這麼靈通。我沒有想到 I.C.E. 竟然會趁我不在時攻擊這裡，等天一亮我就要出發去救伊莎貝爾。』慕若希皺著眉頭的說。

這時米撒和菲爾斯從花園的拱門走了進來，菲爾斯開口說：『慕醫師，受傷的患者都已經安頓好了，沒有被蝗蟲咬壞的種子也都放回溫室裡了。』

『謝謝你，菲爾斯。還好公主有你這個好助手。』

『慕醫師，你打算什麼時候出發去營救法蒂雅公主？』菲爾斯著急的問。

『我打算白天就出發。』

此時站在旁邊的米撒開口問：『可是老師，你知道法蒂雅公主被抓去哪裡嗎？』

慕若希顯得有點沮喪的說：『我不知道，不過我想先到 I.C.E. 附近打探消息，應該可以找到一些線索。』

此時源洛書忽然開口說：『或許我可以給你們一些建議，法蒂雅公主現在應該不在 I.C.E. 裡，我想她會先被囚禁在賽洛克城。』

米撒緊張的問說：『源院長，您是指巴梵莎的首都？』

源洛書點點頭說：『你們想一想，為什麼亞德里亞國王要抓走法蒂雅公主？』

慕若希看著桌面，沉思了兩分鐘後，抬頭說：『洛書，你說的沒錯。亞德里亞國王長期以來一直覬覦我們國家的天然資源，我想他抓走法蒂雅有兩個目的，第一個目的是要造成我們國內的政局動蕩不安，讓反對法蒂雅家族的勢力有機會崛起。第二個目的是想要透過威脅利誘或是殖晶的方式去控制法蒂雅。他現階段絕對不會傷害法蒂雅公主，因為他知道一旦法蒂雅公主有任何損傷，摩爾共和國的人民絕對會團結起來攻打巴梵莎。所以目前看來，殖晶不會是他的選項，畢竟殖晶的成功率不高，一旦殖晶失敗，他們無法承受這樣的後果。最大的可能就是先將伊莎貝爾軟禁起來。』

源洛書看著慕若希，微笑的說：『分析得很好，若希。你知道憤怒會蒙蔽一個人的內心，讓人無法做出正確的判斷，只有當內心平靜的時候，才能為我們指引出正確的方向。』

菲爾斯忽然想起一件事，他說：『源院長，想請問一件事。今天早上斯邁爾率領殖晶蝗蟲與殖晶猩猩來攻擊這裡時，突然出現了十幾隻翼手龍來幫助我們，它們是您派來的嗎？』

源洛書點點頭說：『我早就猜測亞德里亞國王會趁發動塔爾加戰爭的時侯來攻擊這裡，所以在戰爭的前一天，我派出了十二隻智能翼手龍從秘密通道出發，來這裡協助你們。而且我知道I.C.E. 在殖晶昆蟲的實驗上非常成功，我想他們勢必會出動大量的殖晶昆蟲來破壞這裡的農作物，所以我才會在翼手龍裡放入大量的智能甲蟲。』

米撒感激的說：『真是太感謝您了，源教授。不過為什麼您今天會出現在死亡沙漠那裡？』

『我是先來調查隕石墜落的事件，之後還要去錫芬尼克斯參加波格姆先生的喪禮。』

慕若希露出驚訝的表情說：『波格姆先生？你是指派森．波格姆？』

『嗯，他不幸在白天的戰爭中離開了人世。』

慕若希突然整個人僵住，腦中出現一片空白，大約過了十秒鐘，他站起身來，走到噴泉池旁看著西北方的庫西斯山脈，臉上出現了哀傷的神情。

米撒看到若希老師濕潤的眼眶，他走到旁邊說：『老師，您怎麼了？您認識波格姆先生嗎？』

慕若希沒有回答，這時源洛書忽然開口說：『米撒，你和菲爾斯可以先離開一下嗎？我想和若希獨處一下。』

米撒點點頭後，和菲爾斯一起離開了露天花園。源洛書起身走到慕若希身邊，一同看著夜空說：『若希，我知道你十分精通摩爾共和國的古老歷史，而且你對庫西斯山脈的地形也非常熟悉，我有事情想請你幫忙。』

『什麼事？你說吧。』

『我覺得撞擊提貝斯提山的這顆隕石並不只是單純的意外，你知道嗎？我們早在一個月前就有注意到這顆隕石的存在。獵戶座流星雨的出現主要是哈雷彗星運行到太陽附近時，在軌道上所遺留下來的碎片與塵埃，所以每年十月份地球經過這個區域時，軌道上的一些碎片就會進入大氣層，形成流星雨。這些碎片通常都不會超過十公尺，但是軌道上這顆隕石的大小竟然超過了一百公尺，這應該不太可能是哈雷彗星的碎片。我們自從觀測到這顆隕石後，就一直密切地鎖定它的位置，防止它撞擊到地球。』

『你們為什麼不在它進入地球大氣層之前用衛星上的雷射擊碎它？』

源洛書皺起眉頭說：『我們的確打算這麼做，但是卻被齊云生阻止了。』

『哦？怎麼說？』此時的慕若希顯得有點不安。

『在塔爾加戰爭的前一天，齊云生入侵了我們的無線通訊系統，打斷了我們學院的演講。他趁著在跟我視訊對話時，把電腦病毒放入到學院的衛星系統，使我們衛星通訊整個都癱瘓了，導致我們無法控制衛星設備。我到現在還不知道他是怎麼辦到的，我們的衛星系統有非常嚴密的防護設備，要從外面入侵我們的電腦系統幾乎是不可能的，除非有人從學院裡幫助他，但是我不相信學院的研究員會做這樣的事。』

『所以你認為齊云生是刻意要讓這顆隕石墜落到地球的？』

源洛書點點頭說：『沒錯，所以這讓我對這顆隕石更加好奇。我想請教你有關一本書的內容。』說完他從口袋拿出一隻紫色的智能機械瓢蟲，走到了白色大理石桌旁說：『蒂雅，幫我顯示永生之書的內容。』蒂雅很快的拍動翅膀，飛到了圓桌的上方，它的腹部中央出現了一顆圓形的小鏡頭，並且從鏡頭裡投射出影像到白色的桌面上。

慕若希走到圓桌旁，他一看到桌面上的內容後，立刻愣住了，過了五秒後，他用一種緊張地語氣說：『你怎麼會有這本書？』

『這是卜森院長留下來的，他曾經告訴我這是來自摩爾共和國裡一本古老的書，卜森院長後來將這本書塵封在時空學院的禁地。我特別請蒂雅將書的內容拍攝下來。從你的表情，我猜你一定知道這本書。』

慕若希吱吱嗚嗚地說：『洛書，很抱歉……我沒辦法提供任何訊息給你。』

『哦？沒關係，我不會勉強你，我會自己去調查清楚。不過你是否可以告訴我這些奇怪的文字是源自於何處？』源洛書指著書上所出現的那些科斯摩斯星球的文字。

『那些是圖坦族古老的文字，圖坦族長年居住在庫西斯山脈，從不與外界來往，沒有人知道他們是來自何方。據說這個民族居住在庫西斯山脈已經有超過三千年以上的歷史。』

源洛書聽完之後，心裡思考著：『沒想到科斯摩斯星球的語言竟然和圖坦族的語言一樣，圖坦族和科斯摩斯星球之間到底有什麼關聯？』

慕若希接著說：『雖然我無法告訴你關於這本書的事，但是我可以跟你說一件我所擔心的事情。』

『我想應該是跟你們剛剛遇到的巨型蠍子有關？』

『沒錯。你應該知道庫西斯山脈的地形非常的錯綜複雜，裡面的提貝斯提火山終年都被霧氣所籠罩著，而且山路崎嶇難行。過去曾經去挑戰提貝斯提火山的人，幾乎沒有活著回來的。我十八歲那一年，決定去挑戰它，但是最後我也迷失在霧裡。我不知道昏迷了多久，等我醒來時，我已經在圖坦族人所居住的地方。我在那裡看到了一幅非常巨大的彩色壁畫，壁畫上畫著許多奇特的東西，其中有一處畫著一顆綠色的隕石撞擊到一座山，它的右邊則是畫著一片沙漠，沙漠上有著一個無限大的數學符號。在這片沙漠的底下則是畫著一隻有著紅色毒針的九尾蠍子。』

源洛書聽完後，將左手放在下巴思考著，在沈默了十秒後，他說：『看來這個壁畫預言了目前所發生的事。若希，壁畫上還畫了什麼？』

慕若希皺著眉頭說：『壁畫上還畫了另外一隻怪獸。我擔心這隻怪獸是不是也已經甦醒了？』

『甦醒？所以你確定還有其他怪獸的存在？』

慕若希顯得有點緊張的說：『我只是認為壁畫上所畫的可能都是真的。』

『是嗎？我倒是比較好奇另外一件事。剛剛遇到的那隻蠍子很明顯的是一隻智能機械蠍子，到底這隻怪獸是誰製造的？』說完後，源洛書看著慕若希。

慕若希此時眼神閃爍不定，望向東方已經有點泛白的天空，刻意岔開話題的說：『已經快要清晨了，我要趕緊去休息了，準備明天出發去營救法蒂雅公主。』

源洛書將蒂雅收回到口袋，微笑的說：『是該好好休息一下，我過兩天也要出發前往錫芬尼克斯參加波格姆先生的喪禮。若希，此行出發千萬要小心。』說完，他們緊緊的握著手，象徵著彼此之間堅定的友誼。

派森爺爺的秘密

自從亞德里亞國王騎著哈斯特鷹帶走了關在籠子裡的小孩們之後，兩國交戰的士兵們就開始陸陸續續地撤離塔爾加沙漠。慕若希當時一聽到法蒂雅公主被抓之後，便急忙率領所有沙漠行者趕回摩爾共和國。肯特總統下令派出自己的總統專機來到派森．波格姆的屍體旁，五位士兵從飛機上下來，舉止莊重的抬起了波格姆的屍體，步伐一致的走上了飛機。阿萊莎和佛多也跟著一起上了飛機，而智能小飛天獅萊恩則是跟在專機的後面飛行著。坐在飛機上的阿萊莎，看著派森爺爺飽受風霜的臉龐，眼眶又不自覺地濕潤了起來。她想到了小時候和奶奶以及派森爺爺相處的愉快時光，而她也一直把派森爺爺當作自己的親爺爺，沒想到如今唯一的親人也離開了人世。她想起萊恩當時對亞德里亞國王所說的話，內心忽然感到一陣刺痛，她寧願父親永遠停留在腦海中的美好回憶裡，也不願意接受現在的亞德里亞國王是她的父親。

坐在阿萊莎旁邊的佛多正在回想著今天波特為他擋下子彈的場景，心中的憤怒又再度燃起，雙手不自覺地緊握著拳頭，現在的他只想趕快去拯救波特。專機很快地抵達了阿萊莎小時候居住的村莊，幾位和派森爺爺熟識的好友一聽到飛機的引擎聲，都紛紛從屋裡出來準備歡迎他的歸來，但是他們萬萬沒有想到所迎接的卻是一具冰冷的屍體。士兵們抬著派森爺爺的屍體緩緩地走下飛機，其中兩位好友將帽子脫下來放在胸前，所有人都低下頭靜默不語，整個空氣中隱約可以聽到啜泣的聲音。士兵們來到派森爺爺家的門口，在屋內的大衛打開了大門，他們進入屋內將派森爺爺的屍體小心地放在床上，做了一個敬禮的動作後，便離開了。其他人在屋內待了一陣子後，也陸續離開了，此刻屋內只剩下阿萊莎、佛多以及大衛，而萊恩則是在屋外的草地玩耍。

佛多說：『阿萊莎，妳知道北極量子殖晶中心的位置在哪裡嗎？』

阿萊莎搖搖頭說：『我只知道那裡是巴梵莎王國一個非常先進的研究機構，我記得小時候在派森爺爺家玩，一位爺爺的好友剛好從北極回來。他提到北極那裡的一座孤島上有一個巨大的半圓形白色建築物，從他們的對話中，我才知道那個半圓形建築就是北極量子殖晶中心。』

佛多顯得有點著急的對站在旁邊的大衛說：『大衛，可以麻煩請你顯示北極地區的地圖嗎？』大衛點點頭後，從眼睛投射出一張地圖到桌面上。

阿萊莎看著佛多說：『我知道你急著要去救波特，但是從這裡要到北極，我們目前的輕型飛機是到達不了的，況且三天後就要舉行爺爺的喪禮，等爺爺下葬之後我再陪你一起前往北極營救波特。』

佛多搖搖頭說：『不行，我現在就要立刻出發。』

阿萊莎有點不高興的說：『如果你這麼固執的話，那你自己去好了，我要留在這裡。』

佛多一邊看著地圖一邊說：『沒關係，我自己會想辦法。』

阿萊莎不高興地站起來，準備走進派森爺爺的房間陪他，這時門外突然傳來敲門聲，阿萊莎走過去開門，門外出現一位灰色條紋西裝，金黃色頭髮的男子。

阿萊莎有點驚訝的說：『雷哈爾教授！』

伊凡露出微笑說：『阿萊莎，好久不見啊！』

阿萊莎恢復冷漠的語氣說：『你怎麼會來這裡？』

『我是特地來找妳和佛多的，自從妳離開學院後，曼妮芙教授可是很擔心妳呢。』伊凡說完後便進入屋內。

佛多看到伊凡，高興的說：『伊凡，你來真是太好了，我正好有事想請你幫忙。』

伊凡露出一種神秘的笑容說：『佛多，我知道你要我幫什麼忙，你要我幫你去北極量子殖晶中心，對嗎？』

『沒錯，你是怎麼知道？難道你也知道波特被抓的事？』

伊凡恢復嚴肅的表情，點點頭說：『是源教授告知我的，他派我來協助你們。』

『太好了，源教授有說要如何才能到達北極嗎？』

『當然有，事實上，他都已經安排好所有的事。他要我們先到巴梵莎首都「賽洛克城」，那裡的機場有班機可以直接飛到冰島的國際機場，我們要先到那裡，再搭乘直升機前往北極殖晶中心。』接著，伊凡看了一下手錶說：『現在是下午兩點十分，如果我們立即出發，應該日落之前就可以趕到賽洛克城。』

阿萊莎懷疑地問：『你真的知道北極殖晶中心的位置？』

伊凡笑著說：『當然知道，學院裡有最先進的衛星系統，地球上任何隱密的地方都逃不過我們的衛星偵測。佛多、阿萊莎，事不宜遲，我們現在就立刻出發吧。』佛多檢查了一下工具袋和口袋裡的阿特拉斯，然後將胸前的懷錶拿出來，看了一下父母親的照片，準備和伊凡一起離開。此時阿萊莎說：『伊凡，我沒有要和你們去，我要參加派森爺爺的喪禮。』

伊凡皺起眉頭說：『阿萊莎，源教授是要妳也一起去。我知道派森爺爺對妳很重要，他的去世我心裡也很難過。我還記得我在溫特絲機構工作的那幾年，派森爺爺很照顧我。我也希望可以參加他的喪禮，但是現在當務之急應該是先去營救波特，不然到時候波特被解體就來不及了。』

阿萊莎不高興的說：『現在沒有什麼事比送爺爺最後一程更重要的。』

『阿萊莎，難道妳已經忘記那時參加黎曼通道失敗時，是波特用彈跳鞋救了妳。』

『我可沒有要他幫我，實際上如果沒有佛多的干擾，我是可以贏得比賽的。』阿萊莎反駁的說。

伊凡面露不高興的表情說：『唉！阿萊莎，妳真的不知道什麼叫做友情，難怪妳在時空學院的這段時間都沒有朋友，真是枉費佛多和波特還陪妳去尋找飛天獅子。』

阿萊莎生氣的說：『哼！我又沒有要求他們跟我一起去，是他們自己要跟著我的。再說，我有沒有朋友也不關你的事！』

這時佛多皺起眉頭對伊凡說：『伊凡，不要再勉強阿萊莎，我們趕緊出發吧！』

伊凡看著佛多，平靜下來說：『說得也是，我們就不要再和她計較了，還是趕緊出發去營救波特。』說完後，他們便離開了派森爺爺的房子，留下阿萊莎和大衛兩人獨自在屋內。

佛多離開後，阿萊莎坐在沙發上，心中產生了一股失落感。大衛突然走到阿萊莎身邊說：『派森爺爺有東西要交給妳。』

阿萊莎露出疑惑的表情說：『有東西要給我？』

『爺爺在三天前交代我，如果他在這場戰爭中發生什麼意外，要我親自把東西交到妳的手裡，而且他還錄了一段影像給妳。他有特別說不要有其他人在場。』大衛說完後便往派森爺爺的書房走去。阿萊莎跟著它進入了書房。大衛將書房所有的窗簾都拉上，並且將電燈和門都關上。頓時書房陷入一片黑暗，它將影像投影到一面白色的牆，派森爺爺身穿一套咖啡色的西裝，坐在客廳的沙發上。

他用非常溫和的語氣說：『阿萊莎，當妳看到這個影像時，代表我已經不在這個世上了，我常常覺得上天真是特別眷顧我，能夠有妳陪伴我度過孤獨的晚年。』看著影像的阿萊莎，眼眶又濕潤起來。

他摸著自己濃密的白鬍子，笑著說：『我還記得妳八個月時我把妳抱在懷裡時，妳用妳的小手不斷地抓我的鬍子，逗得我哈哈大笑。阿萊莎，我今年已經七十三歲了，經歷過許多生離死別，死亡對我來說並不可怕。事實上，妳應該替我感到高興才是，因為我現在正在和馬克以及溫特絲敘敘舊。』影像又再度傳出派森爺爺爽朗的笑聲。

派森爺爺恢復平靜的說：『阿萊莎，我現在要告訴妳一個我埋藏三十多年的秘密。我其實是圖坦族部落的族人，從小生長在庫西斯山脈裡，在我三十八歲時，我們的部落發生了嚴重的內戰，導致我們部落幾乎被滅族，酋長的女兒被殺，我帶著公主剛出世的孩子逃離庫西斯山脈。等我將這個孩子安頓好之後，我便一個人來到錫芬尼克斯工作。這個秘密我從來沒有告訴任何人，連馬克和溫特絲也不知情。我和公主的孩子各自背負著我們族人世代流傳下來最重要的寶物。今天，我要把這個寶物交給妳，希望妳能替我好好保管，不要讓它落入到其他人手裡。永別了，我最可愛的小孫女。』說完後，影像就消失了。

大衛將電燈打開，走到阿萊莎面前，此時的阿萊莎收起了悲傷的情緒，她知道爺爺不會希望看到她哭泣的臉。大衛的右手臂突然打開，裡面放著一個寶藍色的絨毛袋子，它將袋子交給了阿萊莎。

阿萊莎將袋子打開一看，裡面放著一片手掌大小的白色金屬薄片。她小心地將薄片拿出來，發現它的形狀很像一個太極圖案的白色部分，中央還印著一個∞的黑色符號。她將白色薄片翻過來，看到上面寫著半句話：「**黑上帝與白惡魔攜手邁向浩瀚無窮的宇宙邊際，**」

阿萊莎仔細的觀察了一陣子後，心想：『這應該只是一塊圓盤的一半，不知道另外一半在哪裡？』她小心地將薄片收到自己的口袋後，便走進派森爺爺的房間陪伴他。當天的夜晚發生了綠色隕石撞擊提貝斯提火山的事件，即使是遠在錫芬尼克斯的阿萊莎，都可以看到這顆巨大的綠色隕石劃過夜空的軌跡。

接下來的兩天，阿萊莎和派森爺爺的好友們忙著籌備著喪禮，而阿萊莎決定要將爺爺葬在她父母親的旁邊。第三天的清晨，村莊突然出現了一場非常大的濃霧，在濃霧中隱約可以看到有一排沈默的隊伍正朝著墓園的方向前進，大衛和其他三位好友合力抬著一個深咖啡色的棺木，走在隊伍的最前面，後方跟著二十幾位村民。身穿一襲黑色連身長裙的阿萊莎揹著小提琴，手上拿著一束白色花朵走在村民的最前面。來到墓園後，每個人都輪流來到靈柩前看派森爺爺最後一眼，阿萊莎則是拉了好幾首錫芬尼克斯的古老歌謠，透過小提琴的樂音來傳達她的思念之情。喪禮的最後，所有人都圍在棺木的四周，閉上眼睛低頭靜默五分鐘。就在此時，墓園的道路上傳來一陣腳步聲，同時飄來一陣玫瑰花香。一個男子左手插在風衣的口袋裡，右手則是拿著三朵玫瑰花，緩緩地走向喪禮的現場。阿萊莎往腳步聲的方向看去，濃霧使她看不清楚男子的臉，她下意識地握緊了繫在腰帶的手槍。站在阿萊莎旁邊的萊恩突然衝向那個男子，在男子的旁邊又跑又跳，男子摸了幾下萊恩後，走到阿萊莎旁說：『還好趕上了波格姆先生的喪禮。』

阿萊莎壓抑著激動的心情說：『源教授，您來了。』源教授對阿萊莎點頭示意後，立刻走到靈柩旁，將一隻白色玫瑰花放在派森爺爺的胸前，低下頭默哀五分鐘，然後走到溫特絲和阿萊莎奶奶的墓前分別放了一支藍色的玫瑰花。靈柩下葬後，村民們互相攙扶著離開了墓園，源洛書來到阿萊莎身邊說：『波格姆先生能夠長眠在溫特絲身邊，相信他在天上應該很開心。』阿萊莎點了點頭。

源洛書環顧一下四周說：『怎麼沒有看到佛多？他沒有來參加喪禮嗎？』

阿萊莎感到納悶的問：『您不是派雷哈爾教授來帶佛多去北極殖晶中心救波特嗎？』

源洛書顯得有些驚訝，他說：『伊凡來過了？』臉上隨即出現擔憂的表情。

阿萊莎納悶的說：『怎麼了，源教授，您為什麼感到驚訝？』

『阿萊莎，我並沒有派伊凡過來，是他自己過來帶走佛多的。』

『怎麼會這樣！』阿萊莎脫口說出。

『我打算過來參加波格姆先生的喪禮時，再跟佛多和妳討論要如何拯救波特。阿萊莎，伊凡有提到要怎麼去北極量子殖晶中心嗎？』

阿萊莎用擔憂的語氣說：『雷哈爾教授說學院的衛星已經知道北極殖晶中心的位置，他跟佛多會先去賽洛克城，再從那裡前往北極。』

『很明顯的伊凡在說謊，學院根本無法知道北極殖晶中心的位置，那裡是 I.C.E. 最機密的實驗室，即使用最先進的衛星也無法知道它確切的位置。』

『是嗎?可是我記得學院衛星的影像解析度非常高，要利用衛星尋找位在北極的殖晶中心應該是可以辦得到。』

『問題不是在解析度。殖晶中心本身有反搜尋的裝置，而且它可以不斷地變換位置，據說是因為它可以漂浮在空中。』

阿萊莎開始顯得緊張的說：『伊凡到底有什麼目的，源教授，佛多是不是會有危險？』

源洛書眉頭深鎖的說：『我的確有不好的預感，阿萊莎，妳願意去賽洛克城找佛多嗎？』

『可是……』阿萊莎猶豫著，她知道亞德里亞國王的宮殿就在賽洛克城，所以下意識地想逃避任何跟他有關的地方。

『阿萊莎，妳是不是有什麼難言之隱？』

『沒有，請您讓我考慮一下。』阿萊莎搖搖頭說。

『好，希望妳能答應我的請求。很抱歉，我還有其他的事需要去調查，幾小時後就必須要離開。』

夜晚時分，阿萊莎和萊恩一起站在房子外面的草地上看著夜空中的流星雨。她好幾次都想要問萊恩有什麼證據可以證明亞德里亞國王是她的父親，但是她始終開不了口。她想催眠自己這件事從來沒有發生過，萬一有一天她必須面對這位殺死派森爺爺的人時，她才可以毫無顧忌地對抗他。她走進了屋內，坐在奶奶房間的梳妝台前，凝視著鏡中的自己。片刻過後，她露出一種堅定的眼神，拿起剪刀，毫不猶豫地將自己留了多年的長髮沿著耳垂的下方一刀剪斷。剪完後，她把剪下的長髮整理好放在一個長方形的盒子裡，稍微梳理了一下短髮，對著鏡中的自己露出淡淡的微笑。她隨即離開房間，穿上外套走出了大門，對著萊恩說：『走吧，我們前往賽洛克城。』她騎上萊恩，往賽洛克城的方向飛去。

亞特蘭提斯古國

位於摩爾共和國境內的庫西斯山脈長久以來一直是一個神秘的地區，它是由十幾座巨大的高山所組成。這些高山之間所形成的天然峽谷非常的錯綜複雜，再加上崎嶇蜿蜒的山路，讓這個地區的山難事件一直居高不下。提貝斯提火山位在這個地區的正中央，整座山的山勢非常陡峭，而且終年都被霧氣籠罩著，許多頂尖的登山客都將挑戰這座火山視為登山生涯的最高目標。圖坦族長年居住在庫西斯山脈與世隔絕，據說他們一共有三大部落，這些部落會隨著氣候和季節的變化遷徙，所以沒有人知道部落確切的位置。

在法蒂雅家族統治的時期，對於圖坦族部落的文化一直都是非常尊重，但是國內卻存在著另一股勢力，認為像圖坦族這樣一個與科技文明脫節的野蠻部落應該要讓他們融入到摩爾共和國的社會之中。他們希望透過文化交流與聯姻的方式來同化圖坦族，然而他們背後的真正目的是要去開採庫西斯山脈裡面的天然礦物。在法蒂雅公主的爺爺阿蒙．法蒂雅所統治的年代，曾經有一組私人探勘隊伍深入到庫西斯山脈裡，結果只有一位生還者回來。根據生還者的描述，他們發現那裡蘊藏豐富的稀有金屬，但是在探勘的過程中，卻遭遇到不明物體的攻擊。當時國內兩家最大的礦業開採公司立刻派遣先進的開礦隊伍前往，然而在採礦的過程，卻一直遭遇到圖坦族的攻擊，使得他們不得不終止開採作業。國內頓時凝聚出一股勢力，要求阿蒙總理派遣軍隊去鎮壓圖坦族，但是阿蒙總理認為應該要尊重圖坦族的歷史與文化，不願意出兵鎮壓。阿蒙總理的兒子霍爾．法蒂雅趁著這股勢力還沒擴大之前就積極的去制定法令，讓法令可以順利通過。從此以後，任何在庫西斯山脈採礦的行為都是違法的，沒想到霍爾．法蒂雅當上總理的幾年後，就英年早逝，得年四十九歲。雖然他的女兒法蒂雅公主順利的當選總理，但是採礦的勢力卻悄悄地在復甦，還好在她強勢的領導作風以及慕若希醫生的協助下，得以暫時壓制住這股勢力。

自從隕石墜落到提貝斯提火山後，劇烈撞擊所產生的塵埃瀰漫在整個庫西斯山脈，讓原本神秘的庫西斯山脈更增添了一種詭異的氣氛。它的外圍幾乎都是陡峭的山壁，只有兩個峽谷入口可以進入，一處是位於西南方，另一處則是位於東北方。就在隕石撞擊後的第三天晚上，時間大約是晚上八點，庫西斯山脈西南方的入口處出現了三十幾隻深咖啡色的穿山甲。這些穿山甲身長大約一百公分，從頭到尾巴都覆蓋著堅硬的鱗片，而且每隻腳的腳趾都有像鐮刀般銳利的爪子。旁邊站著兩位頭上戴著防毒面具的人，身上還穿著咖啡色的野戰迷彩裝以及最新一代的防彈衣。

其中一位身材高挑的男子說：『斯邁爾，可以命令這些殖晶穿山甲出發了。』

另一位矮矮胖胖的男士點點頭後，按下了手中遙控器的一個綠色按鈕，所有穿山甲的大腦立刻接收到訊號，快速地爬進了峽谷內。

斯邁爾笑著說：『老師，這些穿山甲很快就會為我們搜尋出通往隕石的道路，請您稍待片刻。』

殖晶穿山甲一進入庫西斯山脈之後，便各自分開，沿著不同的岔路前進。牠們所經過的路徑以及眼睛所接收到的各種景色，都會被儲存到連接著大腦的人工晶片裡。其中有兩隻正逐漸地接近著提貝斯提火山，就在牠們快抵達隕石墜落的地點時，突然出現三隻和牠們體型差不多大小的黑色高腳蜘蛛，這些蜘蛛快速地爬向牠們，並且從腹部的末端射出金屬絲。穿山甲敏捷地閃躲著這些銳利的金屬絲，其中一隻蜘蛛舉起它細長的機械腳朝著穿山甲刺過來，穿山甲趕緊用爪子挖土，快速地鑽進土裡，閃過了攻擊。穿山甲從其中一隻蜘蛛的後面鑽出來撲向它，用牠尖銳的爪子刺穿蜘蛛的身體，蜘蛛立刻倒地不動，身體冒出濃濃的白煙。這時候空中突然出現了十幾架大約五公分的小型無人機，這些無人機分別衝向兩隻穿山甲，黏在它們的鱗片上，三秒鐘後，這些無人機突然發生自爆，爆炸的威力讓這些堅硬的鱗片整個裂開。此時的穿山甲趕緊將全身捲曲起來，變成一顆堅硬的鐵球，但是多處破碎的鱗片已經讓堅硬的身體露出了粉紅色的皮膚，剩下的兩隻高腳蜘蛛立刻爬到穿山甲旁邊，高舉前腳朝著破碎的鱗片用力刺進去，兩隻穿山甲發出一聲哀嚎後，從身體裡流出大量的紅色鮮血。在牠們死去之前，牠們大腦中的人工晶片自動發送出訊號到斯邁爾手中的接收器。

時間已經接近晚上十點，斯邁爾一收到訊號後，立刻對著後面說：『殖晶部隊的兄弟們，出發了。』原來在斯邁爾的後方有大批的殖晶動物正靜靜的等待著。八隻科摩多龍率先進入峽谷內，科摩多龍的後面緊跟著二十隻體型非常壯碩的白犀牛，每一隻的身長都超過四公尺，而且牠們的頭部都有一根超過兩公尺的犀牛角。斯邁爾執行長和齊云生醫師分別騎上了白犀牛。斯邁爾根據穿山甲所傳送過來的路徑，不到兩個小時便抵達了隕石墜落地點。齊云生命令所有白犀牛將隕石團團包圍，齊云生一聲令下：『撞擊！』，所有犀牛將牠們頭上堅硬的長角對準隕石，開始用力地衝撞隕石，巨大的咚咚聲響遍整個寂靜的提貝斯提火山。

這時一聲狼嚎聲響徹雲霄，六位體型纖細的蒙面人騎著白色金屬外殼的機械狼出現在山坡上，其中一人抽出腰間的彎刀指向齊云生，所有機械狼立刻跳了出去，撲向科摩多龍。雙方展開了激烈的戰鬥，一隻機械狼張開嘴巴，噴出熊熊的火燄，科摩多龍則是快速地閃躲著。三隻機械狼朝著犀牛的方向奔馳過來，坐在上面的蒙面人拿出背上的弓箭，瞄準犀牛的大腿連續射出好幾支箭，兩隻犀牛立刻倒了下來。齊云生趕緊拿起機關槍，對著三位蒙面人瘋狂掃射，一位蒙面人不幸中彈落地，旁邊的兩隻科摩多龍立刻衝過來咬住蒙面人的脖子和大腿，大量的鮮血瞬間從脖子噴出，同時還伴隨著一聲淒慘的女性叫聲。正在用手槍攻擊蒙面人的斯邁爾開心的說：『太好了！』。

手拿彎刀的蒙面少女騎著機械狼靈巧的閃躲著攻擊，機械狼縱身一躍，跳到兩隻科摩多龍旁邊。蒙面少女緊握著彎刀，眼神顯露出殺氣，嘴巴滿是鮮血的兩隻科摩多龍立刻撲了過來，蒙面少女迅速地跳出去，在空中巧妙的閃過科摩多龍後，彎刀一揮，一隻科摩多龍的頭與身體在空中分離。蒙面少女一落地之後，立刻蹲低身體並且快速地跑向另一隻科摩多龍，咻地一聲，科摩多龍的頸部噴出了鮮血，倒臥在血泊之中。齊云生指揮著犀牛們加快衝撞的速度，許多犀牛的鼻子附近都開始流出鮮血。這時隕石的表面開始出現了裂痕，在一陣轟隆隆的巨響之後，整顆隕石裂成四塊，好幾隻白犀牛閃避不及，被隕石的碎片給活埋了。裂開的隕石中心竟然閃耀出一種奇特的翠綠色光芒，所有機械狼都被這個光芒所吸引，紛紛的往隕石的方向跑去。齊云生對著殖晶犀牛們大聲的說：『攻擊！』剩下的十二隻白犀牛拖著疲憊的身軀，一拐一拐地衝向機械狼，然而已經用盡氣力的牠們，根本無法抵擋機械狼與蒙面少女的攻擊，植入晶片的牠們連逃生的本能都失去了，只能任由機械狼在牠們身上劃出一道又一道的傷痕。齊云生戴上了金屬手套，手上拿著一個圓形的金屬盒子跳進隕石裡面，取出一顆閃耀著翠綠色光芒的石頭，並且立刻將它放入到盒子中。此時的地上到處都是殘缺不全的犀牛屍體，從隕石出來的齊云生被六隻機械狼包圍住，手拿彎刀的蒙面少女走向齊云生，用一種嚴厲的語氣說：『把東西交出來，那不是屬於你的東西。』

齊云生溫和的說：『小姑娘，這可是我好不容易才得到的，怎麼可能輕易的交出來呢。』

坐在機械狼上面的蒙面少女生氣的說：『公主，不要再跟他廢話了，讓我一箭結束他的性命。』說完後，一隻飛箭不偏不倚的射中齊云生的心臟位置，齊云生往後退了一步，胸前的防彈衣也凹陷下去。

此時剩下的五隻科摩多龍已經偷偷爬到機械狼後面，斯邁爾大喊：『老師，我們快離開這裡。』

齊云生立刻跑向斯邁爾，同一時間，五隻科摩多龍也撲向了蒙面少女，替他們爭取逃跑的時間。齊云生和斯邁爾快速地逃離現場，往出口峽谷的方向跑去，手持弓箭的蒙面少女拿出一支響箭往天空一射，一聲高亢響亮的短笛聲傳遍整座山谷。齊云生和斯邁爾的後方突然出現好多隻高腳蜘蛛和無人機，斯邁爾趁著他們通過一個兩邊都是峭壁的狹窄山路時，將腰間的手榴彈朝山壁的方向丟出，幾聲巨大的爆炸聲響過後，好多大大小小的石頭沿著峭壁滾落，堵住了他們後方的山路。齊云生笑著說：『斯邁爾，幹得好！』此時他們背後的峭壁上突然出現一陣快速跑動的聲音，彎刀少女竟然騎著機械狼在如此陡峭的岩壁上追趕著他們。正當彎刀少女要追上時，天空出現了兩隻巨大的哈斯特鷹，斯邁爾高興的說：『救兵總算來了。』哈斯特鷹收起翅膀，朝齊云生和斯邁爾的位置俯衝下來，順利地將他們兩人接走。彎刀少女皺著眉頭，騎著機械狼離開了現場。

齊云生一回到 I.C.E.，立刻帶著金屬盒子來到他的琴房，他播了一通視訊電話，鋼琴的上方投射出一個立體影像，影像裡是一對雪白羽毛的翅膀。

不停拍動的翅膀出現了一個中年女子的聲音，語氣非常溫柔地說：『云生，東西拿到了嗎？』

『導師，已經拿到了，不過損失了不少殖晶動物。』齊云生嘆了一口氣。

『這些動物真是可憐，我衷心地祈禱著，願這個世界不要再有任何殺戮。』女子哀傷地說。

齊云生嚴肅的說：『為了建立一個完美理想的世界，我們別無選擇。』

『云生，你必須盡快找到沈睡在地底下的亞特蘭提斯古國，這樣才能終結地球上所有的苦難與悲傷。』

齊云生嘆了一口氣後說：『我知道。亞特蘭提斯古國是一個比我們還先進許多的科技古國，但是八千年前所發生的一場戰爭竟然讓如此先進的國家從此消失在地球上。唉，不斷發展科技的結果所帶來的就是物種的滅亡。』

齊云生停頓了一下後繼續說：『我可以預見，如果不去改造人類這個自私貪婪的物種，遲早也會走向滅亡一途。』

『云生，你說得對。我們肩負著重要的使命，一個美好的新世界還要靠我們來創造。』女子溫柔的說著。

『我知道，我會盡快調查出亞特蘭提斯古國沈沒的地點。』

『謝謝你，云生。』說完後，影像便消失了。

齊云生打開琴蓋，彈奏起巴赫的鋼琴平均律。

第二章：北極雪之城堡

永夜的格陵蘭

格陵蘭，一座地球上最大的島嶼，卻也是人口密度最稀疏的地方，三分之二以上的土地終年都覆蓋著一層厚度超過兩公里的冰層。位於格陵蘭東北部的國家公園此時已經進入了沒有日出的永夜，一直要到隔年的一月底，太陽才會再度出現在地平線之上。滿天星斗的夜空中，七顆明亮的星星所組成的勺子正懸掛在天頂的附近，朝著勺口的方向延伸出去，可以找到一顆不會隨時間或季節改變位置的星星—北極星[3]。此刻，北方深藍色的天空中正灑下翠綠色的光芒，那是只有在北極或是南極附近才看得到的極光[4]。這些不斷在變換位置的極光就好像一條青龍盤據在夜空中，然而在這片美得令人驚嘆的蒼穹之下，除了一望無際的冰原和一座一座的冰山之外，卻早已看不到任何動物的蹤跡。攝氏零下三十度的格陵蘭冰原在沒有陽光照射的永夜裡，絕大部分的動物都已經進入了冬眠，整個地區呈現出一片的死寂。突然間，一群飛機的引擎聲劃破了這片寧靜的永夜，一架大型的運輸機出現在格陵蘭冰原的上空，周圍還有六架戰鬥機在保護著它。這架運輸機正朝著格陵蘭最北邊的海岸線飛行，機身上還印著 I.C.E. 的標誌。

運輸機的機艙裡有一間看起來很像手術房的房間，亞德里亞國王此時正閉著眼睛，靜靜地躺在房間中央一個很大的圓形金屬檯，檯子的正上方有一束昏暗的黃色燈光照著上身赤裸，下半身只穿著一件短褲的他，整個房間散發出一種很詭異的氣息。他的周圍有四隻機械手臂正在忙碌的工作，其中兩隻手臂的食指指尖處伸出了非常銳利的小刀，將亞德里亞左右上臂的皮膚割開，底下出現了金屬外殼。機械手臂靈巧地打開殼子，裡面裝著一種看起來很像人體肌肉的墨綠色物質，一種具有彈性的纖維絲狀物質，這些墨綠色的彈性纖維絲被連接到肩膀關節的一顆黑色金屬球。機械手臂將手掌對準墨綠色物質，從掌心的地方射出了一道X光，頓時本來看起來有些鬆弛的纖維絲開始變得越來越結實飽滿。同一時間，另外兩隻機械手臂則是將大腿靠近臀部附近的金屬外殼打開，對著裡面的綠色物質照射X光。

躺在金屬檯上的亞德里亞，頭上光禿禿的沒有任何頭髮，整個後腦殼是由一種銀色金屬殼所

---

3 請參見**科學筆記Ⅱ**：北極星 P347

4 請參見**科學筆記Ⅱ**：極光 P348

合成的，而他那頭漂亮的褐色長捲髮則是被掛在檯子旁邊的架子上。突然間，從檯子下方爬出兩隻身體長度超過十公分的棕色蜘蛛，這是一種地球上最大的蜘蛛—歌利亞巨人食鳥蛛。牠們移動著八隻毛茸茸的長腳，迅速地爬到亞德里亞的臉旁邊。亞德里亞依舊閉著眼睛，臉上沒有任何表情，唯一不同的是他那幅完美無瑕的臉龐上竟然出現了一些細微的小坑洞，那是兩天前在塔爾加沙漠的戰場上不小心所遺留下來的傷痕。兩隻食鳥蛛爬上了他的臉，伸出牠們前面的黑色毒牙刺了進去，並且開始吃起他臉上的皮膚。幾分鐘後，他臉上的皮膚都消失了，底下所出現的是一張殘缺不全的焦黑臉孔，整個萎縮扭曲的臉部肌肉似乎曾經遭受過嚴重的燒燙傷。接著，食鳥蛛開始在他臉上織網，不久之後，一張十分緊密又對稱的蜘蛛網便覆蓋在他的臉上。此時的機械手臂從檯子旁邊的玻璃櫃取出了一張跟亞德里亞原來的面容一模一樣的臉，並且將這張全新的臉孔貼到了亞德里亞那張焦黑的臉上，很快地他又再度恢復成一位年輕俊俏的美男子。

運輸機持續的往北方飛行，前方五百公尺的地方出現了十幾座巨大的冰山，運輸機以及隨行的戰鬥機開始下降高度，飛進了冰山之間的峽谷，這些峽谷是格陵蘭冰河經過長時間歲月所刻畫出來的地貌。峽谷的兩旁不斷地出現非常陡峭的巨大冰岩，這些冰岩的表面還遺留著冰河所侵蝕的刻痕，只有大自然才能夠雕刻出如此雄偉壯麗的冰雕作品，在這些鬼斧神工的作品面前，人類是顯得何等的渺小。

運輸機的駕駛艙裡有四隻殖晶猩猩，其中兩隻此時正在駕駛著飛機，而另外兩隻則是坐在後面休息。坐在副駕駛座的猩猩轉頭對著後面正在睡覺的猩猩說：『喂，彭哥，起床了，快到目的地了。』

彭哥睡眼惺忪地睜開眼睛，看了一下外面的景色，懶洋洋地說：『天又還沒有亮，再讓我睡一下嘛。』說完後又躺了下去。

『彭哥，你也拜託一點好嗎？這裡現在是永夜，太陽是不會升起的。』副駕駛的猩猩用一種無奈的語氣說。

『那就更好了，我剛好可以進入冬眠囉。』彭哥閉著眼睛抱著枕頭，露出一臉幸福的表情。

『你再不趕快起床去通知亞德里亞國王的話，後果可是由你自己負責喔。』

彭哥一聽到亞德里亞四個字，屁股像是被針刺到一樣，咚的一聲，直接從床上跳了下來，緊張的說：『我現在立刻去通知國王。』說完後，趕緊離開了駕駛艙。

峽谷的前方出現了一個非常巨大的冰裂縫，裂縫深不見底，運輸機和戰鬥機開始往裂縫的深處飛去。這裡是一個完全漆黑的地方，四周沒有任何一點光線，飛行在這樣的環境中很容易就會迷失方向，只能靠飛機的導航系統來判斷方位。殖晶猩猩駕駛著運輸機，經過了大約五分鐘的飛行，在一個右轉彎後，牠們來到了一個出海口。此時原本飛行在後方的六架戰鬥機突然飛到運輸機的兩側，緊鄰著運輸機，同一個時間，出海口周圍的冰岩上出現了一群形狀怪異的不明生物，正無聲無息地注視著運輸機。

在出海口前方不遠處出現了一座很大的白色孤島，在皎潔月光的照耀下，可以看到有一座純白色的半圓形建築物座落在孤島上。這個巨大的半圓形球體看起來是如此的完美無瑕，純白光滑的表面上找不到任何一絲的縫隙，而且在它的底部附近有一個天青色的拱門，拱門的頂端聳立著一座大約三十公尺高的勝利女神雕像。一位沒有頭和手臂的女神雕像，昂首闊步的迎著風，背上還有一對V字型的雪白翅膀。它那無所畏懼的姿勢以及背上那對充滿朝氣的翅膀為這片漆黑的大地帶來了勝利的氣息。

『報…報…報告國王，我們即將抵達北極雪之城堡了。』跑到亞德里亞國王船艙前面的彭哥，對著艙門上的螢幕氣喘吁吁地說著。

螢幕上出現了坐在椅子上的亞德里亞國王，悠閒地喝著咖啡，此時的他已經恢復成原來俊美的面貌。他不疾不徐地說：『傳令下去，準備將抓到的小孩和波特運送到城堡裡面。』

運輸機往拱門的方向飛去，在抵達之前，拱門後面的白色球殼緩緩開啟，從裡面透出了亮光。運輸機和戰鬥機陸續地飛進球殼裡，沒想到映入眼前的竟然是一個全然不同的世界，一個美得在夢裡才會出現的國度。這裡有蔚藍的天空，有一朵朵可愛的小白雲，有翠綠的山丘和茂密的森林，到處都可以感受到綠意盎然的生氣。紫色的薰衣草花園、山坡上的白色小雛菊以及鮮黃色的向日葵將這個地方點綴的如詩如畫。一座夢幻般的城堡座落在前方不遠處，純白色的城牆搭配著充滿著異國情調的深藍色屋簷。三座圓柱狀的白色尖塔緊鄰著一個長方體形狀的主要建築物，這些尖塔的頂部是圓錐形狀的淡藍色屋頂，上面有很多顆鵝黃色的小星星點綴著，看起來就像是童話故事裡魔法師所穿戴的帽子。

七架飛機緩緩地降落在城堡前面的圓形廣場，此時的廣場上已經有好幾隻雪白的動物正等待著亞德里亞國王的到來。十三顆類似蛋殼形狀的透明運輸艙被猩猩士兵們運送下來，裡面躺著十二個沈睡中的小孩和失去意識的波特。

一隻身形龐大的北極熊，鼻子上方戴著一副金絲眼鏡，屁股一扭一擺地走到了運輸艙旁邊看著這些沈沈入睡的孩子們，用中年女子的溫柔語氣說：『哇！好可愛的小孩，真想現在就給他們每個人都來個大大的擁抱呢。』好幾隻圓滾滾的白色北極兔也來到旁邊，其中一隻兔子用一種天真的眼神看著北極熊，好奇的問：『波媽，這是不是就是所謂的熊抱啊？』

波媽翻了一下白眼，無奈的說：『艾咪，妳不要亂說話啦。』

亞德里亞國王此時已經來到運輸艙旁邊，他平靜的說：『波媽，這些小孩就交給妳了，我先去拜會嚴凝心教授了。』說完，便命令彭哥推著波特的運輸艙一起走進了城堡。

突然空中出現了一隻全身白色的貓頭鷹，伸展著雪白的翅膀，無聲無息地滑翔到波媽的肩膀，這是北極地區所特有的貓頭鷹—雪鴞。牠看了一下小孩，用一種充滿磁性的嗓音對波媽說：『把那七位年紀比較小的孩子先送到彩虹泡泡糖果屋，剩下的這五位青少年立刻送往酷樂比樂園。』說完後，一群猩猩士兵推著運輸艙，跟著波媽一起進入了城堡。

時間來到了黃昏時刻，城堡西方的天空出現了粉紅色的雲彩，紅色的太陽正逐漸地沒入到地平線之下。城堡其中一個尖塔的頂端傳出了一群青少年的歡笑聲，有四位大約十六歲的青少年正坐在淡藍色的屋頂上看著遠方的晚霞，每個人的肩膀上都停著一隻雪鴞。其中一位棕色短髮，圓滾滾的臉上還帶著一副黑框眼鏡的少年，開心地笑著說：『柯帝斯，今天玩的莫比烏斯[5]飛車真的是太刺激了，我好幾次都差點撞車呢！』

一位身型瘦長高挑，染著一頭紫色短髮的少年站起來，神采奕奕地說：『我覺得還不夠刺激。班森，我想最近就去挑戰艾雪魔幻屋。』此時坐在旁邊的兩位少年一聽到艾雪魔幻屋，睜大著眼睛看著柯帝斯。

班森遲疑了一下說：『你確定要這麼做？艾雪魔幻屋是這裡最困難的遊戲。我記得銀芬妮提老師曾經說過，艾雪魔幻屋是一個非常奇幻的屋子，裡面有很複雜的迷宮以及恐怖的鬼屋，膽量不夠大的人千萬不要去玩。』

『哈哈哈，怕什麼，班森。越困難的事我越喜歡去挑戰。』突然站在肩膀上的雪鴞飛了出去，他看著遠方的晚霞說：『走吧，該回酷樂比樂園了。』話一說完後，他毫不遲疑的從塔頂跳了出去，同時將四肢伸展開來。在他的手臂和身體之間以及兩腳之間的縫隙出現了一種尼龍材質的人造翅膜，這些充滿空氣的翅膜讓他可以滑翔在天空之中，班森和其他兩位少年也陸續地跳了出去，跟在柯帝斯的後面。柯帝斯特別享受在空中滑翔時所帶來的一種俯瞰的視野，這會讓他的心中產生高高在上的優越感。

這些少年像飛鼠般的滑翔在夕陽的天空之中，一座四十幾層樓高的七彩摩天輪出現在他們眼

---

5 請參見**科學筆記Ⅱ**：莫比烏斯帶 P350

前，上面的車廂不斷地閃耀著五顏六色的燈光，下方的地面上還有各式各樣的遊樂設施。風不斷地從他們的耳邊呼嘯而過，四位少年靈巧地改變著身體的姿勢來控制他們滑翔的方向，咻地一聲，他們精準地穿過了摩天輪中間的狹小空隙，以越來越快的速度接近前方不遠處的一片森林。

班森大喊著說：『哇呼！好舒服喔。夥伴們，我們快到滑水道了。』沒想到在這片翠綠的森林中，竟然蓋了一座很大的滑水設施，這個設施是由十幾條滑水道和八個大小不同的水池所組成，而這些蜿蜒的水道正是由這八個水池所連接起來的。

柯帝斯在空中往前做了一個一百八十度的翻滾後，將身體調整成站立的姿勢，咚的一聲，他的雙腳站到了滑水道入口所放置的衝浪板，立刻衝進了水道裡。雙腳微蹲的他，讓身體的重心保持在兩腳之間，並且將雙手張開來保持平衡，在蜿蜒的水道上快速地滑行著。其他三位少年也紛紛站上了衝浪板，進入了滑水道裡。水道的四周都是翠綠的葉子，空氣中還可以聞到樹木所釋放出來的芬多精，突然，前方茂密的樹葉中冒出兩隻長頸鹿的頭，目不轉睛的看著在水道上滑行的柯帝斯，嘴裡還不停的咀嚼著葉子。牠們是地球上一種非常稀有的白色長頸鹿，在牠們純白色的身體上找不到任何一點花紋。柯帝斯衝進了一個小水池，水面上濺起了白色的水花。他在水面上滑行了一下後，立刻調整姿勢，往長頸鹿方向的水道滑入。他快速地從牠們眼前滑過，進入了最後一個圓形的彎道，終點的地方出現了一整片金黃色的人工沙灘。柯帝斯將身體蹲的更低，衝浪板很快地衝入一大片平坦的水面，水面上還有人造的海浪，他將重心放到了前腳，靈巧地控制著板子，讓後面的海浪持續地推著他往前，最後停在了沙灘上。他撥了一下紫色短髮，看著陸續來到沙灘上的班森和其他兩位少年。這時，一隻白色的小長頸鹿跑到了柯帝斯的身邊，伸出牠長長的舌頭不斷地舔著柯帝斯的臉。

柯帝斯一邊摸著牠的臉，一邊笑著說：『好啦，凡妮絲。』

三位少年朝著柯帝斯的方向走過來，旁邊還跟著兩隻白色的長頸鹿。來到他們身邊的班森說：『柯帝斯，凡妮絲還是這麼黏你啊。』

遠方的晚霞已經消失在滿天星斗的夜空中，一輪明月出現在東方的地平線附近，其中一隻白色長頸鹿說：『孩子們，時候不早了，讓我們帶你們回城堡吧。』牠們將細長的前腳張得非常開，同時彎下那長長的脖子，少年們分別沿著前腳和脖子爬了上去。兩隻雪白的大長頸鹿優雅地漫步在沙灘上，旁邊淘氣的凡妮絲不時地將臉湊到柯帝斯身邊。前方不遠處的城堡此刻突然閃耀出柔和的光芒，這是來自地面的探照燈所投射上去的，一座甜蜜夢幻的粉紅色城堡頓時出現在夜空之下。在如此皎潔的滿月裡有著長頸鹿和男孩們歡笑的剪影，整個畫面讓人彷佛置身在一場美麗的夢境裡。

他們穿過了酷樂比樂園外面的遊樂廣場，廣場上燈火通明，到處都可以看到奇特的遊樂設施，然而在各種可愛的音樂聲中，卻聽不到一絲小孩歡笑的聲音，整個廣場上看不到任何一個小孩子。長頸鹿彎下牠們那長長的脖子，咻地一聲，四位少年從長頸鹿的脖子上滑下來。凡妮絲走到柯帝斯身邊，彎下脖子不斷地用臉摩擦著柯帝斯的臉龐，柯帝斯用手撫摸著牠的臉說：『明天再去找妳。』說完後，就跟在班森後面，往城堡側門的方向走去。

班森突然回頭對柯帝斯說：『凡妮絲從出生之後都是你在照顧牠，難怪牠跟你這麼好。不過牠也真是可憐，一出生母親就難產走了。』柯帝斯腦中出現了兩年前的那場意外，那時銀芬妮提老師在幫凡妮絲的母親—維吉妮雅接生時，因為胎位不正，還特地請他去幫忙，老師不斷地鼓勵著當時已經用盡力氣的維吉妮雅，還好凡妮絲有順利的生下來，但是維吉妮雅最後還是走了。他記得當時嚴凝心教授有過來看一下，那是他第一次看到她，身穿黑色連身裙的她看著正在默默掉淚的銀芬妮提老師，毫無血色的美麗臉龐上找不到一絲情感的流露。她只是冷冷的說了一句：『盡快將維吉妮雅下葬。』便離開了。

正當班森和柯帝斯準備進入側門時，雪鴞無聲無息地飛到了他們的肩膀上，站在柯帝斯肩上的雪鴞快速地甩了甩頭，抖了一下身上白色的羽毛，兩隻大大的黃色眼睛看著柯帝斯說：『明天會有新的同伴加入，我們要好好跟他們介紹這裡，晚上還會舉行一個盛大的歡迎派對喔。』

柯帝斯微笑的說：『哦？有新的同伴來到。太好了，我們一定會讓他們知道酷樂比樂園是全世界最棒的樂園。』說完後，四位少年笑著走進了城堡裡面。

時間來到了午夜十二點，此時的滿月已經高掛在天空中，夜晚的城堡總是格外的寧靜，彷彿所有的生物都進入了甜美的夢鄉。突然，位於酷樂比樂園旁邊的尖塔傳出了吱吱吱的聲音，地面上出現了幾十隻身長不到二十公分，體型圓嘟嘟的棕色老鼠，牠們是生活在北極地區的旅鼠。這些旅鼠們迅速地沿著階梯爬到地下二樓，眼前出現了好幾個通道，牠們毫不猶豫地選擇了右邊的某一個通道，沒想到裡面的通道竟然是如此的錯綜複雜。旅鼠們很快地來到了一個通道的盡頭，那裡出現了一扇黑色的門。

最前面的旅鼠抬起頭，吱吱吱的叫了幾聲後，對旁邊的旅鼠說：『我們要盡快完成嚴凝心教授交代的事情。』這時，黑色的門緩緩地打開，裡面是一個大約可以容納十個大人的房間。房間裡非常乾淨明亮，右邊的牆壁是一整面的金屬牆，牆面上一條一條的縫隙把整個金屬牆面分割成許多大小不同的方形格子。正前方的牆壁上則有一大片的透明強化玻璃，玻璃的另一邊是一間昏暗的實驗室，在實驗室中央的上方有五盞柔和的白色聚光燈，這些燈光分別照在五座圓形的金屬手術台，上面躺著五位身穿淡藍色病服的青少年，他們此刻正在沉沉地入睡。每個手術台的後方都有 3D 投影顯示器，上面出現了電腦斷層掃描以及正電子斷層掃描的 3D 人腦圖。

進入房間的旅鼠們爬到了金屬牆前，牆面上有好幾個格子開始慢慢地開啟，裡面放著許多白色無塵衣和透明護目鏡，唯一不同的是，這些衣服和護目鏡都非常的小，是旅鼠可以穿戴的尺寸。這些旅鼠熟練地穿好了無塵衣，並且將護目鏡戴上後，便進入房間左邊牆壁下面的一個小通道，來到了一個清潔消毒的小房間，在一陣強風吹過旅鼠的無塵衣之後，牠們便依序地進入了玻璃後面的那間實驗室。

彩虹泡泡糖果屋

清晨的空氣總是彌漫著一股綠草的清香，位於城堡某一處的二樓窗簾緩緩地被拉開，一道柔和的光線灑進了房間，裡面擺放著七張可愛的粉紅色小床。柔軟蓬鬆的床墊上躺著年齡大約三到六歲的小孩們，此時房間的空氣中傳來了美味食物的香味，床上的小孩們也漸漸地甦醒過來。其中一位年紀看上去大約是六歲，頭上留著兩條黑色長辮子的小女孩慢慢地睜開了眼睛，映入她眼前的是一整片淡紅色的天花板，上面還飄著很多粉紅色的雲朵。她揉揉眼睛，神情顯得有點驚慌，不自覺地說：『這裡是什麼地方？』一隻雪白的北極兔跳到她的旁邊，用柔軟又毛茸茸的身體磨蹭了一下她淡褐色的臉龐，然後說：『妳好，我叫艾咪。』小女孩坐了起來，用一種害怕又好奇的眼神環顧著四周。這裡是一間看起來非常溫馨可愛的房間，整片都是粉紅色的牆面上畫著許多可愛的白色小天使，再搭配著愛心形狀的窗戶以及印著玫瑰圖案的桃紅色窗簾，讓人心情頓時愉快了起來。小女孩旁邊的床位睡著一位金色短髮，而且體型肥胖的小男孩，在他胖嘟嘟的臉頰上還長著一些麻子。小男孩也跟著坐了起來，他伸了一下懶腰後，立刻被空氣中的味道所吸引，他聞著味道，用一種充滿幸福的表情說：『好香的烤麵包味道，我的肚子好餓喔。』

小女孩看著小男孩，驚訝又開心的說：『巴布，你也在這裡。』

小男孩懶洋洋地看向小女孩說：『疑？是蘇菲亞啊。妳有沒有聞到好香的味道？』

蘇菲亞有點害怕的說：『巴布，你怎麼還想著吃，你難道都忘了我們被老鷹抓到籠子的事嗎？』此時她的腦中回想起當時她和她的姊姊一起被哈比鷹抓到籠子的場景。

巴布一副無所謂的樣子說：『好像是喔，不過這不重要，我現在肚子好餓，只想吃東西。』

突然他們右前方兩片心形的粉紅色房門緩緩開啟，兩隻巨大的北極熊走了進來，後面還跟著一隻很可愛的小北極熊。其中一隻帶著金絲眼鏡，身上還圍著一件粉紅色圍裙的北極熊，看著蘇菲亞說：『哎呦，可愛的小孩們終於起床了。你們好，我叫做波媽，負責照顧你們在這裡的生活，有任何事我都會幫你們解決的呦。』

突然最右邊的床傳來了小孩的哭聲，一位年紀大約三歲的小男孩從床上爬了起來，放聲大哭地說：『哇哇哇，媽媽，我要找媽媽。』

波媽看著小北極熊說：『波波，趕緊去處理一下。』小北極熊快速地跑到哭泣小孩的身邊，小男孩一看到可愛的波波，不自覺地伸出手要摸牠，波波將臉湊了過去，用舌頭舔了他的臉頰一下，小男孩瞬間破涕為笑。這時所有的小孩都爬了起來，波媽對著旁邊那隻比牠高出兩個頭的北極熊使了一個眼色，但是這隻北極熊一臉睡眼惺忪，感覺就像是一副喝醉的樣子，臉上還不時地張開嘴巴滴著口水傻笑，完全沒有看到波媽對牠使得眼色。波媽悄悄地伸出右手，在牠大腿的地方用力的捏了一下，啊的一聲之後，波媽對牠說：『先生，該你介紹一下自己了。』

北極熊摸著自己疼痛的大腿，一臉清醒的說：『是，遵命。』說完後，牠突然挺起胸膛，拍了一下自己的胸部說：『大家好，我是波爸。』這時波媽的眼神偷偷地瞄向波爸的胸部，露出一種無奈的表情，波爸傻笑地說：『我會煮好吃好喝的東西給你們，還有也會陪你們玩喔。』

蘇菲亞有點害怕地舉起手說：『波媽，我想請問一下，我們什麼時候可以回家？』

波媽微笑地說：『小寶貝，你們是特別被邀請過來這個彩虹泡泡糖果屋玩的，不要擔心啦，時間到了我們自然會送你們回家。當然，如果你們到時候不想回家，想繼續待在這裡，我們可是非常歡迎的呦。』

蘇菲亞膽怯地說：『可是波媽……我並不想來這裡玩，我想回家。』

『呵呵呵，親愛的，很抱歉，妳一定要在這裡待上一陣子才能回家呦。我保證妳一定會愛上這裡的。為了歡迎你們剛來到這裡，每一位小朋友都可以獲得一隻很可愛的北極兔，牠們會二十四小時的陪在你們身邊，是你們在這裡的守護天使呦。』其他的小孩們已經開始摸著他們身邊的北極兔。

蘇菲亞皺著眉頭，憂愁地問說：『波媽，請問我姊姊也有被帶來這個地方嗎？』

波媽搖搖頭說：『小寶貝，很抱歉，妳姊姊不在這裡呦。』蘇菲亞聽到後，眼眶泛著淚珠，默默地低下頭。

這時巴布的肚子突然傳出咕嚕咕嚕的叫聲，波媽聽到後，對巴布說：『哎呦，小寶貝，你肚子一定是餓壞了吧，馬上就要去吃早餐了，要不要先吃一點小點心？』巴布開心地點點頭。波媽對著天花板揮了揮手，粉紅色的雲朵開始緩緩地飄了下來，來到每位小孩的面前，波媽說：『先吃點可口的棉花糖吧。』小孩們露出了驚訝又新奇的表情看著這些蓬鬆的雲朵，巴布馬上撕了一大片雲朵整個塞到嘴裡，沒想到雲朵瞬間在嘴裡融化，巴布一口接著一口的吃了起來，其他小孩也跟著吃起這美味又軟綿綿的棉花糖，只有蘇菲亞仍然因為思念著她的姊姊而顯得沒有胃口。

走廊上傳來了輕快動感的音樂，波媽露出神秘的笑容說：『小寶貝們，以後聽到這個音樂，就代表早餐的時間到了喔。不過在我們前往彩虹餐廳之前，你們要先完成一個困難的任務。誰先完成，就可以先前往餐廳呦。』站在旁邊的波爸，此時已經隨著音樂的節奏，一臉陶醉地扭動著肥胖的屁股。

巴布露出一臉沮喪的表情，不情願地嘟著嘴說：『什麼！還要完成任務才能吃飯，我肚子都快餓扁了啦。波媽，到底是什麼任務？』

波媽笑著說：『小寶貝，不要急呦。這個困難的任務就是……和我擁抱一下。』巴布一聽到，立刻跳下床，衝到波媽前面，張開雙手和波媽來了一個熱情的擁抱，波媽抱著巴布，甜蜜的說：『哎呦，你真是可愛的小胖子。』其他小孩也紛紛來到巴布後面排成一列，只有蘇菲亞依舊待在床上。

當小孩們都已經離開房間前往彩虹餐廳時，波媽走到了蘇菲亞床邊，將她抱到胸前說：『哎呦，小寶貝，難過什麼呢？是不是在想妳姊姊。來來來，波媽疼疼。』波媽用牠那柔軟的手掌摸著蘇菲亞的頭說：『波媽跟妳說，妳不要擔心，好好享受在這裡玩樂的日子。妳要做的事是享受這裡的生活，不要去想過去的事。在彩虹泡泡糖果屋裡面，每個人的名字和過去的回憶都會漸漸被遺忘掉，重要的是在這裡玩樂的日子。波媽好希望你們每個人都可以一直留下來陪我呦。』說完後，就抱著仍然悶悶不樂的蘇菲亞往餐廳的方向走去，艾咪則是一蹦一跳地跟在旁邊。

房間裡柔軟的粉紅色地毯一直延伸到整個走廊上，蘇菲亞看到走廊兩邊的窗戶裡面有許多漂浮在空中的透明泡泡，而且每顆泡泡裡都放著奇特的東西。波媽帶著蘇菲亞走進一個透明的圓球形狀房間，待在裡面就好像置身在一顆透明的大泡泡裡，空中還有許多的小泡泡。波媽指著其中一個小泡泡對蘇菲亞說：『小寶貝，妳知道那是什麼嗎？』這時，那顆泡泡自動地飄到蘇菲亞的眼前，牠對蘇菲亞說：『妳輕輕碰一下呦。』蘇菲亞伸出手指，有點害怕地碰了一下小泡泡，啵的一聲，泡泡膜不見了，裡面有一個透明的檯子，上面放著一顆魔術方塊。

波媽笑著說：『這個房間叫做泡泡屋，每顆小泡泡裡面都放著一種玩具，除了有益智玩具之外，還有各式各樣的電動玩具和電腦遊戲，只要是妳想要玩的遊戲，一定可以在某一個泡泡裡面找到呦。』

很快地，波媽來到了彩虹餐廳的門口，牆壁上畫著一道非常美麗的七色彩虹。波媽帶著蘇菲亞一起走進去，濃濃的食物香氣瞬間撲鼻而來，還伴隨著小孩子驚訝和興奮的叫聲。餐廳裡有兩張七彩半圓弧形狀的桌子，看起來就像是兩道彩虹，上面擺著許多琳瑯滿目的食物，光從外觀就讓人食指大動。孩子們都圍在了桌子旁邊，有許多食物是他們連看都沒有看過的，更不要說吃過了。巴布眼睛睜得大大地看著金黃色的奶油法式吐司和培根半熟蛋鬆餅，猛吞口水的說：『這麵包看起來好好吃喔。』

另外一位黑色短髮，褐色皮膚的小女孩看著眼前這座由粉紅色、淡藍色、綠色、黃色以及黑色馬卡龍所堆疊而成的馬卡龍塔，不自覺得說：『好漂亮，我從來都沒看過這種食物。』

波媽將蘇菲亞放了下來，對著大家說：『所有小寶貝請先過來這裡，來來來，大家手牽手先圍成一個圓，我還有事情要宣佈呦。』所有小孩都來到餐廳的正中間，圍成一個圓。波媽看著每一位小朋友說：『彩虹桌那裡的所有食物你們等一下都可以盡情的享用，在彩虹餐廳吃飯非常的自由，不需要任何用餐的禮儀。你們看，這裡有七張不同顏色的桌子，七張不同顏色的沙發，還有七張不同顏色的躺椅。你們可以自由地選擇想要吃飯的位置，而且不要擔心會弄髒東西，我們有專業的人員會清理餐廳。不過在用餐之前，我們大家要一起念一首感謝詩才能開動呦。』

這時餐廳的音樂忽然停止，整個地方變得很安靜，波媽用一種很虔誠的語氣說：『請大家將手牽起來，閉上眼睛跟著我一起唸：

感謝天使創造了如此美好的地方，讓我們可以享用到豐盛的早餐；

感謝天使創造了如此夢幻的地方，讓我們可以在這裡盡情的玩耍；

在這裡，只有歡笑沒有憂愁；在這裡，只有愛沒有仇恨；

在我們領受到天使豐盛的愛的同時，我們也要學習感恩，學習回饋；

我們願意服侍在天使的腳下，將天使的愛散播到各個地方，

願天使的愛能散播到宇宙每一個角落。烏拉！』

蘇菲亞、巴布和其他好幾位小孩都沒有唸，巴布甚至還不時地偷偷張開眼睛看著那些食物，深怕一閉上眼睛那些食物會突然消失。波媽唸完之後，對著沒唸詩的小孩說：『現在不想唸沒關係，慢慢來，以後就會習慣了。好了，親愛的小寶貝們，可以開動了呦！』

一聽到開動兩個字，巴布第一個衝到彩虹桌那裡，直接用手拿起法式吐司和牛肉蛋餅，狼吞

虎嚥地吃了起來。波波一直陪著小男孩，還幫小男孩拿了草莓奶油鬆餅和巧克力甜甜圈。蘇菲亞慢慢的走到彩虹桌前，挑了一個焦糖烤布蕾和蘋果派之後，就跟著艾咪坐到了角落的一張餐桌上用餐。

正當所有小朋友都不停地吃著美味的食物時，餐廳的音樂突然變成了一首十分動感的舞曲。波爸抱著兩個大約八十公分的金屬瓶子來到餐廳中央，開口說：『各位小朋友，娛樂時間到了，現在就由我波爸來表演我的拿手絕活—手搖飲料熱舞。』波爸將瓶子夾在腋下，跟著音樂開始扭動屁股，隨著音樂的節奏越來越快，牠開始瘋狂地甩著頭並且前後地擺動胸部，兩隻肥胖的腳也快速地跳動起來，大家都被波爸滑稽的跳舞動作逗得呵呵大笑。就在音樂快結束時，波爸將兩個瓶子拋到空中，一個三百六十度轉身後，順利接住瓶子。牠打開金屬瓶子的蓋子，將裡面的飲料倒在了桌上的玻璃瓶裡，然後氣喘吁吁地說：『小朋友們，你們知道桌上的飲料是什麼嗎？』

這時艾咪跳了出去，用一種天真的語氣說：『這該不會是傳說中的波爸奶茶吧？』

波爸伸著舌頭喘氣，口水不斷的從舌尖滴下來，他傻笑的點點頭說：『沒錯，各位觀眾，這就是全宇宙最好喝的波爸奶茶和波爸鮮果汁。』蘇菲亞因為波爸的表演，心情也開始漸漸轉好。整個彩虹餐廳，此刻充滿著一片歡笑的氣氛。

溫特絲的現身

雪之城堡的頂樓是一個高度機密的區域，城堡裡沒有任何通往頂樓的階梯或是電梯，只有一條極少人知道的秘密通道可以到達頂樓。孩子們在彩虹餐廳的所有一舉一動，此刻正出現在一個很大的黑色螢幕牆上。嚴凝心教授站在螢幕前，靜靜地看著這些孩子的笑容，歲月似乎忘記了在她的臉上留下痕跡，她那張白皙美麗的臉龐仍然和大學的時候一模一樣，唯一不同的是，她的眼神裡再也沒有流露出任何的快樂與憂傷，留下來的只有無止盡的冷漠。

她轉身離開了螢幕牆，往房間的右邊走去，穿過了一扇自動玻璃門，進入了一間氣溫異常寒冷，沒有任何窗戶的實驗室。這間實驗室的正中央放著一張半圓球形狀的白色躺椅，圓形的底座加上躺椅周圍出現的超薄螢幕和小型偵測器，立刻給人一種非常高科技的感覺。躺椅的正前方是一片很大的玻璃牆，牆的後面出現了一隻姿勢呈現大字型的綠色小猴子，他的身體和四肢都被固定在一個垂直地面的金屬圓盤上。可以清楚地看見他的右眼已經整個凹陷裂開，眼睛的周圍出現了大面積的焦黑，更令人擔心的是他的頭殼已經被完全打開。嚴凝心很快地躺在了白色躺椅上，椅背立刻調整成最適合她的形狀和角度，同時分佈在周圍的超薄螢幕也都自動地移動到她的身邊。她看著前方的螢幕，手指開始在空中滑動著，她可以在完全沒有碰到任何螢幕的情況下，同時操控好幾個螢幕，這是因為躺椅四周的偵測器不停地在紀錄她的眼睛和雙手的動作，椅子裡的電腦就會根據她的動作來判斷她想要操控的東西。

嚴凝心眼前的螢幕上出現了小猴子的頭部，她將大腦的部分放大，在另一個螢幕上出現一個三十二面體的球狀結構，這是一種類似碳六十的結構，也就是俗稱的「巴克球」[6]，整個球面是由二十個六邊形、十二個五邊形和六十個頂點所組成。其中每個頂點都是一顆大約一公釐的小黑球，而且連接每個小黑球的邊都是一條很細的白色管子，更特別的是球心的地方有一顆直徑大約兩公分的黑球。

嚴凝心快速的在腦中做了一些計算，內心出現了一個疑問：『這個構造怎麼和桑密特晶片這麼像？』她不停地移動著雙手，並且在不同的螢幕之間來回搜尋資料。大約過了一個小時，她做完了最後的一些設定後，按下了啟動按鈕。這時從金屬圓盤的後面伸出了好幾隻很細的金屬手臂，開始在拆解小猴子的臉和眼睛。

門外突然傳來了一個小女孩的聲音：『凝心，妳還在忙嗎？』

『溫特絲，我忙完了，有什麼事嗎？』嚴凝心離開了躺椅。

一位黑色短髮，黃色皮膚的小女孩從實驗室門外探出頭，一雙大大的眼睛看著嚴凝心說：『云生哥哥正在線上，他說有事要找妳。』

『我知道了，溫特絲，謝謝妳通知我。』嚴凝心離開了實驗室，回到了隔壁的房間，一個熟悉的立體影像已經在前方等待著。

齊云生穿著一套灰色條紋的西裝，翹著腿坐在一張白色的椅子上，眼神看著地上，表情一副若有所思的樣子。

嚴凝心看了一下牆上的時間，然後說：『齊醫師，你仍舊是非常的守時。』

齊云生抬起頭看著嚴凝心美麗卻蒼白的臉龐，笑著說：『當然了。一個做醫生的，守時的習慣是最基本的。我唯一一次不準時就是和妳約定要合奏貝多芬的「春」奏鳴曲，妳還記得嗎？那已經是妳大學時候的事了。這件事可是讓我愧疚好一陣子呢，哈哈哈！』齊云生爽朗地笑著。

嚴凝心面無表情，冷冷的說：『我不記得了。齊醫師，你今天約我見面有什麼事嗎？』

---

6 請參見**科學筆記Ⅱ**：巴克球與富勒烯 P351

齊云生聳聳肩說：『好吧，我們還是談正事吧。亞德里亞的晶片似乎出現了問題，我們幾天前偵測到他的晶片出現了異常的訊號，這種事從他殖晶之後就從來沒有發生過，所以我才趕緊派他過來妳這裡，讓妳替他檢查一下。』

『我已經檢查過了，他不知道是受到什麼刺激，大腦的神經元電流忽然出現了非線性的快速增長，使得火麒麟無法順利地轉換這些類比訊號。我已經在修復這些問題，明天就可以處理好。』

齊云生開心的說：『太好了，凝心。我就知道妳是我最可以信任的人。對了，妳有幫他施打息壞激素嗎？』

『當然有。』嚴凝心依舊冷酷地說。

齊云生點點頭，接著說：『那我們現在來聊聊佛多的太空船和小猴子波特的事。妳有什麼新的發現嗎？』

『我剛剛才檢查完波特，它的大腦結構非常特別，很像是升級版的桑密特晶片，目前我還不清楚它裡面的白色管子和黑色小球是如何運作的，不過直覺告訴我這些構造應該和量子平行運算有關。』

齊云生頓了一下，腦中思考著：『波特的大腦為什麼會和溫特絲所設計的桑密特晶片有關？』他很快的恢復笑容說：『凝心，我絕對相信妳的直覺是對的。那妳打算要怎麼研究波特的大腦，是不是要先把整個大腦解體？』

嚴凝心冷漠的說：『齊醫師，研究的部分我自有安排，這個部分我不需要跟你交代。』

『是是是，妳說得對。不過我有權利知道妳是否有從波特的腦中獲得什麼資料。』

嚴凝心用平淡的音調說：『我還無法進入波特腦中核心的程式和記憶體，創造波特的人在他的核心程式加了好幾道密碼，他們星球的科技確實比地球上的科技進步。你如果能夠把佛多和他的白色小球帶來，我相信會很有幫助。』

齊云生從椅子上站起來，微笑著說：『沒問題的，我一定會盡快抓到佛多並且奪下他的白色小球。我的直覺告訴我佛多星球的科技會對我們的殖晶技術產生革命性的突破，希望我的直覺和妳一樣準確。』

嚴凝心冷漠的看著齊云生，這時溫特絲從旁邊的白色沙發跳起來，跑到嚴凝心旁邊，拉著她的黑色長裙說：『凝心，還有十分鐘我們就要去戶外野餐囉。』嚴凝心摸摸溫特絲的頭，輕聲細語地說：『好，我們會準時出發，妳先去雅各那裡等我。』溫特絲微笑的點點頭後就跑到隔壁的房間。

齊云生收起笑容，用一種略帶嚴肅的語氣說：『凝心，都已經過了十年了，妳還是無法走出溫特絲過世的傷痛。難到妳寧願一直沈浸在過去的回憶裡，也不願意接受新的感情嗎？』

嚴凝心淡淡的說：『齊醫師，這不關你的事。』

齊云生變得有些激動的說：『怎麼會不關我的事，我們是從小一起長大的，難道忘了以前妳都是叫我云生哥。在溫特絲意外過世後，妳花了一年半的時間做了一台和她小時候一模一樣的機器人，並且將妳們小時候共同的回憶都輸入到這台機器人裡。妳還讓這台機器人可以模擬溫特絲的意識和個性，但是妳不要忘了它終究只是一台機器。我當初本來以為這台溫特絲機器人可以暫時撫慰妳受傷的心靈，但是沒想到妳卻越陷越深，如今已經變成習慣性的依賴了。妳這樣一直封閉自己，叫我如何不擔心呢？』

『齊醫師，我自己的人生不需要勞煩你來操心。就算全宇宙的物質都消失，只要溫特絲可以留在我身邊陪著我就夠了，現在請容許我失陪了。』說完後，就快步離開了房間，留下了一臉惆悵的齊云生。

嚴凝心走到了隔壁的房間，溫特絲身穿藍色的長褲和紅色的短袖上衣站在右前方一處寬敞的空間，旁邊站著嚴凝心的智能機械飛鷹雅各。溫特絲開心的揮著手，另一隻手上還拿著一個很可愛的野餐籃子和一件黑色的防風大衣。嚴凝心溫柔的說：『我們走吧。』

『等一下，我先幫妳把大衣穿上，待會風會很大。』溫特絲貼心的幫嚴凝心穿上大衣，並且在她的臉頰上吻了一下。嚴凝心看著溫特絲，露出了淺淺的微笑。溫特絲接著說：『凝心，妳不要忘了今天要拉琴給我聽哦。』

『我沒忘，小提琴我已經準備好了。』嚴凝心走到一張檜木桌子旁，上面放著一個看起來很精緻的藍色小提琴盒，琴盒上還掛著一顆白色的蛋，大小只有蓋亞蛋的一半。她背起琴盒，和溫特絲一起坐上了雅各，此時正上方的藍色屋頂緩緩地打開，雅各拍動著它的翅膀，飛出了屋頂，往南方的天空飛去。

雅各伸展著雙翼翱翔在天空中，時間已經接近中午十二點，但是高掛在天空的太陽卻一點都沒有讓人有炎熱的感覺。雅各飛過了一片美麗的花園，花園的中間還有一間蘭花溫室，整個花園的佈置和溫特絲以前在時空學院所建造的花園一模一樣。前方不遠的地面上出現了一條清澈蜿蜒的小河，而且在小河旁的綠地上還有一排橡樹。其中一棵樹幹特別茂密的橡樹上出現了一間很可愛的小樹屋，兩片傾斜的淡綠色屋頂搭配著原木色的木板牆，地面上還有一條旋轉的木質階梯繞著樹幹往上連接到小樹屋。

雅各降落在橡樹旁邊的草地上，嚴凝心牽著溫特絲走上旋轉梯，進入了樹屋。屋子的中央放著一張小圓桌和三個軟墊，而且還有三張用繩子和棉布所做的吊床圍繞在小圓桌的四周。嚴凝心將琴放在圓桌旁邊，坐在吊床上，看著窗外茂密的樹葉。溫特絲打開野餐籃，拿出一塊繡著許多小雛菊的餐布鋪在圓桌上，然後一邊將食物和餐具整齊地擺放在桌上，一邊說：『凝心，我今天準備了有野菇燉飯、奶油糖霜肉桂捲還有妳和雷諾哥哥最喜歡吃的檸檬瑪德蓮。』嚴凝心坐到了小圓桌旁，露出難得的笑容說：『嗯，我最喜歡吃妳做的檸檬瑪德蓮。』

溫特絲看著正在用餐的嚴凝心說：『雷諾哥哥真的好厲害喔，可以自己一個人蓋出這座小樹屋，我們每次來找雷諾哥哥時，都會跟他一起到這裡野餐。』嚴凝心專心地吃著燉飯，不發一語。

溫特絲開心地接著說：『雷諾哥哥會帶我們在河邊釣魚，還有在河面上划船。在船上一邊看著書，一邊吹著涼涼的風，感覺真的很舒服。凝心，妳還記得嗎，雷諾哥哥有養一隻靈緹犬，好可愛呢。』

嚴凝心忽然停頓了一下，腦海裡浮現了一些回憶，她默默地點點頭後，又繼續用餐。溫特絲開始哼著歌曲，接著站起來走到一個位在圓形窗戶旁邊的橡木櫃子，上面放著十幾個非常精緻的木雕作品，有不同型號的賽車作品以及各種栩栩如生的動物作品，其中有一隻飛躍奔跑的靈緹犬，它的動作和肌肉線條雕刻的特別細膩。櫃子上每件木雕作品的底座都刻著一個人名—「雷諾・阿卡爾」，溫特絲將靈緹犬拿起來說：『凝心，這件作品是雷諾哥哥特別做給妳的，他也有送給我一隻獅子呢。』嚴凝心放下叉子，站起來走到溫特絲旁邊，拿起了一隻木雕獅子，溫柔的說：『妳看，妳的獅子在這裡。』

溫特絲笑著接過了獅子說：『現在我要來準備我特製的紅茶給妳和這隻可愛的獅子品嚐了，妳也要開始拉琴給我聽喔。』嚴凝心點點頭，走到藍色琴盒旁，將那顆掛在琴盒上的白色蛋放在小圓桌上，然後打開琴盒拿出小提琴。

溫特絲將保溫瓶的紅茶倒在嚴凝心的杯子裡，然後拿起白色蛋說：『我要來點曲子了。』嚴凝心夾著琴坐在吊床的邊緣，溫特絲用手指在白色蛋殼上滑來滑去，好像在找什麼曲子，大約過了兩分鐘，溫特絲忽然開心的說：『太好了，找到了。』她將蛋放回到圓桌的中央，這時蛋殼的尖端開啟了一個小洞，從小洞裡投射出了源洛書大學時期拉琴的立體影像，同時一首巴哈雙小提琴協奏曲的第二樂章從蛋殼裡傳出來。嚴凝心的心悸動了一下，眼神下意識地看向窗外，跟著音樂拉奏起第一部的旋律。

迎新舞會

當嚴凝心和溫特絲乘坐雅各前往小樹屋的同時，一位黑色長髮及腰，年齡大約十七歲的少女從睡夢中漸漸甦醒過來，她突然睜大眼睛從床上坐了起來，慌張地看著四周，用一種驚恐又著急的語氣說：『蘇菲亞，妳在哪裡？』

隔壁床位的少女此刻也清醒過來，她坐起來看著慌張的少女，害怕的說：『奧莉薇亞，這裡是哪裡？』

『愛蓮娜，我也不知道。我記得戰爭的那一天，蘇菲亞和我們都被老鷹抓到鐵籠裡。不久有兩隻殖晶黑猩猩過來把蘇菲亞帶走，之後……』奧莉薇亞停頓下來，試圖回想著當時所發生的事，但是她的腦海中卻出現一片空白。

愛蓮娜注意到自己正坐在一張柔軟又透氣的床上，腳上蓋著的被單是一件淡黃色的蠶絲被，上面還繡著許多小朵的深紅色玫瑰花。她小心翼翼的下床，好奇地察看著房間的佈置。整個房間的地板都鋪著粉紅色的地毯，這片羊毛材質的地毯上還繡著紫色的玫瑰花瓣。她發現房間裡有一座很華麗的淡紫色衣櫃，衣櫃的門上還雕刻著許多非常精緻的粉紅色玫瑰花，而且最左邊的門是一面很大的鏡子。愛蓮娜目不轉睛地看著這個讓她感覺到很浪漫的房間，此時空氣中還飄來了一陣紫羅蘭的淡淡花香，她內心的恐懼感開始漸漸地消失，取而代之的是一種甜蜜的感覺。

她往衣櫃的方向走去，立刻被對面的一座鑲著金邊的鵝黃色梳妝台所吸引。這是一座古典皇室風格的梳妝台，每一個部分都可以看到非常細緻的雕工，特別是桌子前面有一片玫瑰花形狀的梳妝鏡，鏡框邊上的玫瑰和薔薇被雕刻得栩栩如生。她走到梳妝台前坐了下來，欣賞著鏡中的自己。她看著自己白裡透紅的臉頰、立體的五官和豐腴飽滿的嘴唇，不自覺地露出了滿意的微笑，不過最令她滿意的還是她那雙會放電的藍色眼睛。她用手梳理著金黃色的長捲髮，一邊開口說：『奧莉薇亞，妳不覺得這個房間很漂亮嗎？我開始喜歡這個地方了。』

奧莉薇亞有點生氣的說：『愛蓮娜，妳知道自己在說什麼嗎？我們是被亞德里亞國王抓來的，妳難道都忘了嗎？』

愛蓮娜看到桌面上擺放的一個精緻的瓷花瓶，瓶內還插著許多淡黃色、粉紅色和紫色的玫瑰花。她摘下了一朵紫色的玫瑰花，插在了耳朵旁邊，然後轉頭對奧莉薇亞說：『這樣好看嗎？』

奧莉薇亞立刻下床，走到愛蓮娜的身邊，皺著眉頭的說：『愛蓮娜，現在不是做這些事情的時候，我們要立刻想辦法逃出這裡，我非常擔心蘇菲亞的安危。』

叩叩叩，出現了一陣清脆的敲門聲，奧莉薇亞和愛蓮娜彼此握著手，用一種不安的眼神注視著那道翅膀形狀的白色房門。房門漸漸被打開了，一股優雅的柑橘香氣飄進了房間，香氣中還夾帶著玫瑰、茉莉和麝香的味道。一位身穿天青色連身旗袍的中年女子抱著一隻純白色的貓走了進來，肩膀上還披著一件紫色的絲綢披肩。她全身上下的皮膚都異常的白皙，而且在她的瓜子臉蛋上有著一對細長的白色柳葉眉和一雙粉紅色的眼睛。不過最令人印象深刻的還是她那閃閃發亮的銀白色長髮，她已經將那頭美麗的長髮盤繞在脖子附近綁了一個髮髻。愛蓮娜看到她那雙粉紅色的雙眼，慌張地從梳妝椅上站起來，中年女子對她們微笑一下，語氣溫和地說：『愛蓮娜，不用緊張。』

奧莉薇亞站到了愛蓮娜前面，生氣地說：『妳是誰？為什麼要把我們抓到這裡？』

女子摸著白貓，用一種柔和的語調說：『奧莉薇亞，我想妳誤會了，把妳們抓到這裡的是亞德里亞國王，不是我。我是負責管理這個地方的人，妳們可以稱呼我為銀芬妮提老師。』

奧莉薇亞激動地說：『這裡到底是什麼地方？』

『這個地方叫做酷樂比樂園，裡面有各式各樣的遊樂設施，還有許多妳們從來沒有品嚐過的美食，但是妳們知道待在這裡最棒的事是什麼嗎？』

銀芬妮提微笑了一下，看著她們說：『最棒的就是妳們可以無拘無束地做自己。在這裡，一切的行為都是被允許的，沒有任何人會評論妳們所做的事是對還是錯。對和錯、好和壞的標準在酷樂比樂園裡是不存在的。為什麼父母和老師總是要求你們要好好念書才是對的？為什麼翹課跑出去玩就是錯的呢？大人們定義了所有對與錯的標準，而且還要你們去遵守他們的規定，這是非常不公平的，妳們自己才是真正有權利決定什麼是對的，什麼是錯的。酷樂比樂園不只是一個樂園，也是一個可以幫助妳們提升內在靈性的地方。它會將這些束縛在妳們腦中的道德規範以及大人們所定義的好壞標準都釋放掉，最後妳們都會成為一個真正自由的人。記住，妳們有絕對的權力決定自己的人生，也有絕對的自由可以做任何想做的事。』

愛蓮娜聽到這一番話，不自覺地露出了開心的笑容。旁邊的奧莉薇亞堅定地說：『既然如此，我們想要馬上離開酷樂比樂園。』但是愛蓮娜卻拉著奧莉薇亞的袖子說：『可是我還想在這裡多待一陣子。』

此時銀芬妮提懷中的白貓跳了出去，優雅地走向女孩們，愛蓮娜這時才注意到這隻白貓的眼睛有如鑽石般閃耀著光芒，更特別的是牠有著兩隻不同顏色的眼睛，一隻是藍色，另外一隻則是綠色的。

『碧綠，這麼快就想要認識新朋友了。』銀芬妮提看著奧莉薇亞繼續說：『奧莉薇亞，妳不用擔心妳妹妹蘇菲亞，她目前也在這座城堡裡，而且受到很妥善的照顧。酷樂比樂園有一條規定，也是唯一的一條，就是當你成為一個完全自由的人，才有權利選擇是否要離開酷樂比樂園。』

奧莉薇亞著急地問：『可以先讓我見見蘇菲亞嗎？』

銀芬妮提搖搖頭說：『沒辦法，等妳有資格離開酷樂比樂園時，才能見得到蘇菲亞。』

奧莉薇亞急得眼眶都紅了，眼睛泛著淚光，啜泣地說：『那要怎麼樣才能成為完全自由的人？』此時碧綠已經走到奧莉薇亞的旁邊，在她的腳邊不停的磨蹭著。愛蓮娜蹲下來撫摸著碧綠身上非常柔軟的毛，看著牠那對閃閃發亮的雙色眼。

銀芬妮提用一種異常溫柔的語氣說：『不要著急，妳很快就會知道了。現在……』她面露笑容，開心的說：『我要宣佈一件很棒的事。今天晚上酷樂比樂園會舉辦一場盛大的迎新舞會，歡迎妳們這些剛來到這裡的新生。到時候妳們也會認識到許多新朋友。』

摸著碧綠的愛蓮娜站了起來，眼睛發亮的說：『哇！有舞會喔。』接著她突然看著自己身上的衣服，露出擔憂的表情說：『可是我的衣服這麼醜，怎麼參加舞會？』

銀芬妮提走到了那座淡紫色的衣櫃，拉開了衣櫃的門，裡面吊著好多件不同款式的華麗禮服。愛蓮娜一看到這麼多的禮服，立刻跑到銀芬妮提身邊，心花怒放地看著這些禮服。銀芬妮提從衣櫃裡挑出一件露肩的粉紅色禮服，在愛蓮娜面前比了一下說：『愛蓮娜，我覺得這件很適合妳，前面的短裙剛好可以襯托出妳那修長美麗的雙腿，加上腰間的薄紗又可以凸顯妳纖細的腰身，還有後面的滾邊拖曳裙擺讓妳整個人的氣質都變得很高雅。』

愛蓮娜開心地接過禮服，走到衣櫃的鏡子前面比試一番，銀芬妮提拉開衣櫃的另一個門說：『這裡還有各式各樣的鞋子可以讓妳們挑選。』

說完後，銀芬妮提走到了奧莉薇亞身邊，帶著她來到那座鑲金邊的古典梳妝台，讓她坐在梳妝鏡前。銀芬妮提打開桌子下面的抽屜，拿出一個水晶流蘇的項鍊，上面還有一顆淚珠形狀的淡藍色寶石。她替奧莉薇亞戴上的同時，愛蓮娜也來到梳妝台的旁邊，用羨慕的眼神看著奧莉薇亞。銀芬妮提微笑的說：『真是好看，這款天使淚珠項鍊很適合妳，完全表現出脖子和鎖骨的美麗線條。』奧莉薇亞看著鏡中的自己，一點笑容也沒有。站在旁邊的愛蓮娜嘟著嘴說：『銀芬妮提老師，人家也想要項鍊。』

『愛蓮娜，這裡還有很多搭配禮服的珠寶配飾，妳可以慢慢挑選。喔，對了，』銀芬妮提走到房間的窗戶旁，將窗戶打開，兩隻一直站在窗外陽台的雪鴞飛了進來，停在衣櫃上面。

『這兩隻雪鴞會一直陪在妳們身邊。在酷樂比樂園裡，每個人都會被分配到一隻雪鴞，牠們會帶妳們前往舞會的地點。妳們還有好幾個小時可以好好打扮，今晚見了。』說完後，銀芬妮提就帶著碧綠離開了房間。

時間來到了晚上八點，酷樂比樂園裡的學生依序來到了舞會的現場，他們都是年紀介於十四歲到十八歲之間的青少年。舞會現場是一個挑高的室內廣場，周圍有三十二根雄偉的羅馬柱環繞一圈，正中央則是一片金黃色地板的圓形舞池。舞池正上方有一座巴洛克式的圓頂，圓頂壁上畫了許多背上有著一對白色翅膀的可愛小天使，不過最特別的是廣場周圍的透明玻璃外面，竟然是一片美得令人驚嘆的海底景觀，原來整個舞池是建造在水面下。

在廣場的某一處角落，奧莉薇亞身穿一件寶藍色的圓領禮服，脖子上戴著天使淚珠項鍊，在她素顏的秀氣臉蛋上沒有任何表情。站在她旁邊的愛蓮娜則是打扮得非常亮麗，一頭公主頭造型搭配著粉紅色的晚禮服，讓人很難不注意到她。此時燈光昏暗的舞池突然出現一束探照燈光，銀芬妮提身穿一襲純白色的晚禮服出現在燈光裡，她拿起麥克風說：『我誠心的歡迎所有來參加舞會的學生，相信剛來到這裡的五位新生今天晚上會認識到許多新朋友。在如此浪漫的地方，將由我為各位獻唱歌曲。各位舊生們，請主動去邀請這幾位新生，讓他們感受到酷樂比樂園是一個溫暖的大家庭。現在，我們先歡迎位兩位特別來賓為我們開始第一支舞。』舞池的正中央出現兩束探照燈光，一隻綠色的小猴子和一隻紅毛猩猩站在燈光裡，小猴子和猩猩身上都穿著一件白色襯衫和一件深咖啡色的吊帶褲。一首爵士藍調的旋律從舞池的四周響起，銀芬妮提跟著前奏開始搖擺著身體，用一種獨特的性感嗓音唱起歌曲。

小猴子和猩猩也隨著節奏跳起舞來，猩猩開心的說：『波特，好開心可以跟你跳舞喔。疑？你的臉是不是有做過全新的保養，現在變得更可愛了耶。』

小猴子一邊跳著舞，一邊納悶地說：『這位帥哥，請問你是哪位啊？』

紅毛猩猩說：『齁，波特，這麼快就把我忘了喔。我是彭哥啊。我們在巴梵莎王國的 I.C.E. 裡面認識的。』

波特墊起腳尖，旋轉了兩圈後說：『大哥，你一定是搞錯了。我從來沒有離開過雪之城堡啊。現在可以麻煩你專心跳舞好嗎？』說完後，他們的身體跟著一陣輕快的節奏搖擺起來。現場的氣氛開始變得熱絡起來。

彭哥感到納悶地說：『我不是叫大哥，我是叫彭哥啦。波特，你該不會連佛多都忘了吧？』

波特搖擺著身體，睜大眼睛的說：『佛多是什麼東西？好玩嗎？哎呀，歌曲快要結束了。帥哥，我等一下會跳到空中，麻煩你一定要接住我喔。』彭哥點點頭，突然咻地一聲，波特利用彈跳鞋跳到高空做了三個前空翻後，彭哥朝著波特落下的方向跑去，突然牠雙膝跪地滑了過去，不偏不倚地用雙手接住了波特。全場響起了掌聲和歡呼聲，銀芬妮提微笑地說：『感謝這兩位來賓帶來的第一支舞蹈，接下來我會繼續演唱許多動人的歌曲，各位女士和男士們，可以開始去邀請你們的舞伴了。』

從舞會一開始，班森就不時地注視著愛蓮娜，他對站在旁邊的柯帝斯說：『我們去邀請那兩位新生跳舞吧。』柯帝斯看了一下愛蓮娜和奧莉薇亞，跟著班森走向她們。愛蓮娜注意到柯帝斯正走向自己，心裡開始小鹿亂撞，臉頰不自覺地紅了起來。奧莉薇亞則是一直站在玻璃前面，她正專心地看著窗外十幾隻世界上最巨大的水母—獅鬃水母，此刻牠們正緩慢地舞動著傘狀的透明頭部向上游，在牠們粉紅色身體的下面還拖著長達幾十公尺的觸手。奧莉薇亞從來沒有看過如此巨大又美麗的生物，突然一個少年的聲音傳來：『妳們好，我叫班森，可以冒昧請教妳們的名字嗎？』

愛蓮娜偷偷地瞄了一下柯帝斯，然後害羞地對班森說：『我叫愛蓮娜，很高興認識你們。』

一首慢板的抒情旋律傳了出來，舞池燈光的亮度也調暗了下來，一陣浪漫的氣息像瘟疫般似地感染著舞會上的人。舞池上十幾對學生開始跳著慢舞，班森伸出手，表現得非常紳士的對愛蓮娜說：『有這個榮幸請妳跳一支舞嗎？』愛蓮娜將她那纖細白皙的手指放在班森的手上，跟著班森走向舞池。

柯帝斯走到了奧莉薇亞的身邊，這時突然有三隻頭上長著一根長長尖刺的鯨魚優雅地從奧莉薇亞的眼前游過去，柯帝斯說：『妳看，那是北極地區特有的獨角鯨，很美吧。』奧莉薇亞看了一下柯帝斯，語氣平淡地說：『請問你是？』

『我叫柯帝斯，今年十六歲。還沒請教妳的名字？』

奧莉薇亞禮貌性地微笑一下，然後說：『我叫奧莉薇亞。』

柯帝斯笑著說：『奧莉薇亞，很好聽的名字。妳好像很喜歡這裡的海洋生物，我給妳看一個好東西。』這時柯帝斯從口袋拿出一個小型的高倍率望遠鏡看了一下外面，然後將望遠鏡遞給了奧莉薇亞後說：『妳看那裡。』

奧莉薇亞拿起望遠鏡往柯帝斯指的方向看去，她驚訝地說：『哇，好漂亮的透明小天使喔，牠們好像在一起跳舞。為什麼牠們透明的身體裡面會出現黃色和紅色？』

『牠們是裸海蝶，也就是俗稱的海天使。牠們是雌雄同體的生物，有一對透明的翅膀可以幫助牠們在水裡移動。那些黃色和紅色的部分是牠們的器官。』柯帝斯看了一下舞池，伸出手說：『不知道可否請妳跳一支舞？』

奧莉薇亞將望遠鏡放到柯帝斯的手裡說：『很抱歉，我不會跳舞。』

柯帝斯將望遠鏡收進口袋，笑著說：『妳放心，我可以教妳，妳會發現跳舞真的是一件很容易的事。』柯帝斯看著正在考慮的奧莉薇亞，忽然直接牽起她的手，將她帶到了舞池上。

柯帝斯將奧莉薇亞的手搭在他的肩上，微笑的說：『妳只要身體放輕鬆，讓身體跟著旋律自然地擺動，剩下的交給我就可以了。』在柯帝斯的帶領下，奧莉薇亞漸漸地找到了跳舞的韻律。在不遠處正在跟班森跳舞的愛蓮娜看到奧莉薇亞和柯帝斯跳著舞，心裡產生了一種強烈的嫉妒感。

奧莉薇亞開口問：『柯帝斯，你待在酷樂比樂園多久了？』

柯帝斯想了一下說：『應該有超過三年了。』

『那你知道這個地方有沒有收容六歲的小孩？』

『一年多前我曾經和銀芬妮提老師去過彩虹泡泡糖果屋，那裡有許多年紀不到十歲的小孩。奧莉薇亞，妳為什麼突然問這個問題？』

奧莉薇亞眼神閃爍了一下說：『我只是好奇為什麼酷樂比樂園都只有青少年，而沒有開放給年紀更小的孩子來玩。那你知道彩虹泡泡糖果屋怎麼去嗎？』

柯帝斯點點頭說：『彩虹泡泡糖果屋位在雪之城堡的另一個角落，離酷樂比樂園不遠。』

奧莉薇亞顯得有點激動，她繼續追問說：『我可以找時間去那裡看看嗎？』

柯帝斯皺著眉頭說：『這沒辦法，只有像銀芬妮提老師這種有通行許可的人才可以進出。』

奧莉薇亞突然轉移話題的說：『柯帝斯，你在這裡已經待超過三年了，難道都不想離開這裡，到外面的世界看看？』

柯帝斯笑著說：『完全不會，因為這裡已經是全世界最棒的地方了。相信我，妳只要再待上一段時間後，一定也會發現世界上沒有比這裡更好的地方了。』

奧莉薇亞皺起眉頭說：『難道你都不會想念你的父母嗎？』這時愛蓮娜和班森已經跳到他們身邊，愛蓮娜突然插嘴說：『奧莉薇亞，我們可以交換舞伴嗎？』說完後，就主動拉起柯帝斯的手，身體緊貼著他。她深情款款的看著柯帝斯，跟柯帝斯跳起了舞。舞會就在銀芬妮提性感甜美的歌聲中，圓滿的結束了。

伊果值

次日的早晨，奧莉薇亞和愛蓮娜剛用完早餐回到了寢室裡，她們已經和柯帝斯約好半小時後在酷樂比樂園的廣場見面。愛蓮娜坐在梳妝檯前看著鏡中的自己，一邊梳著頭髮一邊開心的說：『奧莉薇亞，我現在才深刻的體會到我們居住的城市是多麼的破舊。跟我從小成長的家庭環境相比，這個地方簡直就是天堂呢！』然而奧莉薇亞並沒有任何回應，此時的她內心仍然一直思考著要如何逃出這裡。

愛蓮娜絲毫不在乎奧莉薇亞有沒有回應，只是自顧自地繼續說：『還有，妳有沒有覺得那位柯帝斯長得很帥，他剛好是我喜歡的那一型。可是……』愛蓮娜停頓了一下，從鏡中看著坐在後面的奧莉薇亞，用一種擔憂的語氣說：『不知道他會不會不喜歡我？』奧莉薇亞仍舊沈默著。

愛蓮娜轉過頭看著奧莉薇亞，不滿的說：『奧莉薇亞！妳到底有沒有在聽我說話啊！我先警告妳喔，妳可不能跟我搶柯帝斯喔。』

奧莉薇亞不耐煩地說：『我現在沒有心情聽妳說這些，我正在想辦法要如何離開這個地方。』

愛蓮娜突然露出開心的笑容說：『那太好了，妳最好趕快離開，這樣就沒有人跟我搶柯帝斯了。』說完後，她照著鏡子開始畫上眼影，並且在兩邊的臉頰塗上淡淡的腮紅。她看了一下牆上的時鐘，趕緊塗上口紅，抿了抿嘴脣後，對著鏡中的自己露出自信的微笑。接著她從抽屜裡拿出一瓶玫瑰花香的香水在耳垂的後方噴了幾下後，轉頭對奧莉薇亞說：『走吧，我們和柯帝斯約定的時間快到了。』

奧莉薇亞起身跟著愛蓮娜走出了寢室，她一邊走心裡一邊想著：『看來要找到逃出這裡的方法，還是必須先從柯帝斯身上獲得更多關於這裡的訊息。』

一來到戶外的廣場，愛蓮娜立刻發出了『哇！』的驚嘆聲，臉上露出了驚訝的表情。她興奮地抓著奧莉薇亞的手說：『奧莉薇亞，妳快看，這裡有好多的遊樂設施。』廣場上已經有許多青少年在玩著各種不同的遊戲，同時還有許多動物穿梭在其中。

歡笑聲不斷地傳進她們的耳裡，突然一個熟悉的聲音從右邊傳了過來：『早安，奧莉薇亞。』柯帝斯和班森朝著她們走來，旁邊還跟著一隻白色的小長頸鹿。奧莉薇亞看到他們的肩膀上各停著一隻雪鴞，這時來到眼前的柯帝斯指著長頸鹿說：『跟妳們介紹一下，這位是我的好朋友凡妮絲。』

愛蓮娜看著凡妮絲，撒嬌地說：『好漂亮的長頸鹿喔。』但是當她伸出手要去撫摸牠時，凡妮絲立刻往後退了好幾步。

柯帝斯說：『凡妮絲不喜歡陌生人隨便摸牠。對了，銀芬妮提老師給妳們的那兩隻雪鴞會記錄妳們所累積的伊果值。』說完後，兩隻雪鴞就自動飛到奧莉薇亞和愛蓮娜的肩膀上。柯帝斯接著說：『這兩隻雪鴞就像是妳們的貼身僕人，生活上有任何不懂的地方都可以問牠們，還有想知道自己還有多少伊果值隨時都可以問牠們。』

奧莉薇亞問：『什麼是伊果值？』

柯帝斯微笑了一下說：『伊果值就是妳們在這裡玩遊戲的過程中累積的點數。剛進來的新生都會有一百點的基本點數。走吧，我們邊走邊說，我順便跟妳們介紹一下這裡。』這時，愛蓮娜趕緊來到柯帝斯旁邊，刻意走在奧莉薇亞和柯帝斯之間，跟在後面的班森臉上露出了一絲落寞的表情。

柯帝斯帶著她們來到摩天輪的旁邊，他說：『酷樂比樂園的戶外廣場一共有四個主題遊樂區，我們目前所在的位置是兒童樂園區，裡面有摩天輪、旋轉木馬、雲霄飛車等，都是一些很簡單的遊樂設施。在前面八百公尺的地方則是有稍微刺激一點的射擊遊樂區，裡面多半是弓箭或是機關槍的射擊遊戲，我個人是比較推薦「獵殺亞瑟王」和「暗夜鬼逃殺」這兩個難度稍微高一點的遊戲。妳們可能還不知道，難度越高的遊戲，過關後所獲得的伊果值就越多。』

愛蓮娜好奇的問：『柯帝斯，伊果值越多會有什麼好處嗎？是不是可以兌換獎品？』

柯帝斯哈哈大笑了一下說：『愛蓮娜，這裡沒有兌換獎品這種膚淺的事。玩遊戲本身就存在著樂趣，而且破關之後所帶給我們的成就感、榮譽感以及自信心已經是最好的禮物了。我相信妳在待一陣子就會感覺到這些遊戲所帶給妳的許多成長。簡單的說，伊果值越高的人代表他內在的靈性越高。』

愛蓮娜點點頭說：『原來是這樣，那柯帝斯你現在的伊果值是多少？』

『我現在是十八萬五千點，而班森的伊果值是十三萬三千點。』說完後，後面的班森緊接著說：『柯帝斯可是整個酷樂比樂園裡伊果值最高的人。』

柯帝斯微笑的說：『班森，你忘了說第二名就是你。』

愛蓮娜露出崇拜的眼神，撒嬌地說：『哇！柯帝斯，你好厲害喔，那你一定要多教教我喔。』

柯帝斯點點頭說：『班森和我都很樂意幫助新同學的。』此時的班森看著愛蓮娜，露出了害羞的表情。

柯帝斯注意到奧莉薇亞一臉心事重重的樣子，他關心地問：『奧莉薇亞，有什麼事困擾妳嗎？』

奧莉薇亞說：『柯帝斯，我想請問你一件事。昨天銀芬妮提老師說要成為完全自由的人才有離開這裡的資格，什麼是完全自由的人？』

柯帝斯笑著說：『原來是這件事，我來跟妳解釋。當一個人的靈性越來越高，他就越不會受到內在道德良心的約束，所以也就越能隨心所欲地做自己想做的事。妳慢慢就會理解到一個越自由的人，他所能釋放出來的潛能就越大，當然他對整個世界的貢獻自然也越大。』

奧莉薇亞說：『這樣聽起來，完全自由的人指的就是那個人的伊果值超過某個值以上？』

柯帝斯搖搖頭說：『不完全是。伊果值越高的確代表妳是越自由的人，但是如果妳想要成為完全自由的人，一定要通過艾雪魔幻屋。』

這時他們來到了一個十字路口，奧莉薇亞正想繼續追問艾雪魔幻屋，柯帝斯突然說：『我們已經穿過兒童樂園區了，繼續往前走就會到射擊遊戲區。如果往左邊走就會通往另外兩個遊戲區，分別是戰略遊戲區和競賽遊戲區。我想到競賽遊戲區裡有一個遊戲滿適合當做妳們第一個遊戲，想不想去玩？』

愛蓮娜興奮地說：『好啊，我已經迫不及待了。』

沒想到奧莉薇亞卻說：『柯帝斯，我想去玩艾雪魔幻屋。』

柯帝斯微笑地看著奧莉薇亞說：『沒想到妳這麼有膽量，想直接挑戰酷樂比樂園裡最困難的遊戲，不過妳現在還沒有達到可以挑戰艾雪魔幻屋的資格。要挑戰艾雪魔幻屋，妳的伊果值必須到達十五萬點以上才可以參加。在酷樂比樂園裡，除了兒童樂園區的遊戲之外，其他三個主題樂園的遊戲都會要求伊果值。妳想玩難度越高的遊戲，妳的伊果值就必須要越多。』

奧莉薇亞聽到後，沮喪地說：『十五萬點？那要什麼時候才能累積的到。』說完後，奧莉薇亞想起了妹妹蘇菲亞，突然蹲下來，雙手摀著臉啜泣著。

柯帝斯對奧莉薇亞的舉動感到納悶，他問：『奧莉薇亞，妳為什麼要傷心？是不是怕其他遊戲不夠刺激好玩？妳不用擔心，我保證等一下要玩的遊戲妳一定會非常喜歡。』沒想到這時凡妮絲卻走到她身邊，彎下脖子將臉湊到她旁邊。

愛蓮娜在旁邊故意附和地說：『柯帝斯，她每次都這樣，你不用管她啦，她一下子就會好了。人家好想趕快去玩遊戲喔。』

柯帝斯點點頭說：『好吧。奧莉薇亞，我們要去玩的遊戲叫做火球之吻，如果妳不知道位置，雪鴞會帶妳過去。』說完後，他們三人就朝著競賽遊樂區的方向前進，但是凡妮絲卻一動也不動，站在奧莉薇亞旁邊。

柯帝斯回頭看了一下凡妮絲，微笑的說：『凡妮絲，妳就留下來陪奧莉薇亞。』

過了十分鐘，奧莉薇亞哀傷的情緒漸漸平撫下來，她告訴自己悲傷是沒有用的，只有堅強起來才有機會離開這裡。她抬起頭時，一直站在身邊的凡妮絲伸出舌頭舔著她沾著淚水的臉頰，奧莉薇亞摸著凡妮絲的臉說：『謝謝妳留在身邊陪我，走吧，我們去找柯帝斯。』說完後就站起來，朝著火球之吻的場地跑去。

此時的愛蓮娜已經進入了競賽遊樂區，她看著周圍這些奇形怪狀的建築物前面都有一些青少年正在排隊，班森突然走到愛蓮娜旁邊，指著右前方說：『愛蓮娜，妳有看到空中那個彎來彎去的軌道嗎？那個遊戲叫莫比烏斯飛車，我和柯帝斯昨天才剛玩過，是一個非常刺激的賽車遊戲。』話才剛說完，四輛漂浮在軌道上的賽車以極快的速度接連地呼嘯而過。

柯帝斯微笑地接著說：『班森，你對賽車遊戲的確是特別拿手。等愛蓮娜的伊果值累積到一萬點後，我們就可以帶她一起來玩了。』

愛蓮娜看著這些飛馳而過的賽車，表情顯得有些擔心的說：『這個遊戲看起來好像有點恐怖，如果玩的時候不小心撞車，會不會有生命危險啊。』

柯帝斯回答說：『不用擔心啦，酷樂比樂園所有的遊戲都有非常完善的安全措施，不會讓妳受傷的。』

『對了，柯帝斯。如果闖關失敗的話，會有什麼處罰嗎？』

柯帝斯哈哈大笑的說：『妳放心啦，這又不像考試一樣，考不好會被罵。闖關失敗的話，唯一的處罰就是妳的伊果值會變少。』

愛蓮娜鬆了一口氣說：『那還好。』突然她好像想到什麼，她說：『不對啊，那伊果值被扣到零的時候怎麼辦，這樣我就沒辦法玩任何遊戲了。』

旁邊的班森說：『愛蓮娜，不用擔心。如果真是這樣，妳可以去玩兒童樂園區的遊戲來累積伊果值，那裡的遊戲不會要求妳的伊果值，而且每玩一個遊戲妳就可以自動獲得五點的伊果值。』愛蓮娜聽完後，一臉如釋重負的樣子。

前方出現了一座很大的廣告招牌，招牌上面畫著一尊復活節島上才看得到的摩艾石像，而且這座石像的嘴唇正親吻著一顆紅色的火球。招牌的後面是一個長一百公尺，寬一百公尺的正方形運動場，這時旁邊的入口處已經有三個青少年在等候著。柯帝斯對其中一位等待的金髮少女打招呼說：『凱莉，你們也來玩火球之吻啊。』

金髮少女說：『柯帝斯，你來得正好，我們還缺四個人才能玩，不知道你有沒有興趣加入我們。』

柯帝斯點點頭說：『當然沒問題，我們這裡有三個人，不過還有一位新同學馬上就會過來。』

凱莉微笑的比了一個ＯＫ的手勢，然後用一種好奇的語氣說：『對了，柯帝斯，聽說你已經把挑戰艾雪魔幻屋的申請書交給銀芬妮提老師，真的還是假的啊？』

『凱莉，妳的消息還真是靈通，我今天一大早才剛交給她，妳現在就知道了。』

『呵呵，過獎了。目前整個酷樂比樂園只有你有資格挑戰艾雪魔幻屋，不過我記得你之前不是說要等班森的伊果值到十五萬點之後，再和他一起參加嗎？』

『我原本的計畫是這樣沒錯，但是我實在忍不住，艾雪魔幻屋對我有一種特殊的吸引力。』

凱莉點點頭笑著說：『我完全了解，畢竟挑戰艾雪魔幻屋是這裡每個學員的夢想，能夠破關可是至高無上的榮譽啊。』

柯帝斯看到奧莉薇亞和凡妮絲正朝著他們跑過來，他揮揮手後，對凱莉說：『最後一位也到了，我們準備進去吧。』

愛蓮娜看到入口處的上方有一個螢幕，上面寫著遊戲的條件：

1. 任何參加本遊戲的學員，伊果值必須超過五十點才能參加。
2. 本遊戲是一個團體合作的遊戲，學員人數必須七人以上才能參加。
3. 闖關成功的隊伍，每位學員都可以獲得兩百點伊果值。
4. 闖關失敗的隊伍，每位學員會損失五十點伊果值。

柯帝斯看著氣喘吁吁的奧莉薇亞說：『沒想到妳跑步的速度這麼快，看來妳很適合玩這個遊戲。走吧，我們進去玩火球之吻吧。』這時學員身上的雪鴞都紛紛地飛進了遊戲場內。

遊戲場的入口處是一扇玻璃門，而且門的大小一次只容許一個人穿過。他們七個人排好隊後依序地進入了玻璃門。當奧莉薇亞進入玻璃門後，她發現門後面是一個大約五公尺長的玻璃隧道，突然一種透明的不明液體從四面八方噴向她的身體，嚇了她一跳。離開隧道後，她問前面的柯帝斯說：『剛剛隧道裡噴的液體是什麼？』

『那是奈米矽碳混合凝膠[7]，是一種隔熱的高科技材料，可以非常有效的隔絕熱傳導、熱對流和熱輻射。噴上這個之後妳就不用擔心會被遊戲中的火焰所燒傷。』

所有參賽者都已經來到正方形的運動場上，奧莉薇亞看到運動場的裡面有一個白色的壘包和一尊三公尺高的摩艾石像，突然從前方的地面上升起了一個很大的螢幕，螢幕上出現了一個身穿原始部落服裝的老婆婆，在她滿臉皺紋的臉上還有好幾條不同顏色的刺青。閉著雙眼的老婆婆用一種緩慢而詭異的語調說：『來到這裡的勇士們小心了，這是一個被神靈詛咒的地方。這裡有許多可惡的偷火賊，他們不斷地將火苗偷走，這樣的行為觸怒了火神，給這塊土地下了一個可怕的詛咒。要讓火神息怒的唯一的辦法就是讓這些小偷嚐嚐被火焰吞噬的滋味。諸位勇士們，請幫助這塊土地上的人民解除這可怕的詛咒吧！』說完後，老婆婆的影像就消失了，螢幕上緊接著出現了好幾排字，上面寫著遊戲規則：

1. 參賽者請挑選一位當投手，其餘的人可以待在場上的任何位置，並且允許自由移動。如果投手投出超過五個壞球，比賽立刻結束，參賽者被判定闖關失敗。

2. 擊球者有三次機會擊球，如果三次都沒有擊中球，就會被火焰吞噬。

3. 當擊球者將球擊出後，參賽者必須盡快將球接觸摩艾石像的嘴唇。如果擊球者在球還沒碰到石像的嘴唇之前就抵達紅色壘包，比賽立刻結束，參賽者被判定闖關失敗。

4. 當參賽者將球接觸摩艾石像的嘴唇時，如果擊球者還未到達紅色壘包，而且也沒有站在藍色壘包上，會立刻被火焰吞噬。當七位擊球者都被火焰吞噬時，參賽者便闖關成功。

奧莉薇亞和愛蓮娜專心地看著遊戲規則時，凱莉對柯帝斯說：『就由你擔任投手吧。』柯帝斯點點頭，自信地說：『沒問題，放心交給我吧。』

運動場上的參賽者都已經站好自己的守備位置，打擊區位在正方形遊戲區的其中一個角落，對面的角落放著紅色壘包，最後剩下的兩個角落則是放著藍色壘包。柯帝斯站在距離打擊區二十公尺的白色壘包上，手裡拿著一顆紅色的足球，這時上來的第一位打擊者是一隻頭上長著一對長角的馴鹿。柯帝斯知道這隻馴鹿不好對付，投出了一記快速下墜球，馴鹿助跑了一下，砰的一

---

7 請參見**科學筆記Ⅱ**：氣凝膠 P353

聲，頭上的角不偏不倚的擊中紅球。咻地一聲，球飛向高空，越過了柯帝斯，朝班森的防守區域飛去。班森跳起來把球接住後，直接在空中把球丟向柯帝斯，沒想到馴鹿奔跑的速度非常快，此時距離紅色壘包已經不到二十公尺。球飛到了柯帝斯的上空，但是時間似乎來不及了，柯帝斯看見情況危急，趕緊跳起來，朝著馴鹿的方向將球用力一踢。紅球以非常快的速度擊中了馴鹿的頭，這隻奔跑中的馴鹿立刻應聲倒地，只差三步就可以抵達紅色壘包。凱莉開心的說：『太好了！』趕緊將球丟給柯帝斯。奧莉薇亞看著倒地不起的馴鹿，心想：『這樣沒有犯規嗎？』

柯帝斯帶著紅球來到摩艾石像旁邊，將球碰觸到石像的嘴唇，這時嘗試想要爬起來的馴鹿全身突然燃燒起來，場上傳出了一陣淒涼的哀嚎聲，同時還伴隨著濃濃的燒焦味。這個場景嚇壞了奧莉薇亞和愛蓮娜，剛剛還很有活力的馴鹿，沒想到竟然在他們眼前活生生地被燒成一具焦黑的屍體。但是這樣的景象對場上其他的參賽者來說，似乎是很稀鬆平常的事，每個臉上都露出了開心的笑容。奧莉薇亞在心裡憤怒地說：『這個遊戲怎麼這麼殘忍。』

接下來的五位打擊者都因為三次沒有擊中球而直接在打擊區被燒成乾屍，這時第七位上場打擊的是一隻可愛的白色北極兔。柯帝斯故意丟出一顆慢速球，北極兔奮力一蹬，用頭將球頂了出去，然後開始一蹦一蹦地往前跳。球滾到了奧莉薇亞附近，柯帝斯開心的說：『奧莉薇亞，快把球丟過來。』奧莉薇亞跑過去將球撿起來，卻不願意把它丟給柯帝斯。北極兔持續地往藍色壘包跳去，柯帝斯看到奧莉薇亞一動也不動的站在那裡，趕緊跑過去把球搶過來，不高興的說：『奧莉薇亞，妳在發什麼呆，現在正在比賽，不要分心。』說完後，就瞄準北極兔，準備將球砸向牠。沒想到奧莉薇亞突然用身體擋在柯帝斯前面，不讓他攻擊北極兔。

柯帝斯皺著眉頭說：『妳到底在幹嘛，妳這樣會讓我們輸掉這場比賽。』北極兔努力的往藍色壘包跳去，只要一抵達藍色壘包，牠就可以免去被火燒死。柯帝斯靈機一動，直接瞄準摩艾石像的嘴唇，將球踢了過去。咻地一聲，紅球在北極兔抵達壘包的前一秒碰到了嘴唇，北極兔瞬間被熊熊烈火給吞噬。

場上的參賽者立刻開心地拍著手，凱莉大聲的說：『太好了，我們勝利了！』同時運動場的四周也傳出了勝利的旋律。

柯帝斯對奧莉薇亞說：『妳這樣的遊戲態度是無法贏得比賽的。我可以體諒妳剛來到這裡，沒有辦法像我們這些舊生一樣擁有很高的靈性。不過我希望從今天的遊戲妳可以體認到自己內在的靈性是多麼的空虛脆弱，從今以後，妳一定要努力地去提升內在的靈性，不然妳這輩子都不可能去挑戰艾雪魔幻屋的。』說完後就跟著其他參賽者一起離開了運動場。

第三章：賽洛克城

鬼面兵團

巴梵莎王國的最西邊有一片美麗的金黃色沙漠比鄰著遼闊的大西洋，這條細長的沙漠沿著海岸線，從巴梵莎的南部一直往北延伸到摩爾共和國的境內，全長超過兩千公里。根據地質學家的探勘與研究顯示，這片沙漠已經存在超過了有七千萬年，可能是目前地球上最古老的沙漠，而且不知從哪個年代開始，這片沙漠地區有了一個特別的名字—「燭龍之丘」。

離開派森爺爺家的伊凡和佛多，隨即乘坐著伊凡的噴氣式飛天跑車往巴梵莎王國的方向飛去，坐在後座的伊凡對旁邊的佛多說：『你知道嗎，我對駕駛交通工具非常不在行，所以這種事我都是交給自動駕駛。這台飛車的自動駕駛程式是我大學時設計出來的，我還有申請專利呢。』伊凡爽朗的笑了起來，然而佛多卻不發一語。

伊凡看著憂心忡忡的佛多，故作神秘地說：『偷偷告訴你一件事，賽洛克城是我的故鄉，我是在這座城市裡長大的。所以啊，我剛好可以利用源院長派我來協助你這次的任務，順便回家鄉看一看，找一些朋友出來敘敘舊。』

佛多沈默了大約三十秒後說：『伊凡，波特真的會被解體嗎？』

伊凡突然面露嚴肅的說：『佛多，我知道你很擔心波特，但是我也不想騙你，源院長的確有說過波特很有可能被整個拆開來研究，畢竟波特內部有太多先進的科技值得我們地球上的人類來學習。』

佛多緊握雙手，生氣的說：『沒關係，就算他們把波特解體了，我也一定會再把他組裝回去。』

伊凡將手搭在佛多的肩膀上，微笑的點著頭，心裡卻在想：『這個傻佛多，連自己都自身難保了，還天真的以為可以救波特。』

飛天跑車穿越了巴梵莎境內的塔爾加沙漠，持續地往西邊飛行，前方已經可以看到一大片蔚藍的大西洋，他們沿著海岸線往南飛行在燭龍之丘的上空。伊凡拍了一下佛多的肩膀說：『你知道那些生長在沙漠表面的綠色植物是什麼嗎？』佛多看著地面上一株一株形狀很像大章魚的綠色植物，伊凡接著說：『那種植物叫做千歲蘭，壽命可以長達兩千年。更特別的是，它們只生長在這片海岸沙漠。』此時伊凡深深吸了一口氣說：『這片沙漠勾起了我許多童年的回憶。』

『伊凡，賽洛克城是一個什麼樣的地方？』

伊凡摸著下巴說：『讓我想想該怎麼跟你描述，因為賽洛克城這幾十年來發生了非常大的變化。賽洛克城位在這片沙漠的東邊大約一百五十公里的地方，那是一片廣大的熱帶草原。在我小時候，賽洛克城主要的建設都集中在帕西斯宮殿周圍，那裡有很多的高樓大廈和先進的自動化設備，不過只有皇室和有錢人可以居住在那裡。我時常爬到屋頂上，看著那座遙遠的華麗宮殿，幻想著自己住在宮殿裡的生活。宮殿圓頂上那隻展翅的純金雄鷹，在陽光的照耀下，特別令我著迷。』

伊凡看著層層堆疊的沙丘，笑著說：『呵呵呵，再偷偷告訴你一件我小時候做過的蠢事。當時我為了讓體弱多病的爺爺可以吃到肉，自己做了一把弓箭單獨跑到城市外面的大草原打獵，結果遇到一隻飢餓的獅子。還好在獅子撲上來之前，皇家狩獵隊剛好經過這裡，把獅子給打死。我看到他們沾滿血跡的車上堆滿了許多動物的屍體，臉上還流露出滿意的笑容，可以感覺到每個人都很享受這場狩獵活動。但是令人感到諷刺的是……』

伊凡突然收起笑容，他接著說：『後來亞德里亞帶領反抗軍殺進帕西斯宮殿的那一天，反抗軍的車上所堆滿的正是這些皇室成員的屍體。佛多，雖然亞德里亞國王的一些行為是不對的，但是平心而論，他的確將巴梵莎王國治理的很好。賽洛克城現在如此繁榮的樣貌跟我小時候相比，簡直有著天壤之別。這都要歸功於殖晶人和殖晶動物為整個國家所帶來的龐大經濟價值。』

佛多納悶的問：『伊凡，感覺上你好像認為動物的殖晶是對的？』

『呵呵呵，佛多，你要了解在人類的社會裡，事情的對錯向來都沒有絕對的定義，這些對與錯是每個人根據自身的利益所做出的判斷，所以只要是和某個族群或是黨派發生利益衝突的事，就會被那個族群定義是錯的。很令人遺憾的是，人類社會就在不同黨派之間自私的價值觀中，持續地紛擾下去，永遠不會停止。我的確是支持殖晶醫學，因為我看到這些植入晶片的人類和動物們，都在無私的奉獻自己。我想或許只有殖晶人和動物所建立的社會，才能解決這種永無止境的紛爭。』

佛多皺著眉頭說：『伊凡，很抱歉，我不認同你所說的。動物本來就應該在牠們居住的地方自由自在的生活，而不是被植入晶片後，用來服務人類。』

『可是佛多，你知道嗎？在人類主宰的世界裡，動物是不可能自由自在的生活。就像我小時候那些居住在熱帶草原的動物們，牠們最後一個個都變成狩獵隊槍下的犧牲者，說穿了牠們根本就只是狩獵遊戲裡的玩具而已。』

此時的飛天跑車來到了一片一望無際的大草原，前方出現了一座城市，而且在城市的中央還有一座用純白色大理石建造而成的美麗宮殿。跑車已經開始減速，突然，一隻身型類似老鷹，但是卻長著兩隻細長鶴腳的大鳥飛到跑車上，牠是這個地區特有的鳥類—蛇鷲。同一時間，飛車的四周已經被十幾隻哈比鷹包圍著，蛇鷲開口說：『請出示通行證。』伊凡從胸前的口袋拿出一張證件，蛇鷲用紅外線掃瞄後說：『歡迎回來，伊凡博士。』說完後，就和哈比鷹一起離開了。

飛天跑車停到了賽洛克城外圍的機場，伊凡帶著佛多來到機場裡的一個櫃檯，櫃檯人員說：『先生，您好。請問要租用哪一種殖晶動物？』伊凡看了一下桌上的目錄，然後對佛多說：『要不要租兩隻斑馬？』

佛多納悶地問：『我們為什麼要租殖晶動物？』

『啊！忘記跟你說，在賽洛克城使用汽車是必須要經過申請核准才行，所以等一下你進入城市會發現車子很少。目前能夠搭乘的交通工具就是殖晶動物。』伊凡又翻了一下目錄說：『還是你想要租哈比鷹？』

佛多搖搖頭說：『不用了，我不想乘坐任何殖晶動物。我還是用走的就好了。』

伊凡看了一下手錶說：『現在是下午四點半，如果用走的，到目的地可能需要兩個小時以上的路程。你確定要用走的嗎？』佛多點點頭。伊凡聳聳肩說：『好吧，既然你堅持的話。』

他們一進入到賽洛克城，迎面而來的是一隻正在奔跑的大象，而且上面還坐著好幾個人。伊凡和佛多沿著左前方的街道前進，街道的路面上並沒有鋪上一層水泥或是柏油，而是還保有著熱帶草原的泥土和草地。佛多發現這裡的房子都蓋的不高，一眼就可以看到東北方那座有著純白色圓頂的帕西斯宮殿。此時的天空中有許多鴿子正忙碌地送著包裹，寬敞的街道上不時的有獅子、斑馬、犀牛等動物從他們身邊跑過去，人和其他動物似乎在這座城市裡共同組成了一個和諧的社會。伊凡和佛多來到了一個圓形的廣場，廣場中央還有一座水池，有好幾隻大象正站在水池裡，用牠們長長的鼻子互相噴水。

伊凡帶著佛多繞過廣場，這時伊凡注意到廣場旁邊一個佈告欄上面的告示，他停下來看著告示，喃喃自語地說：『鬼面兵團又出來鬧事了。』佛多湊上前去，告示上面畫著一個很奇怪的臉，兩隻怒目而視的眼睛惡狠狠的瞪著前方，還有一張紅色的血盆大口，上面有四根長又尖銳的牙齒，更奇怪的是在那光禿禿的頭上還長著兩隻金色的角。伊凡生氣的說：『這個鬼面兵團真是可惡，三不五時就跑出來搗亂，整座城市的和諧和寧靜就是被這些壞蛋給破壞了。』

佛多說：『這個人的臉長得很特別。』

『佛多，你看到的這個臉是面具。有一群帶著鬼面具的人不時的就會出來攻擊賽洛克城的居民，告示上說他們上個月又抓走十五個小孩。』

『伊凡，為什麼這些戴面具的人要抓小孩？』

『我也不知道原因。我只知道這群人第一次出現是在七年前，他們突然出現去攻擊帕西斯宮殿。佛多，我們還是趕緊先前往齊凡德爾醫療中心。』伊凡催促著佛多趕路。

齊凡德爾醫療中心

夕陽時分，賽洛克城西邊的天空已經被染成一片金黃色，伊凡和佛多持續地朝著日落的方向趕路。他們目前所抵達的地方是賽洛克城的西南地區，這個地區的房子看起來都非常老舊，而且空氣中不時地還會傳來腐臭的酸味。冷清的街道上沒有看到任何殖晶動物，這時前方傳來一群男孩們的笑聲，佛多注意到有五位少年正在玩著踢球的遊戲。這些身上穿著破爛衣服的男孩們一看到伊凡和佛多後，紛紛停下動作，用一種充滿敵意的眼神看著他們。佛多微笑地對著他們揮手，其中一位個頭最高大的少年用挑釁的語氣說：『喂，你們兩個，誰准你們來這個地區的，立刻給我滾出去。』

伊凡不理會少年的挑釁，他對佛多說：『等一下我帶你走一條捷徑，很快就可以抵達齊凡德爾醫療中心。』

這時少年右腳踩著足球，大聲的說：『跟你們說話是沒聽到嗎？耳聾了啊！』說完後，他用腳將球彈到空中，一個凌空飛踢，足球快速地朝佛多的臉飛去。佛多一個側身，單手就將球接住。他用一種平和的語氣對男孩說：『抱歉，我們只是路過這裡，沒有要打擾你們踢球。』

少年生氣的說：『少用那種自以為是的口氣說話。呸！我最瞧不起你們這些所謂高人一等的殖晶人。』正當這群少年準備要衝向佛多時，他們後面的房子傳來了一個中年婦女叫罵的聲音：『恩德利，你在幹什麼！太陽都要下山了，還不給我回家。』帶頭的少年兇狠地瞪著佛多，一臉不情願地往回走，其他少年也各自離開了現場。佛多對著恩德利微笑的說：『不要忘了你的球。』接著他將球丟還給了少年。

此刻的太陽已經完全沒入到地平線下，街道上只剩下幾盞昏暗的路燈。伊凡帶著佛多走進了一條漆黑的小巷弄，佛多拿著阿特拉斯照亮著前方的路，十分鐘過後，他們穿出了這條狹窄的巷子。前方燈火通明，一片翠綠色的草原上座落著好幾棟紅色屋頂的白色平房，房子的周圍種植著許多綠色的植物。在距離平房不到二十公尺的地方有一個直徑大約八十公尺的人工湖泊，而且湖岸邊有七棵非常巨大的猴麵包樹，這是一種樹枝很細但是樹幹卻非常粗大的樹木。它所結的果實像麵包一樣大，總是會吸引很多猴子前來覓食，所以被叫做猴麵包樹，不過這裡的民眾卻都稱這種樹為「生命之樹」。

伊凡笑著說：『終於到了，源院長要我們找的人就是這裡的醫生。他是源院長多年的好友，相信一定會願意幫助我們前往北極殖晶中心。』

他們一進入到房子裡面，走廊的兩排椅子上坐滿了等待醫治的病患，有一位白衣護士正在幫一位病患處理大腿上的燒燙傷。伊凡走到其中一位護士的身旁，很有禮貌地說：『打擾了，我有事想請妳幫忙一下。』

護士一邊熟練地處理傷口，一邊說：『請先到旁邊等候，我現在沒有時間。』伊凡無奈地走回佛多身旁等待，期間不時有護士出來協助這些等待中的病患。大約過了十分鐘，突然有一位中年男子抱著一位已經失去意識的小男孩慌張的衝進來，他用一種極度慌張的語氣對著其中一位護士說：『海莉，拜託妳趕緊通知齊醫師，依留沙的癲癇又發作了。』護士看著口吐白沫，全身不停在抽蓄，頭上還不停在流血的小男孩，緊張的說：『依留沙怎麼會留這麼多血？我立刻去通知醫生。』護士很快地就消失在走廊上。不到一分鐘，一位身穿白袍的醫生跑了過來，旁邊的護士們推著一張病床跟在後面。他看了一眼後立刻說：『依留沙需要立即開刀，馬上推他進去手術房。』護士們趕緊推著小男孩離開現場，這時伊凡叫了一聲：『齊云生醫師。』同時對他揮著手。

齊云生看了一下伊凡和他旁邊的佛多，客氣的說：『伊凡，你先到我的辦公室，我現在要立刻進行一個手術，可能要幾個小時。』說完後就匆忙地離開。

時間來到晚上九點，齊云生穿著白袍，一臉疲憊地走進了辦公室。伊凡和佛多已經在辦公室等候多時，齊云生倒了一杯咖啡後，坐到伊凡對面的沙發上，他喝了一口咖啡後說：『伊凡，很抱歉讓你久等了，剛好遇到緊急狀況，需要立刻幫小男孩動手術。』

『沒關係，那位開刀的小男孩還好嗎？』伊凡關心的說。

『生命跡象已經穩定下來了。這位小男孩患有先天性癲癇，已經發病過很多次，一直有在吃藥控制。沒想到這次發病的時候，頭部受到嚴重的撞擊。還好他有即時接受治療。』齊云生又喝了一口咖啡。

伊凡佩服地說：『齊醫師，現在像你這樣免費幫人醫治的醫生已經很少見了。』

齊云生微笑了一下說：『伊凡，你過獎了，這只是簡單的價值觀問題。在我心中有一個天秤，假使天秤的一端放著全世界的財富，另一端放著一根羽毛，天秤也會往羽毛的那端傾斜。在我眼裡，把金錢和生命擺在一起，錢是顯得如此微不足道。』

伊凡轉頭說：『佛多，他就是源院長多年的好友，齊云生醫師，也是這家非營利醫院的執行長。我想他一定能夠幫助我們到達北極殖晶中心。』

齊云生仔細地打量了佛多一下後，微笑的說：『原來你就是佛多，久仰大名。洛書有跟我提起你的事。我的確可以幫助你們前往北極殖晶中心，不過事情沒有想像的這麼簡單。』

佛多站了起來，堅定的說：『齊醫師，不管有任何困難我都一定會克服。』

齊云生不經意的瞄到佛多手臂上那塊葉子形狀的胎記，整個人突然愣住了，大約過了十秒鐘，他才回神過來的說：『好一個勇敢的外星男孩。』說完後，他對伊凡使了一個眼色，此刻的他心裡正想著：『佛多啊佛多，你還不知道自己對我是多麼的重要。』

他看著佛多接著說：『北極殖晶中心是巴梵莎王國裡最神秘的研究機構，全世界沒有幾個人知道它確切的位置，所以就算你們到了北極地區，也不可能找得到它，不過……』

齊云生停頓了一下後說：『我知道帕西斯宮殿的裡面有一個隱密的機場，那裡是專門停放直達北極殖晶中心專機的地方。目前唯一的辦法就是偷偷潛入到專機裡。只是機場戒備森嚴，要潛進去可能比登天還難。』

伊凡擔憂地說：『那這要怎麼辦才好？』

齊云生從容地說：『伊凡，你先不用擔心，我有前往專機地點的通行證。』

佛多納悶地說：『齊醫師，你為什麼會有通行證？』

『不瞞你說，我擔任亞德里亞國王的專屬醫師已經超過八年了，國王對我非常的信任。是他授權讓我可以自由地進出帕西斯宮殿的任何地方。』

伊凡假裝生氣的說：『齊醫師，你怎麼可以醫治這種會去侵略別人國家的人，這樣我們還能相信你嗎？』佛多在旁邊思考著。

齊云生保持微笑的說：『伊凡，病人的生命健康對我而言是最重要的，不管是好人還是壞人，身為醫師的我都會盡力去醫治生病的人。再說，好人和壞人的定義向來都是主觀的，亞德里亞國王或許對錫芬尼克斯的人民來說是壞人，但是對這個國家的人民來說，卻是不折不扣的好國王。伊凡，你也是出身在這個國家的人民，相信你心裡一定很清楚亞德里亞國王是如何讓賽洛克城變得如此繁榮。』

伊凡點點頭默認，齊云生看著佛多說：『我可以把通行證交給你們，並且告訴你們專機停放的位置，但是這麼做會讓我陷入極大的危險，如果一旦被亞德里亞國王發現，我肯定會被關起來，所以我需要你有所回報。』

佛多嚴肅的說：『什麼樣的回報？』

齊云生收起臉上的笑容，他說：『佛多，目前還沒辦法告訴你。等你從北極回來，我自然會聯繫你。現在，我只需要聽到你的承諾。』

佛多考慮了一下後說：『好，我答應你。』

齊云生笑著說：『太好了，從你的眼神就可以看出來你是一個信守承諾的人。』說完後，他站起來走進辦公室左側的一個小房間。不到十分鐘，齊云生手裡拿著一片正方形的黑色薄片走出來。他將薄片交給了佛多，佛多看到薄片上畫著一雙白色的羽毛翅膀。齊云生說：『這片就是通行證，它可以讓你自由進出帕西斯宮殿，而且裡面也有宮殿的地圖。』

齊云生看了一下時間說：『走吧，我帶你們去休息的地方。我剛剛查了一下，最近的一班前往北極殖晶中心的專機要四天後才有。』

他們來到了醫院外面，齊云生趁著一個空擋，將一張字條偷偷交給了伊凡。此時數不清的流星劃過了夜空，齊云生指著東北方的天空說：『今天是獵戶座流星雨的高峰期，而且據說今晚會有一顆特別大的隕石墜落到摩爾共和國。』

齊云生的話才一說完，夜空中就出現了一顆特別亮的隕石，朝著提貝斯提火山的方向墜落，就在這時，佛多突然感覺到手臂一陣灼熱感，而且他葉子胎記的地方竟然出現了微弱的綠光。齊云生注意到了綠光，他對佛多說：『你看起來好像有些不舒服，我們還是趕緊前往招待所休息。』

伊凡刻意走在他們後面，偷偷打開了字條，上面寫著：『伊凡，計畫有變。你現在的任務是要好好保護佛多，跟著他一起前往北極殖晶中心。我這幾天會離開前往提貝斯提火山調查一些事情，我不在的期間，佛多有任何狀況都要隨時跟我聯絡。切記，佛多對我非常重要，一定要好好跟緊他。』伊凡看完字條，心裡納悶的想著：『奇怪，當初的計畫不是將佛多帶到這裡後，就找機會注射麻醉藥讓他昏睡，然後再解剖他的大腦和身體，來研究他身體的構造。現在的計畫怎麼會變成這樣？』

齊云生帶著佛多和伊凡來到了醫院附設的招待所前面，一個簡短的道別後，齊云生便匆匆離開，消失在了黑暗之中。

逃家的孩子

阿萊莎騎著萊恩快速地飛翔在漆黑的夜空中，冷風從她兩邊的臉頰呼嘯而過，此刻的她非常擔心佛多，她心想：『佛多已經被伊凡帶走三天了，希望他們還沒離開賽洛克城。』萊恩伸展著七彩的雙翼，屁股的兩邊不斷地噴出氣體，連夜趕路的抵達了賽洛克城外。萊恩停在一顆巨大的猴麵包樹，仔細觀察著不停來回巡邏的哈比鷹和蛇鷲，它正在尋找牠們巡邏的規律。不到一小時的時間，萊恩就發現了一個巡邏上的漏洞，這時它白色的身體和七彩的翅膀開始變成黑色。它對著背上的阿萊莎說：『阿萊莎，等一下我會開啟無聲飛行模式，而且我已經找到躲過這些巡邏老鷹的方法。妳要抓緊我喔！』阿萊莎點點頭。

大約過了五分鐘，全身黑色的萊恩從猴麵包樹頂飛出，兩秒後立刻關掉所有引擎，僅僅利用背上的黑色翅膀在天空中無聲地滑行著。它已經可以預測每隻巡邏老鷹的位置，透過改變翅膀的角度，加上黑夜的掩護下，萊恩靈巧地在老鷹巡邏的空隙間穿梭而沒有被發現。咻地一聲，萊恩順利的飛進了賽洛克城。萊恩帶著阿萊莎悄悄地在陰暗的街道上穿梭，似乎在尋找著什麼，最後他們停在一間白色別墅前面的草地上。時間已經來到深夜一點，大部分的殖晶動物都已經沈沈入睡，四周只聽得到蛙鳴聲和蟲叫聲，然而別墅的窗戶裡面仍然透出些微的亮光，看起來別墅的主人還沒入睡。

阿萊莎從胸前的口袋拿出一張泛黃的明信片，比對了一下上面的地址後，她上前按了一下門鈴，白色的門緩緩開啟，一隻紅毛猩猩出現在門後說：『這麼晚了，請問妳有什麼事？』

阿萊莎說：『我想找狄蒙特先生。』

『請先說出您的大名，讓我進去通報一下。』紅毛猩猩很有禮貌的說。

阿萊莎把明信片交給紅毛猩猩後說：『你把這個拿給狄蒙特先生，他就知道了。』

紅毛猩猩點點頭後將門關上，五分鐘後門再度打開，紅毛猩猩說：『狄蒙特先生請妳進去。』

阿萊莎和萊恩跟著猩猩進入到房子裡，一位五十多歲，身材不高體型微胖的中年男子穿著輕便的居家服，右手還杵著一根紅色的拐杖站在走道口等待著阿萊莎。男子將金色的頭髮梳理的很整齊，嘴唇上還留著兩撇捲曲的金色鬍子，整個外表給人的感覺就是一位有教養的紳士。他用一種驚訝的口氣說：『真的是妳，阿萊莎，我做夢都想不到妳會來找我。天啊，妳已經長這麼高了。』

『好久不見了，狄蒙特先生。』阿萊莎平靜地回答。

男子對著紅毛猩猩說：『八號，很晚了，你先去休息了。』紅毛猩猩點點頭後就進去房間裡。男子杵著拐杖走到阿萊莎前面說：『來來來，讓我好好看看。妳真是長得越來越像妳媽媽了。我記得上一次見到妳是在妳奶奶家，那時妳才四歲。沒想到一轉眼妳已經長這麼大了。哎呀，光顧著說話，忘記請妳到客廳坐坐。』

狄蒙特先生帶著阿萊莎和萊恩來到客廳，客廳裡擺放著一套非常高級的古典牛皮沙發，上面還懸掛的一盞水晶吊燈。阿萊莎坐下來後，狄蒙特先生問：『要不要喝點東西？』阿萊莎搖搖頭。狄蒙特先生將拐杖放在旁邊，坐到了沙發上。他一邊摸著金色的鬍子，一邊說：『看到妳就讓我想起妳父母親。在溫特絲研究機構工作的那幾年，是我人生中一段很美好的回憶。馬克和溫特絲對待我們這些在機構裡的研究員都像朋友一樣，能夠有機會和他們共事應該是我上輩子修來的福氣。如果不是因為發生那場意外，我一定會在機構待到退休，也不用跑到賽洛克城找工作。』

阿萊莎看了一下客廳的四周說：『怎麼沒有看到狄蒙特太太？』

狄蒙特先生嘆了一口氣說：『妳還記得我們最後一次去探望妳奶奶，當時我太太還挺著一個大肚子。但是從孩子出生後，她的身體就開始出現問題，後來身體狀況越來越糟，不幸在幾年前過世了。』

阿萊莎說：『很抱歉，狄蒙特先生，讓你想起這些傷心的往事。』

狄蒙特先生搖著手說：『沒關係，我早已習慣了沒有她的日子。』

阿萊莎嘗試轉移話題，她說：『奧法南哥哥已經睡了嗎？』

狄蒙特先生突然拿起旁邊的拐杖站了起來，用一種難過又略帶生氣的語氣說：『這個不孝子，早就逃家不回來了。』

阿萊莎嚇了一跳，疑惑地問說：『奧法南哥哥逃家了？』

『枉費我這麼用心的栽培他，從小就給他吃好的用好的，他竟然離家之後就真的不回來了，哼，養一條狗都比他有情有義。』

阿萊莎遲疑了一下說：『可是為什麼他要逃家？』

狄蒙特先生緊握著顫抖的拐杖，生氣地說：『因為他嫉妒妹妹的資質比他優秀。自從妹妹出生後，他的個性就越來越叛逆，總覺得我們偏心妹妹。後來有一次他竟然瞞著我們偷偷帶著六歲的妹妹到賽洛克城外面的大草原，他難道不知道草原裡有很多兇猛的野獸嗎？幸好我發現得早，即時把他們帶回家。從那次以後，他就開始會逃家。我真是想不懂，一個做哥哥的應該是愛護妹妹都來不及，怎麼反而想去害她。』

『但是我記得你們來拜訪奶奶那一次，奧法南哥哥在草坪上玩無人機時，還很開心的跟我說他即將有一個妹妹，怎麼會變成這樣？』

狄蒙特先生無奈的說：『妹妹剛出生時，他的確很開心，也會幫他媽媽分擔照顧妹妹的責任。妹妹兩歲時就已經開始閱讀數學和科學方面的書籍，三歲就自學了五種語言。我特別帶她去做智商檢測，檢測人員告訴我她的 IQ 高達 170，是難得一見的天才兒童。你知道我聽到這樣的結果，心裡有多麼的開心嗎？我承認我的確將大部分的時間都花在妹妹身上，但是他也應該要懂得體諒我。妹妹四歲就可以去念大學，我必須要跟著去照顧她。結果他沒有因為有這樣一個天才妹妹而感到光榮，反而去欺負她，去外面學壞。他媽媽都不知道因為他闖的禍流了多少眼淚了。』

阿萊莎皺著眉頭說：『所以奧法南哥哥逃家後，你就完全沒有他的消息了？』

狄蒙特先生點點頭後說：『也許已經被鬼面兵團給抓去殺掉了。反正他早已讓我心灰意冷，就當我沒生過這個兒子。現在我只要有這個優秀的女兒就夠了。』聽完這段話，阿萊莎沈默不語，似乎在回憶過去的事。

狄蒙特先生平撫一下情緒後說：『阿萊莎，妳今天特地來找我是不是還有什麼事？』

阿萊莎回神過來，她點點頭說：『我知道您曾經擔任過 I.C.E. 的高級研究員，所以我有一件事想請您幫忙。』

『阿萊莎，不用這麼客氣，請儘管開口。』

『我想知道到達北極殖晶中心的方法。』

狄蒙特先生愣住了一下，然後說：『我以前在 I.C.E. 時，的確聽過北極殖晶中心。那裡是一個很神秘的研究機構，I.C.E. 裡面的研究員是沒有資格去那裡，只有亞德里亞國王親自授權的人，才能前往。不過我記得有一次斯邁爾執行長和我們幾個研究員聊天的時候，不小心說溜嘴，那時我才知道帕西斯宮殿裡面有專機直接前往北極殖晶中心。不過阿萊莎，妳為什麼要知道這個？』

阿萊莎站起來說：『狄蒙特先生，很抱歉現在沒辦法跟您說明原因。謝謝您幫我這個忙，我現在就要立刻前往帕西斯宮殿。』說完後，就轉身要離開。

『等一下，阿萊莎。妳現在去帕西斯宮殿太危險了。那裡的戒備非常森嚴，而且妳也不熟悉宮殿裡面的環境。』

狄蒙特先生想了一下說：『這樣吧，我馬上去聯絡我女兒，她在帕西斯宮殿裡面工作，我請她趕緊傳一張宮殿內部的地圖給我。還有，看妳一臉疲憊的樣子，我先泡杯熱茶給妳。』狄蒙特先生一拐一拐地走進了廚房，大約十分鐘過後，他端著一杯熱茶從廚房出來。他說：『阿萊莎，先喝點熱茶提提神，我現在立刻去聯絡我女兒。』阿萊莎接過馬克杯後，點點頭。

就在狄蒙特先生準備前往書房時，屋子的周圍忽然響起警鈴聲，外面傳來廣播的聲音：『阿萊莎，妳已經被通緝了，請立刻出來跟我們走。妳三分鐘內不出來，我們就要破門而入了，現在開始倒數計時。』

阿萊莎趕緊站起來，萊恩也立刻跑到她身邊。狄蒙特先生慌張地說：『怎麼會這樣？阿萊莎，妳為什麼會被通緝？』

阿萊莎騎上萊恩，對狄蒙特先生說：『我也不知道，不過我現在必須要離開。』

『快跟我來！』狄蒙特先生帶著他們來到房子後面的一個小門，他對阿萊莎說：『我先出去引開他們的注意，你們趁機從這個門離開。』

阿萊莎擔心地說：『狄蒙特先生，這樣會不會連累到您？』

狄蒙特先生握住她的手說：『不用擔心我，我不會有事的。妳要小心點，好好保重。』說完後，就往大門的方向走去。

外面再度傳來聲音：『阿萊莎，還有三十秒。』此時，狄蒙特先生勇敢地走出大門，一堆猩猩警察手裡拿著槍圍在前面的草坪上，旁邊還站著好幾隻身穿盔甲的獅子。阿萊莎小心的打開房子後面的小門，查看了一下漆黑的外面後，很快地騎上萊恩飛出去。這時她聽到大門的方向傳來好幾聲槍聲，她心頭一驚，沒想到這時突然有十幾隻哈比鷹從四面八方衝向萊恩，一聲巨大的碰撞聲後，萊恩被撞到地面上，同時間阿萊莎被甩出去，整個人趴在地上。就在阿萊莎想要起身時，兩隻體型特別大的黑猩猩從旁邊跑過來把她壓住，阿萊莎不斷地掙扎著，但是卻一點用也沒有，其中一隻黑猩猩用手銬將她的雙手銬起來，並且對她說：『阿萊莎，不要再做無謂的掙扎。』阿萊莎看到萊恩的身體和翅膀也被好幾條很粗的鋼繩纏住，無法動彈。黑猩猩拿起對講機說：『長官，任務順利完成，我們已經抓到阿萊莎和小獅子。』

息壞激素

阿萊莎和萊恩被關進了一個金屬籠子，黑猩猩將籠子搬上了一輛囚車，紅毛猩猩駕駛著囚車離開了賽洛克城，牠們準備連夜將阿萊莎和萊恩送往位於賽洛克城東北方大約六十公里的I.C.E。囚車的前後各有兩輛大型吉普車護送著，車上坐著紅毛猩猩和身形魁武的黑猩猩們。

這群車隊快速地行駛在一片漆黑荒涼的草地上，囚車裡的阿萊莎不停地掙扎著，她用力地拉扯嘗試掙脫手銬，但是手銬仍然緊緊地扣著她那雙已經紅腫的雙手。倒在旁邊的萊恩，四肢和翅膀都被金屬線纏繞著。她小聲地說：『萊恩，你可以想辦法幫我解開手銬嗎？』

萊恩扭動著身體說：『我試試看。』它打開腳趾，裡面伸出一根細長的金屬線，不斷地接近著手銬。這時一隻站在囚車窗戶上的哈比鷹看著萊恩說：『小獅子，你最好不要輕舉妄動。』說完後，牠將腳舉起，展示著那銳利的爪子。

突然，一陣詭異又低沉的笑聲迴盪在車隊的四周，所有動物瞬間警戒起來，放慢了行駛的速度。站在窗戶上的三隻哈比鷹突然朝著笑聲的方向飛了出去，但是笑聲的位置卻一直不斷的在改變，即使是聽力很好的哈比鷹也很難找到笑聲的來源。前面吉普車上的紅毛猩猩一邊把槍舉起來，一邊大聲說：『注意！鬼面兵團出現了，大家小心前進。』才一說完，空中傳來咻地一聲，不到兩秒的時間，前方五十公尺處出現了巨大的爆炸火光，同時伴隨著轟隆的聲響。所有車子急忙煞車，詭異的笑聲突然消失，空氣中瞬間瀰漫著一股肅殺之氣，阿萊莎從窗戶看出去，草原裡有許多黑色人影正埋伏著。天空中盤旋的哈比鷹朝著地面俯衝而下，一隻弓箭立刻射向哈比鷹，哈比鷹敏捷地閃過後，好幾支弓箭接連而來，哈比鷹只能重新飛回到高空。

這時一群躲在暗處的黑衣人從草叢裡走出來，將殖晶部隊包圍著，每個人臉上都戴著金色的恐怖鬼面具。吉普車上的黑猩猩捶打著胸膛怒吼著說：『可惡的鬼面兵團，今天我要你們通通納命來！』然而這群鬼面人卻開始發出一種尖銳可怕的笑聲，黑猩猩將揹在肩上的兩隻機關槍拿在手上，開始了瘋狂的掃射。鬼面人快速地移動著身體，隨即掏出手槍展開還擊。萊恩趕緊趁這個混亂的時刻把阿萊莎的手銬打開，阿萊莎跑到萊恩旁邊嘗試鬆綁它身上的金屬繩。

有兩個鬼面人已經中彈倒地，鮮血分別從他們的肩膀和大腿流出。旁邊的鬼面人立刻過來將受傷的兩人帶走。兩隻黑猩猩和五位鬼面人展開了近身肉搏戰，此刻黑猩猩佈滿鮮血的身體已經多處中彈，背上還插著好幾隻弓箭，但是牠們似乎感受不到任何疼痛，仍舊奮力的戰鬥著。一隻黑猩猩抓著一個鬼面人的小腿，將他用力甩到了空中。其中一隻哈比鷹看準了這個獵物，飛了過去，沒想到鬼面人背上的機械裝置突然噴出氣體，閃過了哈比鷹的攻擊，同時從手臂射出一隻飛箭，不偏不倚的射中哈比鷹的翅膀。地面上，一隻黑猩猩用力揮出一記直拳，一位鬼面人閃避不及被擊中臉部，鬼面具瞬間被打飛，面具後方出現的是一位少年的臉孔。這名少年重重地摔落到地面上，嘴角流著鮮血，失去了意識。旁邊的鬼面人們見狀，紛紛朝黑猩猩攻擊過去。

激烈的戰鬥持續了大約二十分鐘，後方傳來了車輛行駛的聲音，一輛大型的貨櫃車衝入了戰場。正在空中與兩隻哈比鷹纏鬥的鬼面人看到後，發出一聲響亮的口哨聲，地面上的鬼面人一聽到，紛紛發出了嘻嘻嘻的巫婆笑聲，然後將繫在腰間的煙霧彈丟出，頃刻之間，黃色煙霧瀰漫整個戰場。貨櫃車來到了囚車的後面，兩隻機械手臂很快地將後車廂的門扯開，阿萊莎還來不及反應過來，籠子就被機械手臂送到貨櫃車上。一位鬼面人揹著失去意識的少年，跟著其他鬼面人迅速地撤退到貨櫃車上。黑猩猩揮舞著雙手，朝著鬼面人撤退的方向追去，但是貨櫃車已經衝出了煙霧，加速地離開這個地方。流著鮮血的黑猩猩們不放棄地在後面追趕著，空中的鬼面人見狀立刻往牠們的上方俯衝過去，看準時機丟出兩顆手榴彈，在劇烈的爆炸後，貨櫃車順利地離開了現場。

貨櫃車內四位鬼面人走到籠子旁邊，其中一位拿出兩根鐵絲，很熟練的將籠子的門打開，三位鬼面人走進籠子，來到阿萊莎面前。阿萊莎壓抑著她內心的恐懼，刻意用一種平靜的語氣說：

『你們是誰？』

站在中間的鬼面人說：『還不錯嘛，沒有嚇得全身發抖。通常被我們救出來的孩子看到這個鬼面具，早就嚇得嚎啕大哭了。』她比了一個手勢後，旁邊兩位鬼面人立刻走過去將阿萊莎的手緊緊抓著，阿萊莎掙扎了一下，她不斷的在內心提醒自己現在最重要的是保持冷靜。中間的鬼面人從口袋裡拿出一個手掌大小的六角形儀器，在阿萊莎的頭部周圍來回移動，似乎在偵測什麼東西。儀器上的螢幕顯示出「沒有殖晶」四個字。她對抓著阿萊莎的鬼面人說：『放開她吧。』說完後，便立刻將鬼面具和頭套脫掉，一位有著金色秀髮和高貴氣質的少女出現在阿萊莎的眼前。這時其他的鬼面人也都紛紛脫下了面具，阿萊莎這時才發現原來他們都是年紀比她大一些的青少年，有幾位年紀則是看起來和她差不多。一名黑色短髮的少年走到了金髮少女旁邊說：『報告副隊長，今天的行動一共有五位隊員受傷，除了泰利目前還昏迷不醒，其他四位的傷勢大致上已經穩定下來了。』

金髮少女看著少年說：『盡全力救治泰利。』接著她轉頭對阿萊莎說：『妳到底是誰？為什麼會被單獨送往I.C.E.？』阿萊莎還來不及回答時，貨櫃頂部突然緩緩地打開，空中的鬼面人飛進了貨櫃裡，黑色短髮的少年說：『隊長，你有受傷嗎？』

鬼面人用一種疲憊的說氣：『沒有，不過那兩隻哈比鷹比想像中難纏。對了，泰利還好嗎？我看到他被黑猩猩擊中頭部。』

少年吱吱嗚嗚地說：『他……他……他狀況不太好，還沒清醒過來，可能會有生命的危險。』

鬼面人嘆了一口氣，雙手握緊拳頭，這時金髮少女對鬼面人說：『奧法南，你不要自責，這不是你的錯。當他們自願加入鬼面兵團的那一天，就有面對死亡的心理準備。』

鬼面人緩緩地將面具拿下，面具後面是一位臉上有著一道細長刀疤的十七歲少年。刀疤從左邊的額頭出發，劃過了濃密的褐色眉毛和左眼，一直延伸到左臉頰。在他那飽受風霜的臉上，卻有著一雙清澈明亮的眼睛。

阿萊莎一聽到奧法南三個字，將眼神移到刀疤少年臉上，嘴巴不自覺地脫口說出：『奧法南哥哥！』

褐色短髮的刀疤少年看向阿萊莎，驚訝地說：『阿萊莎！妳怎麼會在這裡？』

金髮少女疑惑地說：『奧法南，她是我們今天救出來的人，你們認識嗎？』

奧法南露出淺淺的笑容說：『莉亞，她就是我常跟妳提起那位每次下棋都贏過我的天才小女孩，阿萊莎。』

這時旁邊的短髮少年突然插話說：『隊長，馬上就要到達基地了。』

奧法南立刻吩咐說：『先將受傷的隊員送往醫療室照顧，還有，給泰利最好的醫療照護，我等一下會去看他。』接著他又指示站在阿萊莎旁邊的兩位少年幫忙解開纏繞在萊恩身上的鋼繩。

貨櫃車行駛在一片沙漠上，前方不遠處出現了一座沙漠碉堡，周圍的瞭望台上都有好幾位身穿迷彩服的青少年駐守著。貨櫃車駛入了碉堡裡，裡面的空地上停放著許多不同種類的車子，而且空地的右前方有好幾位護士已經站在擔架旁邊等候著。貨櫃門一打開後，少年們趕緊合力將受傷的人抬到擔架上，送進了醫療室。奧法南和莉亞帶著阿萊莎與萊恩沿著一個石階走到二樓的一個房間裡。房間裡只有簡單的陳設，中間的地方有一張石桌和六張石椅。

他們坐下來後，奧法南說：『阿萊莎，我聽說妳不是一直在時空學院學習，怎麼會出現在這裡，而且還被 I.C.E. 的殖晶動物抓起來？』

阿萊莎將她在尋找佛多的事告訴了奧法南，奧法南微笑了一下說：『看來佛多是妳很重要的人，所以佛多現在可能有危險。』

阿萊莎點點頭，奧法南接著說：『我來想想辦法。』他思考了二十秒後說：『有了。阿萊莎，妳有佛多的照片嗎？』

阿萊莎對萊恩說：『萊恩，麻煩你將佛多的照片投影出來。』萊恩將照片投影在牆上，奧法南看了一下照片後說：『莉亞，等一下妳把佛多的照片檔案拿給康博思，請他想辦法通知城裡的眼線，讓他們留意一下有沒有看到照片裡的小男孩。如果有發現，立刻回報給我。』莉亞點點頭。

阿萊莎說：『奧法南哥哥，真是謝謝你。我本來以為再也見不到你了。』

『哦？為什麼妳會這麼說？』

『我之前去找你父親時，他跟我說你應該已經死掉了。』

奧法南突然生氣的大聲說：『妳去見過那個老頭了，妳不要相信那個老頭所說的任何話，他是一個出賣自己靈魂的人，我永遠都不會認他是父親。』阿萊莎被他這個突如起來的舉動嚇到。旁邊的莉亞用一種安撫的語氣說：『奧法南，你不要這樣，會嚇到阿萊莎的。』

阿萊莎看著奧法南，她可以清楚地感受到那雙充滿憤怒的眼神裡，流露著一股深沈的哀傷。奧法南沈默了一下後，起身說：『我要去看泰利，妳們慢慢聊。』說完便離開房間。

莉亞嘆了一口氣說：『阿萊莎，真是抱歉，每次只要一提到他父親，他就沒辦法控制自己的情緒。不過這也不能怪他，他內心的那道傷痕實在太深了，這輩子大概都無法癒合了。』

阿萊莎關心的說：『莉亞，妳可以告訴我發生了什麼事嗎？我印象中的奧法南哥哥是很孝順父母的。』

莉亞平靜地說：『這要從奧法南的妹妹伊莉莎白出生後講起，伊莉莎白是一位很可愛的金髮小女孩，奧法南非常照顧這個小他八歲的妹妹，時常陪她一起玩耍。當時他們是居住在賽洛克城的西南地區，妳可能不知道，在賽洛克城裡，一個家庭裡只要沒有人殖晶，就會被限制只能居住在西南地區，而且那裡也是賽洛克城最貧窮的地區。然而對於有殖晶的家庭，政府會免費提供豪華的房子和生活補助。狄蒙特先生當時是 I.C.E. 的高級研究員，他曾經帶七歲的奧法南去 I.C.E. 做殖晶的檢查，結果顯示奧法南殖晶手術的成功率很低，所以狄蒙特先生只能放棄。但是伊莉莎白的出生，讓狄蒙特先生重新燃起希望，他帶著剛滿三歲的伊莉莎白去做檢查，結果成功率竟然高達百分之九十五以上。狄蒙特先生在晚餐時興奮的將這個好消息告訴狄蒙特太太和奧法南，沒想到他們兩人都極力反對讓伊莉莎白殖晶。之後狄蒙特夫婦時常為了這件事在爭吵，奧法南跟我說過，他有一次偷聽父母的爭吵時才知道植入晶片的人必須定期的施打息壞激素，否則的話會變成腦死。』

阿萊莎眉頭深鎖的說：『什麼是息壞激素？』

莉亞回答說：『詳細的成分我們也不知道，根據後來的調查發現，只有北極殖晶中心可以提供這種激素，而且超過時間沒有施打激素的殖晶人會非常的痛苦，一個禮拜內就會變成腦死之人。』

阿萊莎生氣的說：『真是太過份了，狄蒙特先生當初早就知道這些事，還要讓伊莉莎白殖晶。』

莉亞點點頭說：『這也是奧法南無法諒解他父親的原因之一。不過當時未成年小孩的殖晶手術必須父母雙方都簽署同意書才能執行，所以伊莉莎白一直有來自母親的保護。』這時莉亞起身走到一座土牆前面按下一個按鈕，牆面出現了一個保險箱，她打開保險箱，從裡面取出一個鐵製的餅乾盒子和一個用布包著的東西。

她來到阿萊莎旁邊，將東西從布裡取出，原來裡面是一本很厚的相簿，她一邊打開相簿，一邊說：『奧法南時常帶伊莉莎白到許多地方遊玩，妳看，伊莉莎白這張吃冰淇淋的照片是不是好可愛。還有這張，這是奧法南十一歲生日時，伊莉莎白唱歌跳舞的可愛模樣。』阿萊莎默默地翻看著這些照片，內心一股淡淡的憂傷油然而生。

莉亞接著說：『伊莉莎白是一個很天真可愛的小孩，總是能將奧法南逗得哈哈大笑。』這時阿萊莎翻到許多海邊的照片，莉亞說：『奧法南時常帶伊莉莎白去海邊，伊莉莎白特別喜歡撿貝殼，每次只要發現很特別的貝殼，就會把它撿回家好好收藏起來。』她將旁邊的餅乾盒子打開，裡面有許多的小格子，每一格都裝著一個很漂亮的貝殼，阿萊莎看著這些五顏六色，形狀十分特別的貝殼，她壓抑著悲傷的情緒說：『最後伊莉莎白有被殖晶嗎？』

莉亞嘆了一口氣說：『伊莉莎白五歲時，狄蒙特太太因病過世，所以殖晶手術的執行只需要狄蒙特先生簽署同意書就可以了。在伊莉莎白準備要被帶去 I.C.E. 的前兩天，奧法南偷偷地揹著伊莉莎白逃離了賽洛克城，他打算穿過大草原，前往其他城市。沒想到狄蒙特先生帶著 I.C.E. 的人追了過來，奧法南和伊莉莎白不斷地躲藏著，奧法南說過那是他人生最快樂的時光，在那段逃亡的時光，伊莉莎白從不哭鬧，而且還會幫忙找食物。但是他們最後還是被 I.C.E. 的人發現，奧法南用盡力氣也無法阻擋伊莉莎白被帶走，他臉上的刀疤就是當時被殖晶猩猩所砍傷的。他說他永遠都無法忘記伊莉莎白被帶走時臉上的表情，這才是奧法南無法原諒狄蒙特先生的真正原因。』

莉亞將餅乾盒子和相簿收好後，原封不動的放回到保險箱裡，然後對阿萊莎說：『奧法南還曾經對我說過，臉上的傷會隨時間癒合，但是心裡的傷痕這輩子都不會好了。或許這也是為什麼他會不斷冒著生命的危險去拯救這些要被送去 I.C.E. 殖晶的小孩們。』

阿萊莎平撫了一下情緒後說：『所以這就是為什麼你們會去攻擊 I.C.E. 的車隊？』

莉亞點點頭說：『鬼面兵團存在的目的就是要摧毀殖晶的世界，讓小孩們不再被植入晶片。阿萊莎，妳的氣色不太好，還是趕緊先去休息。我去通知康博思，看能不能盡快幫妳找到佛多。一有消息，我會立刻通知妳。』說完後，她們和萊恩就一起離開了房間。

時間來到隔日的中午，阿萊莎經過一夜的睡眠，體力恢復了不少。她和萊恩一走出房間，立刻聽到一樓的廣場上傳來爭吵的聲音。

一位金髮少年被兩名鬼面兵團的隊員抓著，站在他面前的黑髮少年大聲地說：『你為什麼要偷偷潛入我們的基地？』

金髮少年緊張地說：『我……我沒有惡意，我只是來找人。』

黑髮少年對旁邊的隊員說：『現在隊長他們正在開會，先把他關起來，等隊長出來後再看要如何處置他。』

金髮少年掙扎的說：『你們不要這樣，放開我！』

來到一樓的阿萊莎看到金髮少年，驚訝地大喊：『艾格菲！』

金髮少年一看到阿萊莎，立刻開心地說：『阿萊莎，太好了，終於找到妳了。』

阿萊莎趕緊跑過去，對黑髮少年說：『凱恩，他是我的好朋友，可以請你先放開他嗎？』

凱恩猶豫地說：『可是我們從監視器裡發現他一直在基地附近鬼鬼祟祟的察看，行為非常可疑。』

艾格菲趕緊辯解說：『我只是在找入口想進去找阿萊莎。』

凱恩懷疑的說：『那你大可以跟外面的守衛說啊，為什麼想偷偷摸摸的溜進來？』

艾格菲吱吱嗚嗚地說：『因為……我以為阿萊莎被抓來這裡，所以我才會想偷偷潛進來救她。』

阿萊莎看著艾格菲的眼睛說：『你怎麼會知道我在這裡？』

艾格菲閃躲著阿萊莎的眼神，一臉心虛的樣子說：『我……呃……我其實一直偷偷在跟蹤妳。』

阿萊莎將雙手交叉在胸前說：『艾格菲，你是什麼時候開始跟蹤我的，還有為什麼你要跟蹤我？』

艾格菲眼神閃爍地說：『呃……呃……從妳前往賽洛克城的那一天，我就一直偷偷跟在妳後面。是……呃……是源洛書院長派我暗中來保護妳。』

阿萊莎看著凱恩，語氣堅定的說：『凱恩，請你放開我的朋友，我百分之百相信他絕對沒有惡意。』

凱恩看到阿萊莎如此堅定的態度，就下令放開了艾格菲，他說：『對了，阿萊莎，好像有妳朋友佛多的消息了。不過要等奧法南隊長開完會出來後再跟妳說。』

阿萊莎點點頭後，凱恩三人就離開了。阿萊莎嚴肅地問：『艾格菲，你老實說，到底為什麼要跟蹤我？』

艾格菲摸著頭，表情顯得有些害羞的說：『自從妳離開時空學院之後，我一直很擔心妳，剛好源院長要過來找妳和佛多，所以我就一直拜託他帶我過來。』

『所以源院長參加派森爺爺的葬禮時，你也在現場？』

艾格菲點點頭，阿萊莎接著問：『那你幹嘛不出現？』

『我怕妳看到我來找妳會不高興，所以之後我就一直偷偷跟著妳。』

阿萊莎不高興地說：『我的確是不希望你來找我，你應該待在時空學院裡繼續你的學業和研究。』

『阿萊莎，妳不知道自從妳離開後，學院裡發生很多事。樂芙蕾思教授已經離職了，還有好幾位資深的研究員也跟著她一起離開，伊凡教授也請了一個月的事假不在學院裡。現在的智能機械製造中心和神經元計算中心的事務都落到了源洛書院長和曼妮芙教授兩人身上。我離開前去和曼妮芙教授道別時，發現她整個人憔悴了不少。』

阿萊莎淡淡的說了一聲：『是嗎？』然而此刻的她正在回憶著和曼妮芙教授討論數學問題的場景。

『阿萊莎！妳怎麼在這？』一個年輕女子的聲音打斷了阿萊莎的回憶，她往聲音的方向看去，一群人正從會議室的房間出來，往她的方向走來。除了奧法南和莉亞之外，還有三位熟悉的臉孔。阿萊莎在心裡說：『那不是慕若希、米撒和諾拉嗎？』

莉亞好奇的問諾拉：『妳認識阿萊莎？』諾拉簡單的敘述了一下她們認識的經過，莉亞笑著說：『原來如此，真是太巧了。』

他們來到阿萊莎的身邊，慕若希還在持續地和米撒說話，奧法南對阿萊莎說：『既然你們彼此認識，我就不用特別介紹了。』

阿萊莎納悶地問：『奧法南哥哥，你這麼會認識慕醫師？』

奧法南嚴肅的說：『阿萊莎，慕醫師出現在這裡的事請妳一定要保守秘密。』阿萊莎點點頭後，他接著說：『其實鬼面兵團背後的資助者就是慕醫師。七年前兵團剛成立時，武器設備非常的落後，每次出任務去拯救小孩時，總是損傷慘重。四年前，我才剛加入兵團沒多久，當時的隊長在一次任務中不幸身亡，兵團因此差點解散。後來慕醫師得知我們的情況後，便開始提供我們金錢以及先進的武器，而且還教了我們不少戰術。』

諾拉看了看四周說：『疑？阿萊莎，怎麼沒有見到那個勇敢的小男孩佛多呢？』阿萊莎將她正在尋找佛多的事告訴了諾拉。

奧法南接著說：『阿萊莎，我們已經找到佛多了，我們的護士朋友海莉有看到佛多，他和一位金髮中年男子目前正待在齊凡德爾醫療中心的招待所。等一下我會給妳詳細的位置圖。』

阿萊莎露出了難得一見的笑容說：『太好了，謝謝你，奧法南哥哥。』

站在阿萊莎旁邊的艾格菲說：『阿萊莎，我要跟妳一起去找佛多。』阿萊莎收起笑容，露出一種無奈的表情看了艾格菲一眼，點了點頭。

此時剛結束完與米撒對話的慕若希，神情顯得有些疲累的說：『奧法南，照我們剛剛計畫的，今晚就前往帕西斯宮殿，等一下大家先好好休息，晚上的營救行動不能有任何的閃失。』在場的眾人紛紛點點頭，而阿萊莎心裡也已經猜到法蒂雅公主應該是被關在帕西斯宮殿。

諾拉伸出手握著阿萊莎的雙手，微笑的對阿萊莎說：『很抱歉不能跟妳一起去找佛多，希望妳順利找到他。』

『嗯，也預祝你們今晚順利救出法蒂雅公主。』

哭泣的貝殼

下午三點，阿萊莎駕駛著一輛銀色的電動吉普車，載著艾格菲和萊恩離開了鬼面兵團的基地，前往齊凡德爾醫療中心。這輛吉普車是奧法南特別送給他們的，車牌旁邊有一個特殊的幾何圖案，這是鬼面兵團成員彼此之間的暗號。潛伏在賽洛克城裡的成員只要一看到圖案，就會知道車上的人是阿萊莎，並且暗中給予協助。

同一時間，帕西斯宮殿的一條戶外長廊上出現兩個身影，斯邁爾帶著伊莉莎白正在前往宮殿裡一處隱密的私人招待所。這個招待所是專門用來軟禁重要犯人的地方，除了有嚴密的武力二十四小時全天候戒備外，許多角落也都裝置著監視器。走廊上的斯邁爾說：『伊莉莎白，亞德里亞國王是不是今天會回到帕西斯宮殿？』

伊莉莎白一邊走一邊說：『是的，他今天晚上十點會到。』

兩個人穿過招待所前面的小花園，走進了屋子的大門，門口旁還有兩隻拿著槍的猩猩士兵守衛著。斯邁爾一走進去，便看到法蒂雅身穿一襲米色長袍，頭上包覆著米色頭巾跪在一張黑色條紋的地毯上，眼睛看著地毯，嘴裡吟誦著一種特殊的方言。

斯邁爾站在旁邊大笑的說：『法蒂雅公主，現在已經是二十二世紀，人類科技都可以在火星上建立太空站了，妳還在膜拜根本不存在的神，會不會太跟不上科技的潮流了，哈哈哈。』法蒂雅專心的吟誦著，絲毫不理會斯邁爾的話。接著她將上半身趴在地上，額頭和鼻子貼到了地面，以一種虔誠的姿勢跪拜著。

斯邁爾繼續說：『沒想到貴為一國領袖的妳竟然會臣服在一個人類所虛構出來的神，既然如此，妳為什麼不考慮臣服在亞德里亞國王的腳下，加入殖晶世界的行列呢？這樣才是真正對妳和妳的人民有實質幫助的作為。』

法蒂雅公主結束完祈禱儀式後，站起來看著斯邁爾，平靜地說：『如果科技的進步會破壞人們的信仰，信仰早就消失在這個地球上，我的信仰不需要你來指指點點。』

斯邁爾聳聳肩說：『妳要繼續迷信下去我也幫不了妳。我上次跟妳說的提議妳考慮得如何呢？』

法蒂雅眼神堅定地看著斯邁爾說：『要我同意開放殖晶，並且在摩爾共和國成立 I.C.E. 分部是絕對辦不到的事。』

伊莉莎白面無表情地說：『法蒂雅公主，讓我來分析一下妳眼前可以選擇的兩條路。第一條路是簽署開放殖晶的文件，成為我們的合作夥伴。我們會立刻釋放妳，同時妳個人每年都可以獲得 I.C.E. 年營收的百分之一。還有，我們會幫助妳消除國會裡任何反對殖晶的聲音，妳絕對可以安心地繼續做摩爾共和國的總理。第二條路是被我們一直軟禁在這裡，我們會利用網路以及各種的媒體管道，製造假消息來抹黑妳。還有，妳應該知道桑諾克總裁吧，他一直以來都是反對妳們法蒂雅家族的統治。據我所知，他已經用錢收買了好幾位妳們的國會議員，所以妳被軟禁的期間，我們會開始跟他合作，推翻妳的政權只是時間問題而已。我想一個聰明人都會知道要選擇哪一條路。』

伊莉莎白說完後，斯邁爾大笑的說：『哈哈哈，伊莉莎白，妳的分析實在太完美了，不過讓我來做一點小小的補充。法蒂雅公主，妳或許還不知道網路輿論的力量有多大。不論是在操弄仇恨對立還是群眾意識上，網路輿論的力量都是功不可沒的。嘿嘿嘿，抹黑造謠這種事可是急不得，要慢慢的來。一段時間後，妳的負面形象就會漸漸植入到摩爾共和國人民的腦袋中。有一句諺語說得好，一句謊言從十個人的口中說出，依然是謊言，然而當謊言從一萬人的口中說出，它就會變成實話。』

法蒂雅依舊堅定的說：『真理就是真理。它是永恆不變的道理，不會隨著外在環境或是新聞輿論而改變。信仰讓我瞭解到真理的存在，此刻的我，內心是平靜的，像你們這些內心沒有信仰，沒有真理的人，我真是替你們感到難過。』

斯邁爾和伊莉莎白對看了一眼，斯邁爾哈哈大笑起來，伊莉莎白面無表情的說：『妳的選擇已經很明顯了，既然如此，妳最好要有在這個地方度過餘生的打算。』說完後，兩人就離開了招待所。

時間來到下午四點半，阿萊莎一行人因為沿路上受到鬼面兵團眼線的暗中幫助，很順利地就來到齊凡德爾醫療中心的停車場。一位身穿護士裝的年輕女子在樹蔭下向他們招手，他們趕緊走了過去，黑色短髮的女子說：『阿萊莎嗎？』阿萊莎點點頭，她接著說：『妳好，我是海莉。因為我還要回去工作，我們長話短說。旁邊那棟兩層樓的紅色平房就是招待所，伊凡博士和你們要找的小男孩住在二樓右邊角落的房間，很抱歉我只能幫上這些忙。』

阿萊莎微笑的說：『沒關係，謝謝妳提供的消息。』

海莉離開後，阿萊莎對著艾格菲說：『看來伊凡和佛多住在同一個房間裡。艾格菲，我有個計畫。』阿萊莎湊到艾格菲的耳邊小聲說著計劃。

此時的佛多正坐在一張靠窗的桌子前記錄著這陣子發生的事，他回憶起四天前的晚上和阿萊莎分開的場景，心中出現了一種從未有過的失落感。自從他手臂上的葉子胎記出現了微弱的綠色光芒之後，這個光芒就一直沒有消失，而且他不時的會感覺到胎記的地方隱隱作痛。

伊凡走到他身邊，看著他筆記本上的內容說：『不錯喔，佛多。你現在對地球的語言越來越熟悉，連文字也寫得很流利。』

佛多看了一下伊凡，臉上勉強擠出一些笑容。伊凡說：『佛多，你好像不太舒服。』

佛多搖搖頭說：『我沒事。伊凡，今晚我們就可以搭乘前往北極的專機。』

伊凡笑著說：『我沒忘記。佛多，我可以感覺得出來你內心的焦慮，你放心，我們一定可以救出波特的。』

這時房間的電話鈴聲響起，伊凡納悶地問：『這時候怎麼會有人打電話來？』他走過去接起電話後，電話那一頭傳來櫃檯人員的聲音：『請問是伊凡博士嗎？』伊凡回應了一聲是，櫃檯人員繼續說：『博士，有一位訪客要找您，請問您現在方便下來大廳嗎？』伊凡心想怎麼會有人知道我在這裡，他接著問：『請問一下對方的名字是？』

櫃檯人員說：『對方說要給你一個驚喜，不願說出姓名，他說你們見面就知道了。』

『好，我現在就下去。』說完後就掛斷電話。他跟佛多說了一聲後，就離開房間前往大廳。

就在伊凡離開後兩分鐘，窗外出現了阿萊莎和萊恩的身影，佛多一看到阿萊莎，開心地大聲說：『阿萊莎，妳來找我了。』

阿萊莎對他微笑了一下，然後比了一個噓的手勢。佛多趕緊將窗戶打開，阿萊莎從窗戶外跳進屋內後說：『總算找到你了。』

佛多笑著說：『阿萊莎，妳把頭髮剪短了。』

阿萊莎注視著佛多幾秒鐘，臉上突然露出一絲擔憂的表情，她說：『佛多，你是不是哪裡不舒服？』

佛多舉起手臂，阿萊莎看到發出綠色光芒的胎記，佛多說：『自從這個綠色光芒出現後，我的手臂就時常會感覺到疼痛。』

阿萊莎皺著眉頭，心裡產生一股很深的擔憂，她說：『佛多，我們還是趕緊先離開這裡。』

『可是我還要跟伊凡一起前往北極救波特。』

阿萊莎將伊凡欺騙的行為告訴了佛多，佛多聽完後說：『所以艾格菲現在正在大廳拖延伊凡？』阿萊莎點點頭，接著他們兩人就跳上了在窗戶外等候的萊恩，往停車場的方向飛去。

伊凡來到了一樓的大廳，沙發上坐著一個熟悉的身影，伊凡往沙發的方向走去，他突然驚訝地說：『艾格菲！怎麼會是你？』

艾格菲站起來向伊凡揮著手，然後笑著說：『哈囉，伊凡博士，看到我是不是很驚訝。』

伊凡故作鎮定，笑著說：『的確是讓我很驚訝，你怎麼跑來這裡？』

『我最近完成一份報告，覺得一直待在學院裡有點悶，想出來旅遊透透氣，沒想到竟然在這裡遇到你。』

伊凡用一種懷疑的語氣說：『這未免也太巧了。』

艾格菲笑著說：『博士，正所謂無巧不成書。難道你沒有聽過莫非定律嗎？只要有可能發生的事，就一定會發生。』

『艾格菲，你不要亂用莫非定律。它的意思是只要事情有出錯的機率，一定會在將來某個時間點出錯。』

艾格菲連忙點頭說：『是是是，還是博士解釋得比較清楚。』

伊凡繼續懷疑的說：『還有，我們的見面也不是巧合，你是知道我在這裡才過來找我的，到底你是怎麼知道我的行蹤？』

艾格菲突然抱著肚子說：『哎呀，肚子好痛。不好意思，伊凡博士，我好像對這個地區的食物不太適應，這幾天常常拉肚子。我先去上一下廁所，你在這裡等我一下，我還有重要的事要跟你說。』說完後，就朝著廁所的方向跑去。

艾格菲從廁所旁邊的後門溜到了外面，飛快地跑到了停車場，在吉普車旁一邊喘著氣一邊焦急的等候著，他心想：『阿萊莎怎麼還沒到。』

三分鐘後，萊恩出現在停車場的上空，艾格菲對著他們比劃著快點的手勢。一降落到地面後，大家趕緊進入車子裡，艾格菲著急的說：『阿萊莎，趕快走，伊凡博士很快就會發現。』

阿萊莎立刻發動車子，加速地離開了這裡。在大廳等候的伊凡，越來越覺得不對勁，等了五分鐘還不見艾格菲的身影，伊凡立刻跑上二樓的房間，發現裡面空無一人，他心想：『糟了！』趕緊衝下一樓，來到招待所的外面，只看到遠處一輛銀色吉普車的背影。他喃喃自語地說：『可惡的艾格菲，竟敢騙我。』

坐在後座的艾格菲不時的回頭查看伊凡有沒有追來，艾格菲鬆了一口氣說：『呼，還好伊凡博士沒追來。』

佛多笑著說：『艾格菲，真開心又見到你了。』

艾格菲笑著回答：『我也是。我從源院長那裡得知你和波特是從外星球的時候，真是嚇了我一大跳。喔，對了，我有東西要給你。』他從繫在腰間的小背包裡拿出白色小球交給了佛多，他接著說：『源院長交代我，如果遇到你要把這顆球物歸原主。』佛多將小球收進了袋子裡。

阿萊莎從駕駛座的後照鏡看著佛多說：『我們先找個地方休息，晚點再來調查前往北極殖晶中心的方法。』

『阿萊莎，我已經知道要如何前往北極殖晶中心了。』佛多簡短的敘述了他與齊云生的對話以及他所獲得的通行證。

『可是不知道這個齊云生醫師會不會有問題？說不定這是個陷阱。』艾格菲懷疑的說。

佛多不假思索的說：『艾格菲，這是目前唯一的一條路，就算是陷阱，我也要去試試看。』

阿萊莎想起狄蒙特先生也曾提起過專機在帕西斯宮殿裡面，她語氣果決地說：『好，佛多。我們現在就前往帕西斯宮殿，正所謂不入虎穴，焉得虎子。』她接著對艾格菲說：『你要一起去嗎？』

艾格菲將手搭在佛多的肩膀上，笑著說：『當然，我們一起去把波特救出來。』阿萊莎立刻將車子迴轉，朝著帕西斯宮殿的方向駛去。

賽洛克城一共有五個行政區，主要是根據地理位置來劃分。西南行政區是非殖晶家庭所居住的地區，也是最貧窮的地區。中央行政區則是殖晶人類居住以及工作的地區，也是賽洛克城的金融與權力的中心。那裡的街道上到處都可以看到具有古典藝術感的典雅建築或是具有科技現代感的辦公大樓，但是任何要進入這個行政區的人都必須出示通行證才可以合法進入。

在中央行政區的中心有一座高度五公尺的白色護城牆，這座城牆圍出了一個正五邊形的區域，這個區域就是民眾口中的帕西斯宮殿，也是亞德里亞國王居住和辦公的地方。帕西斯宮殿裡有四座長方形的古希臘式建築和一座拜占庭式的圓頂建築。從這四座古希臘建築的正面看去，可以看到一個等腰鈍角三角形的白色大理石屋頂，下面則是一排巨大的灰白色羅馬柱支撐著。更特別的是它們建築外觀的幾何結構存在著許多黃金比例的長方形，不管是建築物的長高比例或是每根羅馬柱之間的距離與柱寬的比例都滿足著黃金比例。這四座古希臘建築圍出了一個巨大的方形廣場，廣場上有一座大約二十個籃球場大小的長方形噴泉水池，每當夜晚來臨時，水池裡就會投射出五顏六色的光，將一條一條跳著優雅舞蹈的水柱以及瀰漫在水柱周圍的小水珠閃耀出七彩的光芒。

水池的正後方就是那座最華麗的拜占廷圓頂建築，它那完美無瑕沒有一絲裂縫的淡藍色牆壁以及優美弧線的金色圓頂，讓人看得目不轉睛。在圓頂的尖端處還聳立著一隻伸展著雙翼，兩隻眼睛炯炯有神的雄鷹雕像。看著這座被雕刻得栩栩如生的純金雄鷹，令人不禁讚嘆雕刻者的工藝技術。

阿萊莎一行人即將進入中央行政區，時間已經來到了晚上七點，此刻的下弦月仍然還在東方地平線的下方。平日的秋夜總是讓人感覺特別的涼爽，但是今晚的涼風中卻夾帶著一股寒意。吉普車來到了守衛站，守衛的黑猩猩請求出示通行證，佛多將印有白色雙翼的黑色通行證交給了守衛，守衛人員掃描後立刻作出敬禮的動作。他們順利通過後，艾格菲對佛多說：『看來這張卡片是真的。』

吉普車行駛在平坦寬敞的街道上，整條街道異常的乾淨，看不到任何一點垃圾。艾格菲注意到旁邊的行人道上，有兩排行進方向相反的隊伍，而且隊伍裡面每個人走路的姿勢、速度甚至是步伐都一樣，非常的有秩序。所有人都是抬頭挺胸，眼睛直視前方，臉上保持同一種微笑的表情，連嘴角上揚的角度都一樣。艾格菲小聲的對阿萊莎說：『這裡好安靜喔，有這麼多人在街道上卻竟然沒有聽到任何聊天或是打招呼的聲音，我從來沒有遇過這種情況，走路有必要這麼專心嗎？』阿萊莎回答說：『嗯，我也注意到了。』

佛多看著街道兩旁的建築，突然他指著左前方不遠處的金色圓頂說：『阿萊莎，帕西斯宮殿在那裡。』阿萊莎點點頭，朝著宮殿的方向駛去，但是此時的她卻開始忐忑不安。她的內心深處仍然不知道要如何面對亞德里亞國王，理性的聲音告訴她：『那個人侵略了妳的國家而且還殺了派森爺爺，就算他真的是妳父親，也已經不再是妳回憶裡的父親，妳必須讓他受到應有的懲罰。』但是內心卻有另一個微弱的聲音說：『不管他再怎麼壞，他終究是妳的父親啊！妳必須要和他相認，幫助他找回他原本的良知。』

吉普車來到了南邊的護城牆，他們開始尋找入口，這時突然有三束強烈的探照燈光投射到吉普車上，接著一群黑猩猩和穿著盔甲的老虎將他們團團圍住，其中一隻身穿軍服的黑猩猩走到吉普車旁邊大聲說：『把手舉起來！』牠看著阿萊莎說：『你們在這裡鬼鬼祟祟的做什麼？』

阿萊莎保持冷靜的說：『齊云生醫師要我們運送一些物品到機場。佛多，把通行證給牠看。』

佛多將黑色卡片拿給了黑猩猩看，黑猩猩一看到後，態度立刻變得畢恭畢敬的說：『是，沒問題，我了解了。我立刻帶你們進去。』阿萊莎和艾格菲互相看了一眼，他們沒有想到這張卡片這麼有用。

阿萊莎回答說：『謝謝。這些物品必須要盡快送到北極殖晶中心。』

『是，沒問題，我立刻帶你們去機場。』說完後，黑猩猩騎上一隻體型特別壯碩的老虎，阿萊莎小心的駕駛著吉普車，跟著牠進入了帕西斯宮殿。他們一直朝著北邊的方向前進，大約行駛了二十分鐘後，他們已經來到宮殿最北邊的區域，這裡也是機場的所在地。前方出現一座黑色建築物，黑猩猩來到阿萊莎的身邊說：『三十分鐘後有一台直飛北極殖晶中心的專機即將起飛，你們現在可以將物品放上去了。』

阿萊莎點點頭後，跟著黑猩猩進入了黑色建築物，裡面停放著好幾架飛機。他們穿過了停機坪後，來到了機場跑道，並且停在一架飛機前。阿萊莎直接將吉普車開上飛機後，黑猩猩就騎著老虎離開了。起飛時間一到，一陣渦輪噴射引擎的聲音響起後，飛機離開了跑道，朝北極的方向飛去。

晚上十點一到，亞德里亞國王的專機準時降落在機場跑道上，他神采奕奕地走下飛機，而他專屬的坐騎哈斯特鷹菲尼克斯已經在跑道上等候。亞德里亞騎著菲尼克斯，很快地飛進了那棟金色圓頂建築的宮殿大廳。整座大廳金碧輝煌，到處都可以看到金色的壁飾和一幅幅畫工細膩的巨型壁畫。三十二座典雅流蘇的水晶燈從純金色的天花板垂掛下來，搭配著幾何花紋的拋光大理石地板頓時呈現出一種奢華的氣息。在高達四十公尺的圓弧狀天花板上，有著許多文藝復興風格的壁畫，而且這些壁畫的內容主要都是在描述戰爭，特別是英雄得勝以及凱旋歸來的場景。

這座大廳的左右兩旁各放置著一排十公尺以上的巨大青銅雕像，每座雕像所雕刻的都是古代君王騎在馬上的英姿，而正前方則有一排階梯，階梯上面放著一張象徵著至高權力的金色椅子以及一張雕刻著好幾隻金色老鷹的辦公桌。菲尼克斯停在了階梯前，亞德里亞國王優雅地走上階梯，此時的辦公桌旁邊已經站著伊莉莎白和斯邁爾兩人。

斯邁爾彎腰行個禮後說：『國王，您又恢復原本俊美的面貌了。』

亞德里亞坐到了金色椅子上，神情嚴肅的說：『斯邁爾，塔爾加戰爭的失敗，我本來是打算拔掉你 I.C.E. 執行長的位置，但是看在你有成功抓到法蒂雅公主與波特的份上，我才沒有這麼做。』

斯邁爾聲音微微顫抖，連忙說：『是……是，感謝國王的開恩。』

亞德里亞繼續說：『我太低估慕若希的實力了，沒想到區區一個醫生竟然有如此優秀的謀略，看來我們以後對他要更加小心。』

就在此時，門外兩隻身穿綠色軍服的黑猩猩跑了進來，其中一隻黑猩猩說：『啟稟國王，鬼面兵團來偷襲中央行政區了。』

亞德里亞國王提高音量的說：『阿米一號，這種小事還需要來稟報我？鬼面兵團只是一群不成氣候的鼠輩，你率領兩排部隊去把他們全給我滅了。』黑猩猩點點頭後便立刻離開。

時間已經接近午夜，位於中央行政區的西南與東北邊界附近不斷地出現煙霧和爆炸的聲響，鬼面兵團從這兩個對角的方位進攻，他們開著吉普車與殖晶士兵展開一場巷弄追逐戰，槍聲與手榴彈的爆炸聲此起彼落。這些鬼面兵團的隊員並沒有強行進攻的意思，反而是以游擊戰的形式，不斷的在邊界附近徘徊，吸引殖晶軍隊的注意。此時的東南邊界出現了一群身穿黑衣的蒙面人，他們趁著這個混亂之際，順利地潛入了中央行政區，來到了帕西斯宮殿東南邊的護城牆。他們隱藏在城牆旁邊的樹叢裡暗中觀察著守衛的巡邏，領頭的蒙面人從背包裡取出一個盒子，一打開後，幾百隻很小的智能機械蜜蜂飛了出去，偷偷地飛進了城牆裡面。觀察了大約十分鐘後，領頭蒙面人和旁邊的一名蒙面人將身體蹲低，快速地跑了出去，咻地一聲，便來到了城牆旁邊。領頭蒙面人從腰間取出一條金屬鞭子甩了出去，鞭子順利勾住城牆頂部。他左手握著鞭子，右手拉著另一位蒙面人的手，這時鞭子開始自動縮短將他們慢慢地拉上去。快到城牆頂部時，領頭蒙面人用力一甩，先把另外一位蒙面人甩到城牆上，然後蹬了一下牆壁後，也來到牆頂。

在一隻守衛黑猩猩發現他前，他已經悄悄地來到牠的身邊，守衛黑猩猩一回頭，驚訝的說：『你是誰？』話才剛說完，蒙面人奮力一躍，用手肘給黑猩猩的後腦勺一記重擊，黑猩猩瞬間失去意識，倒了下去。旁邊的黑猩猩一發現後還來不及舉起槍，突然咻地一聲，金屬鞭子已經重重地打在牠的臉上，不醒人事。另外一位蒙面人和第三隻黑猩猩纏鬥了一陣子後也順利將牠擊倒，但是旁邊最後一隻黑猩猩已經瞄準好他，準備開槍。千鈞一髮之際，領頭蒙面人立刻將手中的鞭子變成長槍，用力擲向黑猩猩，砰咚一聲，長槍刺穿了黑猩猩的身體，最後一隻黑猩猩也倒在地上。他們趕緊將繩索放下，其他蒙面人也依序地爬上了城牆頂。

智能蜜蜂一進入帕西斯宮殿後，便開始到處搜尋。每隻蜜蜂裡面都有安裝目前最先進的嗅覺系統，可以分辨不同的氣味，然而它們在尋找的是一種奇楠沉香的味道。這種獨特的奇楠香氣是來自法蒂雅公主手腕上的圓珠手環，而且這個由奇楠木所製作的手環是她們家族世代相傳的寶物之一。領頭蒙面人從口袋裡掏出一個接收器，上面有一個小螢幕。這時螢幕的東北角落出現了一個紅點，蒙面人從牆頂俯瞰著帕西斯宮殿的內部，他判斷好方位後，立刻朝紅點的方向前進，其他蒙面人則是緊跟在後面。

這群蒙面人無聲的飛奔著，十幾分鐘後就來到軟禁法蒂雅公主的招待所。一陣短暫的打鬥後，領頭蒙面人輕鬆地將在門口看守的兩個守衛打暈。正在房間裡打坐的法蒂雅公主一聽到奇怪的聲音，馬上從房間走了出來，領頭蒙面人一看到法蒂雅公主，連忙將面罩脫下來，法蒂雅公主見到他，立刻濕了眼眶，溫柔地說：『若希，你來了，我不是在做夢吧。』

慕若希一個箭步上去緊緊抱住法蒂雅，撫摸著法蒂雅的頭髮，直到這一刻，慕若希的心才真正的安定下來。法蒂雅擔心的問：『若希，你有沒有受傷？』慕若希搖搖頭說：『我沒事，妳放心。』這時旁邊的蒙面人脫下面罩說：『慕醫師，時間差不多了，我們要趕緊離開了。』

慕若希點點頭說：『奧法南，我們從原路回去。』沒想到就在此時，外面傳來呼喊聲：『有人偷偷潛入這裡，趕緊將他們抓起來。』

蒙著面的米撒說：『不好了，被發現了。老師，你先帶著公主離開這裡，我來殿後。』但是他們才剛一踏出門口，就有來自四面八方的黑猩猩將他們包圍著。慕若希揮舞著鞭子，奮力的殺出了一條血路，奧法南和米撒則是在後面阻擋著黑猩猩的追趕。一群人奔跑在一條白色的長廊上，長廊的兩邊都是一根根巨大的羅馬柱。夜晚的冷風不斷地從他們耳邊呼嘯而過，後面的黑猩猩士兵已經快要追上來，此刻的他們只能不停的往前奔砲。他們不知不覺地被逼到亞德里亞國王所在的宮殿大廳，然而亞德里亞國王早已在那裡等候多時，他冷笑的說：『慕若希，沒想到這麼快又見面了，我看這一次你是插翅也難飛了。』

此時的他們已經被士兵們團團圍住，慕若希冷靜的說：『是嗎，鹿死誰手還不知道呢！』

『你的計畫果然周詳，先利用鬼面兵團在外面鬧事分散注意力，然後再潛進來救法蒂雅公主。不過可惜的是，當我注意到外面出現智能蜜蜂時，我就知道事有蹊蹺。』亞德里亞國王露出了邪惡的微笑。

慕若希嚴肅的說：『廢話少說，一決高下吧！』

亞德里亞國王抽出了他腰間的寶劍說：『有想好遺言了嗎？你放心，我會親自在你的墓碑上刻上名字，上面就寫說亞德里亞國王的劍下冤魂。』

慕若希將鞭子拿在手上，一場激烈的戰鬥一觸即發。慕若希想先發制人，他將手中的鞭子甩向亞德里亞，但是沒想到亞德里亞卻直接用手接住了鞭子，慕若希立刻衝向了亞德里亞，展開了一場近身肉搏戰。同一時間，所有的蒙面人和法蒂雅公主也和黑猩猩士兵們展開了激烈的槍戰。他們在這些青銅雕像之間來回穿梭，槍聲此起彼落，不到兩分鐘的時間，蒙著面的莉亞以及奧法南已經解決了五隻黑猩猩。突然間，奧法南看見階梯上面站著的金髮小女孩，整個人瞬間愣住，心想：『那不是伊莉莎白嗎？』就在此時，一隻黑猩猩已經瞄準好奧法南準備發射，莉亞趕緊朝黑猩猩開槍，化解了危機。

莉亞說：『奧法南，專心點，現在不是發呆的時候。』奧法南回過神來繼續戰鬥，他不時地會望向伊莉莎白，但是伊莉莎白只是面無表情地站在椅子旁邊觀看著這場戰鬥。

慕若希和亞德里亞國王此刻正在階梯上打得難分難解。慕若希一個凌空迴旋踢卻被亞德里亞國王單手擋了下來。國王一劍刺向慕若希的身體，慕若希趕緊側身躲過，但是國王絲毫不給他喘息的機會，立刻跳起來朝著慕若希一拳揮去，還好慕若希反應快躲過了這一拳。亞德里亞國王擊中了地板，整個地板瞬間裂開，出現一個明顯的凹洞。慕若希萬萬沒有料想到亞德里亞的力氣竟然會如此的大，輕而易舉的就可以將大理石地板擊出一個洞。

他將鞭子改成長槍模式朝著亞德里亞國王使出了連環刺，沒想到每一刺都被亞德里亞用劍擋下來。奧法南看見慕醫師漸居劣勢，拔出腰間的佩劍加入了戰局。一次面對兩位高手的攻擊，亞德里亞國王也開始感到心慌意亂，慕若希看準時機縱身一躍，準備使出他的必殺絕技－「流星墜」。他從半空中奮力向下一刺，亞德里亞國王急忙用劍擋住這一刺，但是卻也因為承受不住如此巨大的衝擊力而跪下。旁邊的奧法南見機不可失，立刻舉起劍飛身刺向亞德里亞國王的心臟，沒想到這時站在旁邊的伊莉莎白忽然跳出來，用自己的身體擋在了亞德里亞國王前面。奧法南一看到伊莉莎白，瞬間將劍收了回去，但是這一收劍卻給了亞德里亞國王絕佳的機會。他用力撥開慕若希的長槍，一個迴旋，劍從伊莉莎白的腋下穿過，直接刺進了奧法南的胸口。

莉亞一看到，立刻大聲哭喊的說：『不要啊，奧法南！』

亞德里亞國王看著虛弱的奧法南，冷笑了幾聲，隨即將劍拔出，大量的鮮血瞬間從奧法南的身體噴出來，奧法南痛苦的發出一聲啊之後，倒在了伊莉莎白身邊。慕若希憤怒的刺向亞德里亞國王，鏘的一聲，亞德里亞國王精準地擋住了攻擊。

倒在地上的奧法南哀傷地看著伊莉莎白，腦中出現了一幕又一幕的畫面，那些是他與伊莉莎白的美好回憶。伊莉莎白看著滿身是血的奧法南，兩隻眼睛突然張的很大，但是臉上卻沒有任何表情。她腦中的火麒麟晶片此刻正在強烈地抑制著大腦瞬間產生的大量情緒訊號，讓她無法感受到這些情緒。然而火麒麟晶片或許可以阻斷她的情感訊號，但是卻無法阻斷一種失去親人的本能反應，此刻她的內心湧現出一陣陣的錐心之痛，同時兩隻眼睛開始流下了眼淚。奧法南伸出了沾滿鮮血的手抹去她臉上的淚水，虛弱地說：『妹妹，不要哭，都是哥哥不好，沒有能力保護妳，哥哥對不起妳。』然而面無表情的伊莉莎白，一句話也說不出來，只是不停的流著淚水。奧法南用他最後的一點力氣將佩戴在胸前的一顆七彩螺旋貝殼扯下來，這也是伊莉莎白最鍾愛的一顆貝殼。他將貝殼放到伊莉莎白的手上說：『很抱歉，哥哥沒辦法再幫妳保管這顆妳最心愛的貝殼了。能在妳的身邊死去，哥哥也沒有遺憾了。』他一直看著伊莉莎白，漸漸地闔上了雙眼，死在伊莉莎白的身邊。伊莉莎白看著死去的哥哥，臉上開始出現了些微的抽動，不自覺地去撫摸著奧法南的臉，手裡的七彩貝殼早已沾滿著她的淚水。

莉亞一邊戰鬥著，一邊跑向奧法南，此刻的她已是滿臉的淚水。宮殿的外面突然出現螺旋槳的聲音，慕若希一邊和亞德里亞纏鬥，一邊大聲的說：『直升機到了，大家趕緊撤退。』莉亞揹起了奧法南的屍體，一邊哭著說：『奧法南，你不要擔心，我現在就帶你回家。』她跟著法蒂雅公主還有其他蒙面人坐上了直升機。米撒和慕若希趕緊丟出煙霧彈，宮殿裡瞬間出現一片黃色的煙霧。他們趁著這個機會也跳上直升機，離開了帕西斯宮殿。

煙霧逐漸散去後，亞德里亞喃喃自語地說：『你們這些鼠輩，逃得了一時，逃不了一世的。』他來到伊莉莎白的身邊，將七彩貝殼奪了過來說：『這種無聊的東西就不要再留著了。』說完後，用力一捏，整顆貝殼瞬間裂成碎片。他看著流淚的伊莉莎白說：『快去通知斯邁爾，叫第一連的殖晶部隊隨時待命，我要親自帶兵攻打鬼面兵團的總部，一舉把這些鼠輩全部殲滅。』無法停止淚水的伊莉莎白無意識地站起來，機械式般的點點頭後，便離開了宮殿。

第四章：蟄伏的羽翼

羽翼的呼喚

前往北極雪之城堡的專機已經進入了永夜的北極圈，機艙內的佛多靜靜地看著窗外的綠色極光，腦海裡回想起他和波特在秘密基地玩耍的畫面，不知不覺地進入了夢鄉。阿萊莎看到已經沈入睡的佛多，馬上從吉普車上拿出一件毛毯替他蓋上。夢裡的佛多回到了美麗的波姆斯村莊，他開心地朝著家裡的方向快速地奔跑著，沿途的四周顯得異常的安靜，看不到任何一個人。他來到了家門口，一邊開門一邊愉快地大喊著媽媽，但是卻沒有得到任何的回應。他查看了家裡的每個房間後，發現媽媽和波特都不在屋內，正當他納悶之際，窗外突然閃過一個身影。佛多趕緊追了出去，前方出現了波特奔跑的身影。佛多一邊大喊著波特一邊追了過去，但是波特卻完全不理會佛多的喊叫，只是一直朝著秘密基地的方向跑去。

當佛多追著波特來到那座天然的圓形廣場時，波特的身影突然消失在廣場上，他們的秘密基地也早已不在那裡。突然間，地面發出了轟隆轟隆地巨響，環繞著圓形廣場的十三棵千年神木開始一一地倒下，咚咚咚，一聲聲劇烈的地面撞擊聲在森林裡迴響。整個廣場的地面開始崩塌，佛多還來不及反應過來，便開始往下掉，彷彿掉進了一個深不見底的樹洞，伸手不見五指。不知道經過了多久的時間，或許只是一瞬間，他發現自己竟然漂浮在外太空，而出現在眼前的那顆藍色星球正是地球。佛多看了看漆黑的四周，嘗試尋找回家的路，這時候，一對黑色羽翼從地球的某一處飛了出來，慢慢地接近著佛多。這雙不停拍動著的黑色羽翼開始越變越大，來到佛多的眼前。佛多看著巨大的黑色羽翼，內心顯得有點不安，突然羽翼的中間出現了一對紅色的眼睛。這雙眼睛用一種帶有侵略性的眼神看著佛多，佛多瞬間感受到一股強烈的壓迫感，同時手臂上的葉子胎記發出了強烈的綠色光芒，一陣強烈的刺痛感從胎記的地方開始擴散到全身。

佛多的耳邊出現了一個非常低沈的嗓音，它用科斯摩斯的語言說：『佛多，我終於等到你了。』

佛多直視著紅色眼睛，手裡緊握著阿特拉斯，勇敢地說：『你是誰？』

黑色羽翼拍動了幾下翅膀後說：『佛多，我將會成為你的主人，整個宇宙中只有我可以將你體內所有的力量釋放出來。讓我們一起攜手改變整個宇宙，建立出一個全新的秩序。你和我會一起分享統治宇宙的至高權力，任何反抗勢力都無法跟我們對抗。』

佛多皺著眉頭強忍著刺痛，憤怒地說：『我才不要什麼統治宇宙的權力。』說完後便立刻舉起阿特拉斯朝著紅色眼睛射出強烈的紫光。但是紫光卻直接穿過了眼睛，無法對黑色羽翼造成任何傷害。

羽翼的眼睛目不轉睛地盯著佛多，用一種陰森的語氣說：『佛多，我最珍愛的寶貝，你是逃不出我的手掌心的。』說完後，就舞動著翅膀衝向了佛多。佛多大喊一聲後，立刻從夢裡驚醒過來。阿萊莎和艾格菲都被佛多的叫聲給嚇了一跳，阿萊莎來到佛多身邊，看著滿頭大汗的佛多說：『佛多，你怎麼了？是不是哪裡不舒服？』

驚魂未定的佛多看了一下四周，鬆了一口氣後說：『沒有，只是做了一場惡夢。』他沈默了半刻，從胸前的口袋拿出金色的懷錶，默默地看著懷錶裡面父母親的照片。

專機已經飛進了巨大的冰裂縫，並且開始下降高度。阿萊莎透過窗戶看到前方的孤島上出現了一座純白色球殼的半圓形建築。她說：『我們已經快抵達目的地了。佛多、艾格菲，趕緊將飛行裝備準備好。』

艾格菲從吉普車的後面拿出飛行裝備，這是他們當初離開鬼面兵團時，奧法南特別替他們準備的。飛機穿過那座勝利女神雕像的拱門後，進入了白色球殼的內部。穿上飛行裝的艾格菲和佛多來到了機艙的逃生門旁邊，阿萊莎一按下開關，逃生門很快地打開，門外立刻傳來陣陣呼嘯的風聲，同時機艙內部也出現了警報聲。佛多和艾格菲毫不遲疑地跳出機艙外，伸展著四肢在一片漆黑的夜空中翱翔著。他們身上所穿的這件飛行裝表面有許多的噴氣孔，而且透過調整噴氣孔的角度，可以在空中任意地改變飛行的方向。佛多看著前方不遠處那座被探照燈照著閃閃發亮的雪白城堡，心中知道那裡就是他們此行的目的地。他和艾格菲低空飛行在一片沼澤森林的上空，朝著城堡的方向前進著，阿萊莎則是騎著萊恩跟在他們後面。這時，下方的森林裡傳來一陣窸窸窣窣的聲音，佛多和艾格菲還沒反應過來的時候，一隻身形非常怪異的生物突然從樹林衝出來，擋在了佛多和艾格菲之間。牠乍看之下是一匹馬，但是頭上卻長著一張人的臉，而且背上還有一對白色的羽毛翅膀，整個臉頰和嘴巴都被棕色的長毛所覆蓋著，馬身上還出現老虎的斑紋。艾格菲被這隻出現在眼前的生物嚇得不知所措，這隻生物突然高舉前腳，用力地拍動著背上的翅膀，艾格菲周圍的空氣頓時產生了巨大的亂流，啊的一聲後，艾格菲的身體開始往下墜。佛多急著去救艾格菲，沒想到這隻生物卻轉過身擋在了佛多前面，牠和佛多對看了五秒後，便拍著翅膀離開了。阿萊莎此時已經朝著艾格菲下墜的方向快速地飛去，但是仍然來不及，艾格菲整個人跌進了森林裡，幾聲撞擊聲過後，他停在了一棵枝葉茂密的樹上。萊恩小心地在錯綜複雜的樹枝之間穿梭著，終於來到了艾格菲旁邊。阿萊莎跳到了樹枝上說：『艾格菲，你還好嗎？』

艾格菲驚魂未定的說：『哎呀……我的左腳很痛，好像不能動了。』佛多此時也飛到了旁邊，阿萊莎說：『佛多，我們一起把艾格菲抬到萊恩身上。』他們小心地把倒在樹枝上的艾格菲扶起來，放到萊恩背上。咻地一聲，萊恩很快地載著艾格菲來到地面上，佛多則是點亮了阿特拉斯和阿萊莎一起沿著樹幹往下爬。

來到地面的佛多和阿萊莎將受傷的艾格菲小心地放在濕潤的泥土上，佛多看到艾格菲的左腳褲管上出現一大片血跡，他從腰間的工具袋裡拿出小刀將褲管割開，小腿的地方出現了一個很深的傷口，此時還不斷一直有鮮血流出。佛多看了一下四周的環境，他說：『阿萊莎，妳先幫艾格菲壓著止血。這座森林裡或許會有絲棉樹，我去找找看。』

萊恩突然說：『佛多，這裡到處都是漆黑一片，我的眼睛有夜視鏡的功能，讓我去找就好了。』

佛多點點頭說：『好，可是你知道絲棉樹的葉子外觀嗎？』

萊恩調皮的說：『嘿嘿，我腦中有植物百科圖鑑的資料。我知道你要找的是杜仲葉，這種葉子可以用來幫助傷口消毒止血。』說完就轉身跑開，消失在黑暗中。

忍著疼痛的艾格菲說：『佛多，你怎麼會知道這些草藥和植物的知識？難道你們星球上也有這些植物？』

佛多搖搖頭說：『沒有，這些知識是我從時空學院的圖書館裡學習到的。在時空學院的那段時間，我閱讀了很多關於人類的歷史、科技以及醫學相關的書籍。』

艾格菲勉強擠出笑容地說：『難怪那時候時常看到你待在圖書館裡。這樣說來，我現在應該要尊稱你為活著的百科全書。』正在幫忙止血的阿萊莎一聽到這句話，噗哧一聲笑了出來。

突然他們聽到一群腳步聲以及翅膀拍動的聲音，而且正朝著他們的方向接近著。阿萊莎比了一個噓的動作，佛多也趕緊關閉阿特拉斯所發出的光芒。三個人在黑暗的樹叢間屏氣凝神，注意著四周的動靜。剛剛才被奇怪生物攻擊的艾格菲，此刻的心臟跳動得特別劇烈，身體也不聽使喚地顫抖著。距離他們前方一百多公尺的樹林間出現了一群身形詭異的動物，透過樹林間灑進來的微弱月光，他們三人看到了一隻身形龐大，頭上長著彎角的動物在奔跑，壯碩的灰色身軀看起來像是一頭犀牛，但是令人感到恐懼的是牠竟然有兩個頭，而且身體下方還有八隻結實的牛腳。在雙頭犀牛的右前方有一隻全身都是鮮紅色羽毛的人面鳥正在飛行著，這隻人面鳥的身體和翅膀看起來像是一隻古代傳說中的鳳凰，但是卻有著一副女性秀氣的臉孔。艾格菲被這些他從來沒有看過的生物驚嚇到，不知不覺地發出了啊的一聲。跟在雙頭犀牛後面的一隻純白色九尾狐狸突然停下了腳步，一對紅色的眼睛朝著佛多的方向看過來。佛多毫不畏懼地看著這隻九尾狐狸，不到三秒的時間，九尾狐狸就轉頭朝著原來的方向繼續前進。

沒想到這個白天充滿著歡樂氣息的雪之城堡，夜晚的森林裡竟然隱藏著這麼多詭異恐怖的生物。看到這些生物逐漸遠離後，艾格菲才真正鬆了一口氣，他用一種顫抖的語氣說：『阿萊莎，妳有看到這些畸形可怕的動物嗎？為什麼牠們會出現在這裡？』

阿萊莎冷靜地說：『不知道，看來這個地方似乎隱藏著許多的秘密。』

『妳覺得牠們是真的生物還是機械做的？』

『這邊的月光太暗，很難判斷出來。不過從那隻人臉鳥的羽毛和飛行動作來看，很像是真的生物。』阿萊莎的話才剛一說完，旁邊的樹叢忽然跳出一個東西，嚇得艾格菲大叫一聲，等他回過神來才發現原來是萊恩，而且它的嘴裡還咬著好幾片樹葉。

艾格菲說：『萊恩，差點沒被你嚇死。今天應該會是我人生中最驚嚇的一天了。』

萊恩一臉疑惑的樣子，立刻將杜仲葉交給了佛多，佛多把葉子搗碎成泥狀後，敷在了艾格菲的小腿傷口上，一旁的阿萊莎則是拿了一條乾淨的布對傷口做了簡單的包紮。

大約休息了十分鐘後，艾格菲說：『我已經感覺好多了。走吧！我們趕緊出發去尋找波特。』佛多和阿萊莎點點頭後，合力將艾格菲扶到萊恩的背上，繼續朝著城堡的方向前進。然而，此時四周突然開始起霧，阿萊莎瞬間提高警覺，注意著周圍的動靜。這片白茫茫的霧氣讓他們很快就分不清楚方位，還好萊恩的眼睛裝有可以看穿霧氣的近紅外線感應器，他們才不至於迷失方向。

他們走在剛剛那些怪物奔跑的小路上，朝著雪之城堡的方向前進。經過了半個多小時後，霧氣終於逐漸散去，此時一位女子唱歌的聲音從左前方傳了過來，空靈清澈的歌聲繚繞在這座幽幽的森林之中。佛多一聽到這首曲子，臉上露出驚訝又帶點好奇的表情，他沿著歌聲的方向走去，阿萊莎跟在佛多旁邊說：『佛多，怎麼了？看你好像對這首歌很感興趣。』

佛多說：『這首歌的歌詞是用我們星球的語言寫的，沒想到地球上還有知道科斯摩斯語言的人，我想過去看看。』阿萊莎聽到後也覺得很驚訝，這時坐在萊恩背上的艾格菲說：『佛多，出口就在前方不遠的地方，我們還是趕緊離開這座可怕的森林。』

阿萊莎說：『艾格菲，不然你先待在這裡，我和佛多過去看看，很快就回來。』

艾格菲鼓起勇氣的說：『既然你們都要去，我當然也要跟你們一起去，正所謂團結力量大。』

阿萊莎無奈地聳聳肩。他們三人以及萊恩循著歌聲的方向前進，佛多看到前方的樹叢外面有一座圓形的草坪廣場，他們三人壓低身體，靜悄悄地來到樹叢旁邊。

皎潔的月光灑進了圓形的綠色廣場上，廣場的正中央站著一位身穿白色連身長袍的中年女子，一頭及腰的銀色長髮在月光的照射下閃閃發亮。此刻的她赤著雙腳站在草地上，高舉著雙手在滿月的月光下唱歌。但是令人感到毛骨悚然的是女子的雙手上竟然拿著一顆黑色的骷髏頭，而且身邊竟然還圍繞著許多奇怪的動物。除了剛剛出現在樹林裡的那些怪獸之外，廣場上還有四位背上長著一對白色翅膀的青少年，他們單膝跪地，雙手合十，兩眼凝視著骷髏頭。其他怪獸也都看著骷髏頭，靜靜地聆聽著女子的歌聲。躲在樹叢的阿萊莎看著眼前這個詭異的景象，小聲的問佛多說：『你知道她在唱什麼嗎？』

佛多小聲地回答：『嗯，歌詞聽起來很像是某種儀式的祈禱文，她似乎在召喚某個東西的力量……』，佛多停頓了一下後說：『是一位名叫薩摩翼的黑暗使者，復活的時刻即將到來……』話還沒說完，他手上的胎記出現了強烈的刺痛，同時閃耀出綠色光芒。

女子注意到了樹叢裡的綠色光芒，突然停止了歌唱，廣場上瞬間一片寂靜，許多的怪獸都站起來，往佛多的方向看去，異常寂靜的空氣中瀰漫著一股肅殺之氣。樹叢後面的艾格菲看著這些怪獸，全身顫抖的說：『完蛋了，這下十條命都不夠死了。』

銀髮女子朝著佛多的方向說：『只敢躲在樹叢後面偷聽，卻沒有勇氣現身一會嗎？』

佛多手中拿著阿特拉斯，忍著胎記所發出的刺痛，從樹叢後面走出來。艾格菲在旁邊極力阻止準備要走出去的阿萊莎，但是阿萊莎仍然堅定地跟在佛多後面，走出了樹叢。艾格菲雙手放在嘴巴前，驚嚇的說：『天啊，這可怎麼辦。』沒想到還沒等艾格菲反應過來，萊恩也載著他跳了出去。

銀髮女子一看到佛多，表情顯得有些驚訝，大約過了三秒，她雙臂張開面露微笑，用一種溫柔的語氣說：『我親愛的佛多，你終於來了，我等你等好久了。』

佛多看著她那雙粉紅色的眼睛，嚴肅的問：『妳是誰？為什麼妳會說科斯摩斯的語言？』

女子將黑色骷髗頭放進旁邊的一個黑色箱子，赤著腳優雅地走向佛多。她那光滑無暇的皮膚在月光的照耀下，有如天使般的純淨潔白。她來到了佛多前方大約兩公尺的地方停了下來，溫柔地看著佛多說：『我知道你不認識我，但是我卻一直在等待你的到來。我的全名叫銀芬妮提．羽，我的祖先和你一樣都是來自科斯摩斯星球。』

就在佛多感到驚訝的同時，銀芬妮提繼續說：『佛多，你的到來代表著薩摩翼復活的時刻就快要來臨了。一個新的秩序，一個全新的世界即將誕生。』此時，廣場上的怪獸開始騷動起來。

佛多皺著眉頭說：『我不懂妳在說什麼，如果妳的祖先也是來自科斯摩斯，為什麼他們要一直留在地球，不回去呢？』

『佛多，不是所有科斯摩斯人都像你一樣擁有控制時間空間的能力。當初科斯摩斯的族人可以來到地球上，主要是先行者伊卡旺利用與身俱來的一種獨特能力，也就是控制「時空扭量」來產生時空裂縫，這樣才可以在不同的時間空間來回穿梭。但是沒想到的是伊卡旺卻意外在地球上過世了，所以剩下的族人只能被迫留在地球上。』

佛多搖搖頭說：『我想妳弄錯了，我並沒有操控時間空間的能力。』

銀芬妮提露出淡淡的笑容說：『原來你還不知道你擁有這個能力。讓我告訴你吧，你手臂上發出綠光的葉子胎記就是最好的證明。先行者伊卡旺的頭上也有和你一模一樣的發光葉子。』

佛多看了一下發出刺痛的胎記後說：『所以妳一直在等待我是希望我能帶妳回去科斯摩斯嗎？』

銀芬妮提搖搖頭說：『不是，佛多，你誤會了。我的祖先或許一直在等待著要回去自己的星球，但那已經是非常古老的事了。我並不想回科斯摩斯，我是在地球上出生的，這裡才是我想居住的星球。』

佛多納悶地問：『既然如此，妳為什麼一直在等我？』

銀芬妮提露出了燦爛地笑容說：『因為你是復活薩摩翼的關鍵人物。或者我應該這麼說，你這趟旅程的使命就是來復活薩摩翼的。』

佛多皺著眉頭說：『誰是薩摩翼？』

銀芬妮提用一種神秘的語氣說：『佛多，你很快就會知道的。祂可以釋放你體內所有的力量，你和祂的結合將會創造出一個全新的宇宙。』

佛多緊握著阿特拉斯說：『很抱歉，我並不想復活薩摩翼，我來雪之城堡是要尋找我的好朋友。』說完後，場上的怪獸開始騷動不安，九尾狐狸和三位白色翅膀的青少年們開始慢慢地往佛多的方向移動。

看到這些正在接近的怪獸們，阿萊莎和萊恩趕緊站到佛多的旁邊。銀芬妮提做了一個安撫的手勢後，所有怪獸們立刻安靜下來。她微笑地看著佛多，用一種非常柔和的語氣說：『佛多，你還不懂嗎？這不是你想不想的問題，而是一種你無法改變的命運。事實上，從你來到地球的那一刻，你就已經踏上了復活薩摩翼的旅程了，這是一段你沒有能力去改變的旅程。』

阿萊莎生氣的說：『哼，我才不相信妳說的這些鬼話！佛多有完全的自由去選擇他要做的事，如果妳想用武力來逼迫他的話，我絕對會跟他一起反抗到底。』

銀芬妮提露出稍微驚訝的表情說：『武力逼迫？妳完全誤會了，美麗的小姑娘。我絕對不會逼迫佛多去做他不願意做的事，更不會去限制他的人身自由。你們可以在雪之城堡內自由的行動，而且任何時候想要離開，我都會無條件的讓你們走。不過雪之城堡內部各個地方都有它自己本身的規範和遊戲規則，你們參與任何活動也必須要遵守規則，我不會允許你們有任何特權，這樣才公平。所以如果你們想要帶朋友離開雪之城堡，也必須要遵守雪之城堡的相關規定才可以帶走他。』

旁邊的阿萊莎看著銀芬妮提，懷疑的問：『妳是不是有什麼詭計？為什麼妳可以讓我們這麼容易就離開？妳不怕我們離開這裡後，佛多就會馬上回去他的星球嗎？』

銀芬妮提發出幾聲輕柔的笑聲，然後說：『我完全不擔心，妳應該有注意到佛多手臂上的胎記一直在發光，而且我知道他的身體也開始感到越來越虛弱。妳難道不擔心他繼續虛弱下去會有生命的危險嗎？這些問題背後的答案就讓你們自己去尋找吧！很快你們就會體認到我剛剛所說的，命中注定的事情是無法被改變的。』

佛多用一種反駁的語氣說：『銀芬妮提，我並不相信命中注定這種事，我的命運是由我自己決定的。讓我現在清楚地告訴妳，我沒有興趣去復活薩摩翼。』

聽到佛多的話，銀芬妮提絲毫沒有一點不高興，反而溫柔地看著佛多說：『親愛的佛多，好好保重身體，我們會再見面的。』說完後就緩緩地轉過身，準備離開。阿萊莎這時才注意到原來銀芬妮提的背後也有一對白色的羽毛翅膀緊貼著她的背部。

佛多突然叫住銀芬妮提：『請等一下。』銀芬妮提和怪獸們紛紛停下了腳步，萊恩背上的艾格菲用一種顫抖又害怕的語調說：『佛多，你在幹什麼啦！』

佛多繼續說：『既然妳是雪之城堡的擁有者，一定知道波特被抓到這裡。請問妳把他關在什麼地方？』

銀芬妮提轉身回頭看著佛多說：『你說的是那隻新來的小猴子？』佛多點點頭，銀芬妮提繼續說：『佛多，你誤會了，他並沒有被關起來，相反的，他在雪之城堡裡過得很開心呢。』

佛多皺著眉頭說：『不可能，波特很膽小，對陌生的地方總是非常小心謹慎的。他如果清醒過來，一定會急著找我。』

銀芬妮提看著佛多，臉上露出了一抹神秘的笑容說：『是嗎？我怎麼感覺他早已經把你給遺忘了，每天都和城堡裡的小朋友們玩得很開心。如果你不相信我說的，可以自己親自去證實。不過現在是城堡關閉的時間，你們要等到白天開放時間才能去找波特。』說完後，她拿起黑色箱子，張開了背上的白色翅膀。隨著翅膀的拍動，她的腳漸漸離開了地面，廣場上成群的怪獸也跟著飛了起來。在月光的照耀下，銀芬妮提和四位白色翅膀的青少年看起來就像是一群聖潔純淨的天使，帶領著這些怪獸們離開了廣場。剛剛攻擊艾格菲的人臉飛天馬在離開前，還特別停下來看了艾格菲一眼，嚇得艾格菲全身直發抖的說：『你……你……你趕快走，我身上的肉很少，你會吃不飽的。』

一直處在高度緊張的艾格菲看著這些已經遠離的怪獸，心情才稍微平復下來，語氣顯得有些虛弱的說：『佛多，你剛剛真是嚇死我了，我差點以為我們今晚就要成為這些怪獸的宵夜。等離開這裡之後，我一定要告訴我爸爸這些怪獸的存在，請他儘快派軍隊過來這裡把牠們都殲滅，以免牠們危害人類。』佛多沒有回答艾格菲，此刻的他腦中正在回想著銀芬妮提剛剛所說的話。

阿萊莎回憶起小時候有一次偷偷溜進去派森爺爺的一場神秘聚會，聚會上的每個人身上都穿著一件畫著奇怪符號的袍子。她聽到聚會上一位滿臉皺紋的長者曾經提到伊卡旺和薩摩翼之間的故事，但是由於他們的談話中夾雜著許多她聽不懂的語言，所以也無法了解當時的談話內容。

阿萊莎走到了佛多的身邊，將他的左手臂抬到自己的胸前，觀察著發出綠色光芒的胎記。其實早在時空學院的餐廳第一次遇到佛多時，她就有注意到這個葉子形狀的胎記，沒想到她眼前所看到的這個胎記不只發出綠光，而且整個葉子圖案似乎在變大，她內心突然產生一股很深的憂慮感，她露出擔憂的神情說：『佛多，你的胎記好像變得越來越大？』

佛多看了一下阿萊莎，故作鎮靜的說：『嗯，這個胎記從我有記憶以來就一直在我手臂上，不過我還是第一次發現它會變大呢。』

『看起來你的身體似乎出了問題。沒關係，離開這裡後，我帶你回去時空學院找源院長，看看他有沒有解決的辦法。』

佛多點點頭的說：『好，不過我現在要趕緊找到波特。』說完後，他們就動身朝著雪之城堡的方向前進。

失落的名字

佛多一行人很快地穿越了剛剛那片沼澤森林，來到了雪之城堡旁邊的一座花園。深夜的城堡顯得異常的寂靜，沒有了孩子們嘻鬧玩耍的聲音，整座城堡陷入了一片死寂之中。他們沿著左邊的一條花園小徑前進，前方出現了一座高聳的白色尖塔，突然碰的一聲，艾格菲不小心從萊恩背上摔下來。阿萊莎和佛多趕緊來到他的身邊，此時的艾格菲已經開始出現意識模糊的情況，他們將他扶到旁邊的一棵大樹下休息。佛多看了一下臉色蒼白的艾格菲後說：『阿萊莎，他剛剛失血太多，現在非常需要休息。妳先在這裡照顧他，我自己去城堡裡面調查一下。』

阿萊莎擔心的說：『不行，我也要跟你一起去。』她將背包放下，從裡面拿出一條毯子給艾格菲蓋上，然後吩咐萊恩留在艾格菲身邊保護他。接著，她對佛多說：『我們快去快回。』

佛多和阿萊莎朝著尖塔的方向跑去，尖塔的旁邊是一片很大的廣場。廣場上到處都可以看到漂浮在空中的透明泡泡，而且每一顆泡泡裡面都放著一盞蠟燭形狀的燈。這些燈泡散發出柔和的黃光，看起來就像是一根根漂浮在夜空中的蠟燭，將這片漆黑的廣場點綴的十分溫馨。阿萊莎注意到入口處就位在前方五百公尺左右的地方，那裡還有一座很大的彩虹拱門，以及一根超過十公尺的巨型彩虹棒棒糖。她看著拱門最上面一個花朵形狀的時鐘，上面顯示著凌晨三點十分，她小聲的對佛多說：『前面那個入口的大門沒有開，我們要找其他的地方進入。』

佛多觀察了一下四周，他指著尖塔一半高度的地方說：『阿萊莎，妳看尖塔那裡有一座橋可以通往前面的城堡裡，或許我們可以從那邊進去。』

他們開始尋找進入尖塔的入口，但是整座尖塔的牆壁上沒有發現任何大門。就在阿萊莎感到疑惑時，廣場的方向傳來了微弱的腳步聲，他們趕緊躲到暗處，三隻全身雪白的狐狸和一隻北極熊小跑步的來到尖塔底下，其中一隻狐狸對北極熊說：『都是你啦，黑哥。要不是你賴床，我們也不會遲到。』

北極熊不好意思的說：『對不起嘛，我忘記是今天要來抽腦汁。』

另一隻狐狸拍了一下自己的頭說：『天啊，每三天抽一次這麼規律的事，而且都已經抽這麼多年了，還會忘記，真是被你打敗了。』

他們來到了尖塔前面，黑哥用牠尖銳的黑色指甲對著牆壁的某一塊石磚連敲三下，叩叩叩，然後停頓三秒後又連敲兩下，叩叩，停頓五秒後再連敲六下，叩叩叩叩叩叩。這時，石磚旁邊的牆壁忽然打開，黑哥說：『牠們應該已經開始了，我要去地下實驗室拿儀器，你們先過去。』三隻狐狸很快地進入尖塔裡面，滴的一聲後，牆壁迅速關上。黑哥用同樣的規律敲打同一塊石磚，這時另一塊牆壁打開了，黑哥很快地消失在佛多和阿萊莎的視線中。

佛多和阿萊莎對看一眼後，一起來到剛剛黑哥所站的地方。佛多和阿萊莎開始小聲地敲擊著牆面的不同位置，大約過了三十秒，佛多小聲說：『阿萊莎，這片石磚的聲音和剛剛那隻北極熊敲擊的聲音一樣。』

阿萊莎觀察了一下石磚，發現上面有很多指甲的抓痕，她依照北極熊的方式敲擊石磚，果然右邊某一處的牆面迅速開啟，裡面透出了亮光。他們小心翼翼的進入了白色尖塔，那是一個空蕩蕩的小房間，而且房間的牆壁上還有一排不同顏色的按鈕。就在阿萊莎四處觀察房間的結構時，佛多按下了最底下那顆白色的按鈕。滴的一聲，入口迅速關上，整個房間開始向下移動，阿萊莎心想：『難道這是電梯？』

幾秒後，房間停了下來。當門再度打開時，出現在眼前的是一條燈光明亮的白色通道，佛多手拿著阿特拉斯，和阿萊莎一起走進了通道。就在經過第一個三岔路口時，佛多看到黑哥的身影出現在左邊岔路的通道裡，他和阿萊莎趕緊悄悄地尾隨在黑哥後面。通道兩旁不時地會出現玻璃窗，黑哥匆忙地在通道裡走著，阿萊莎感覺這個地方就好像是一個巨大的螞蟻窩，裡面的通道非常錯綜複雜，很容易就會讓人迷失方向。沒想在經過第七個岔路口時，才一晃眼的時間，黑哥的身影突然消失不見，佛多和阿萊莎急忙地在通道裡尋找著，阿萊莎納悶地問：『剛剛明明看到北極熊是往這個方向走，怎麼不見了。』

佛多突然比了一個噓的動作，他隱約有聽到非常微弱的講話聲音。他仔細地判斷著聲音的方向後，指著右後方的通道說：『阿萊莎，這個方向。』他們沿著聲音的方向走去。

很快地，佛多看到黑哥站在前面的實驗室門口和另外一隻體型更大的北極熊說話，他們悄悄地來到旁邊，黑哥說：『小胖，腦汁抽取機準備好了嗎？』

小胖說：『已經好了，你今天好像比較晚來。』

黑哥催促地說：『對啦，就睡過頭了，拜託你快點拿給我。』

小胖說：『好啦，等我一下，我馬上進去拿給你。』不到一分鐘，小胖推著一台很奇怪的機器走出來，他說：『來，給你。順便跟你說，最新這批抓來的小孩很不錯喔，腦汁特別多，你趕緊過去，不然四點一到就沒辦法抽了。』

黑哥推著機器離開，不停地在通道裡穿梭，絲毫沒有停頓下來。大約經過五個岔路口後，前面出現了通道的盡頭。一直在後面跟蹤的佛多看到黑哥推著機器衝向盡頭的牆壁，快要撞上時，牆壁瞬間出現了一個黑色的入口，黑哥的身影很快地就消失在黑暗之中。佛多轉頭要對阿萊莎說話時，卻發現她並沒有跟在後面，他趕緊回頭去尋找。阿萊莎停留在上一個通道，她正在觀察通道右邊的一間實驗室。透過玻璃窗可以看到裡面有許多大型的科學儀器和化學器材，而且房間的櫃子上還有許多大型的玻璃罐，裡面存放著動物的器官。阿萊莎認出那是獨角鯨的長角和鯨魚的內臟，她對來到旁邊的佛多說：『你看，那個門上寫著息壞激素萃取實驗室。我記得一個朋友跟我說過殖晶人類與動物必須定期注射息壞激素，不然會有生命危險，看來這個實驗室就是提煉息壞激素的地方。』

佛多說：『妳想要進去調查嗎？』

阿萊莎回答說：『我們還是先找到波特，之後再過來調查。』佛多點點頭後，帶著阿萊莎來到黑哥剛剛消失的地方。他們朝著通道的盡頭跑過去，很順利地進入黑色的入口。一進入裡面後，他們立刻感覺到腳底下有一條傾斜的輸送帶，將他們往上面運送。

在這個一片漆黑，伸手不見五指的地方，佛多胎記上的微弱綠光顯得格外的耀眼。阿萊莎從口袋裡拿出一條黑色的手帕，蹲下來用手帕包住佛多胎記的地方後說：『這樣就比較不會被人發現。』

大約過了十分鐘後，他們離開了輸送帶，來到一個空蕩蕩的長廊。月光從窗戶灑進了長廊，阿萊莎透過窗戶外的景色發現他們已經在尖塔旁邊的建築裡面。長廊上沒有任何燈光，他們藉著月光小心地在黑暗中前進。佛多看到前面似乎有人影在晃動，他和阿萊莎將身體蹲低，靠著牆悄悄地來到一個房間的門口。他們從門口偷偷地探頭查看，沒想到裡面有好多隻北極熊和白色狐狸，牠們正在操控著一種奇怪的儀器，看起來和剛剛黑哥拿到的儀器一樣。佛多和阿萊莎墊起腳尖，躡手躡腳地走進房間裡面，躲到了一個鐵櫃旁邊的陰暗處。這時，其中一隻狐狸似乎察覺到不對勁，牠用鼻子一邊聞，一邊朝著鐵櫃的方向走來。就在牠快要到達鐵櫃時，佛多和阿萊莎屏住了呼吸，突然一隻北極熊叫住牠：『湯瑪士，你在幹什麼，還不趕快過來幫忙呦。』狐狸趕緊轉身回到北極熊旁邊，這時的阿萊莎才終於鬆了一口氣。

阿萊莎和佛多靜靜地觀察著這些動物，他們注意到房間裡有七張金屬的手術台，而且每張手術台上都躺著一位身穿手術服的小孩。阿萊莎看到這些小孩們的頭頂上方三十公分的地方有一個圓形的金屬罩，但是令她感到恐懼的是每位小孩的頭顱上都佈滿著十幾根非常細長的針。刺進這些小孩頭顱的細針後面都有一根很細的管子連接到金屬罩，而且管子裡還有不明的液體在流動著。

剛剛說話的北極熊看著眼前這位躺在床上的小女孩說：『蘇菲亞，妳睡著的表情好可愛呦。』緊接著對她做了一個親吻的動作。牠對旁邊的狐狸說：『湯瑪士，蘇菲亞今天的腦汁量如何呦？』

湯瑪士看了一下儀器上面的數據說：『波媽，不錯喔，今天抽到的多巴胺以及生長激素的量都比上次多一倍。』

波媽笑了一下說：『太好了呦，看來蘇菲亞越來越融入彩虹泡泡糖果屋的生活了。』

湯瑪士好奇的問：『波媽，這七個小孩裡誰的腦汁量最多啊？』

波媽指著隔壁手術台上金色短髮的男孩說：『當然就是這位肥嘟嘟的巴布呦。他只要有好吃的，就開心得不得了，所以他的多巴胺產量也特別多。』

湯瑪士接著說：『不過蘇菲亞這幾天心情會變得越來越好，都要歸功波特。這隻小猴子真的很會搞笑，常常逗得小朋友們很開心。』躲在鐵櫃旁的佛多聽到波特的名字，立刻聚精會神地聆聽著。

波媽笑著說：『嚴凝心教授親自派過來的，當然是品質保證的呦。』

湯瑪士點點頭說：『對了，波特一樣是早上九點會過來嗎？』

波媽點點頭，這時外面突然傳來清脆的鐘聲，噹噹噹噹，波媽有點著急地對房間裡所有的動物說：『注意！已經凌晨四點了呦。只剩十分鐘了，大家趕緊結束抽腦汁的工作。』孩子們頭顱上那些長長的細針被一根一根小心地抽出來，而管子裡面的液體都已經被儲存在五個不同形狀的玻璃容器裡。波媽接著說：『記得把這五個玻璃罐送到息壤激素萃取實驗室。』動物們趕緊將所有儀器都收拾好，陸續地離開了房間。

就在所有動物都離開房間後，佛多和阿萊莎悄悄地來到手術台旁邊，他們看到了沈睡中的蘇菲亞和巴布，手腳都被綁在手術台上。佛多問阿萊莎說：『要不要先把這些小孩們救出去？』然而，阿萊莎還來不及回答時，整個房間忽然產生劇烈的搖晃。阿萊莎因為重心不穩而跌倒，佛多趕緊過去將她扶起。這時，手術台下面的地板竟然開啟，台子很快地就下降到地板的下面，孩子們也跟著消失在佛多的眼前。

此時天花板和牆壁竟然自動開始移動，裡面所有佈置也出現變化。他們趕緊離開房間，奔跑在長廊上，沒想到這條長廊已經變得和剛剛完全不一樣。原本冰冷的地板上出現漂亮的粉紅色地毯，灰色的牆壁如今變成粉紅色的牆壁，上面還畫著可愛的小天使，就連單調的天花板那裡現在也飄著許多七彩的泡泡球。長廊兩邊的房間不停的在改變位置和結構，佛多和阿萊莎顯得有些不知所措，前方的走廊突然升起了一面牆壁，擋住了他們的去路。阿萊莎拉著佛多的手趕緊往回跑，沒想到後面的走道也升起一面牆擋住了去路，他們瞬間被困在一個長方體的密閉空間裡。正當佛多思考要如何逃出時，四周突然傳出齒輪轉動的聲音，前面的地板竟然開始縮進了牆壁，下方出現了一個寬廣的大廳。隨著地板的逐漸消失，他們能夠站立的空間也越來越少，然而下方的地面距離他們所在的位置至少有二十公尺以上。佛多說：『阿萊莎，你趕緊抱住我的身體。我利用飛行裝載妳出去。』阿萊莎從後面抱住佛多，咻地一聲，佛多載著阿萊莎飛越了大廳的上方。前方的大門此時已經打開，他們快速地飛過了大門，離開了彩虹泡泡糖果屋。

佛多和阿萊莎回到了艾格菲休息的地方，萊恩一直在旁邊看守他。佛多看了一下熟睡的艾格菲，轉頭對阿萊莎說：『妳剛剛有聽到北極熊和狐狸的談話嗎？牠們說波特早上九點會去那裡。』

阿萊莎點點頭後說：『我們先在這裡休息，早上九點再過去找波特。』

他們坐到了樹下，阿萊莎說：『佛多，你知道銀芬妮提所說的薩摩翼是誰嗎？』

佛多顯得有點疲累的說：『我只有在一個故事裡聽過。我記得四歲生日的那天晚上，母親講了一個很特別的床前故事給我聽，那是關於一位時空旅人先行者伊卡旺與另一位墮入黑暗力量的薩摩翼之間的故事。』

阿萊莎停頓思考了一下後說：『所以故事最後薩摩翼死了嗎？』

佛多搖搖頭說：『沒有，故事最後伊卡旺和薩摩翼開啟時空裂縫，離開了科斯摩斯，穿越在浩瀚無垠的宇宙之中。』

阿萊莎看著疲累的佛多說：『我們還是先休息，明天一起去找波特。』

時間來到了早上九點，經過一晚的休息，艾格菲的精神恢復了不少。佛多幫他重新包紮了傷口，艾格菲說：『佛多，真是謝謝你了，我現在好多了。』佛多微笑的點點頭。

旁邊的阿萊莎說：『時間到了，我們去找波特吧。』他們三人立刻動身前往彩虹泡泡糖果屋。

白天的雪之城堡是一個充滿朝氣和歡樂的地方，昨晚那座冷清的廣場如今搖身一變，變成了一座園遊會的現場。許多動物和小孩在廣場上開心的玩耍著，現場歡笑聲不絕於耳。兩隻北極熊正在做拋球的雜耍表演給小孩們看，另一邊還有五隻可愛的北極兔穿著特殊的舞鞋，隨著動感的旋律表演著精彩的踢踏舞蹈。阿萊莎看著廣場上許多的小孩子，她心想：『看來不是只有昨天那些小孩被抽取腦汁。』他們三人和萊恩在廣場尋找了好一陣子，都沒有發現波特的身影。阿萊莎說：『我們進去裡面找找看。』

當佛多一進到建築物裡，發現這個地方和他們昨天進來所看到的佈置完全不同。粉紅色的大廳裡有一座七色的彩虹橋，橋的前面還有一片金黃色的向日葵花海。除此之外，空中到處都飄著許多透明泡泡，裡面放著各種包裝精美的禮盒，讓人不禁想打開，看看盒子裡是什麼有趣的禮物。

艾格菲看著這個溫馨又甜蜜的大廳，納悶地說：『阿萊莎，妳確定昨天你們是來這個地方嗎？這裡看起來一點都不可怕啊，沒有妳說的手術台和抽腦汁這種可怕的事。』

阿萊莎說：『昨天那些詭異的房間全部都不見了。艾格菲，保持戒備，不要被眼前的景象蒙蔽了。』

他們穿過大廳，在走廊上四處尋找著，佛多突然停在一間透明的大泡泡屋前面，旁邊的阿萊莎看到了泡泡屋裡面的波特，還有昨天躺在手術台上的小女孩蘇菲亞以及胖嘟嘟的小男孩巴布。此時的波特正穿著彈跳鞋，表演芭雷舞中的旋轉動作給蘇菲亞看。佛多請阿萊莎和艾格菲待在原地，獨自一人安靜地朝波特的方向走去。表演中的波特看到了佛多，他立刻停下表演，表情和動作顯得有些膽怯，躲到蘇菲亞的身後。佛多看到波特這個舉動，內心產生了一種奇怪的感覺。他意識到波特已經不記得他了，因為波特只有在遇到陌生人才會有這種舉動。

佛多來到他們身邊後，對蘇菲亞說：『你朋友的芭雷舞跳得很棒。』說完後，看了一下躲在後面的波特。

蘇菲亞眼神顯得有些呆滯，愉快的說：『對啊，我很喜歡看他表演。』

佛多接著問：『妳叫什麼名字？』

蘇菲亞突然露出困惑的表情說：『名字？沒錯，我應該有名字才對。』她皺著眉頭努力的回想著，喃喃自語地說：『奇怪，我怎麼想不起自己的名字。』她拍了一下旁邊正沈迷於電腦射擊遊戲的巴布說：『胖子，你知道我叫什麼名字嗎？』

巴布瞄了一下蘇菲亞，不耐煩的說：『我怎麼會知道，反正名字又不重要。』然後又繼續專心地玩電動。

蘇菲亞憂愁地說：『怎麼辦，我記不起自己的名字了。』

佛多想起昨天北極熊所說的名字，他說：『妳是不是叫蘇菲亞？』

蘇菲亞突然一臉恍然大悟的說：『啊！對，沒錯，我叫做蘇菲亞。謝謝你跟我說。』這時她的腦海裡出現了姐姐奧莉薇亞的影像，但是她卻已經忘記了腦海出現的這個影像是誰。

佛多笑著回答：『不用客氣。』然後看著後面的波特，試探性的問：『你叫波特對不對？』

波特點點頭沒有回答，佛多繼續說：『你還記得我嗎？我們是很好的朋友。』

波特懷疑地說：『不可能吧，我從來沒有見過你耶。』

佛多此時確定波特已經失去記憶，他平靜地說：『你可能忘記了，你從出生就和我在一起，我們還有一個秘密基地。你忘了我們時常一起去那裡玩。』

波特搖搖頭說：『真的沒印象。我從出生就一直待在這座城堡沒有離開過。你一定是認錯人了。』

佛多心想：『看來波特不只是失去記憶，可能還被輸入了新的記憶。』佛多接著回答說：『我不會認錯人的。你現在不記得我沒關係，或許有一天你會想起來。我現在可以陪你們一起玩嗎？』

蘇菲亞開心的說：『好啊，很歡迎呢！』波特則是上下打量了佛多幾秒後說：『好。』

站在門口的阿萊莎和艾格菲看到佛多和波特以及蘇菲亞已經玩在一起，便走到他們旁邊，佛多微笑的說：『跟你們介紹一下，這兩位是我的好朋友，分別是阿萊莎和艾格菲。』

阿萊莎說：『波特，你換了一張新的臉啊，看起來跟以前一樣可愛。』

波特一臉疑惑的表情看著阿萊莎，佛多對阿萊莎使了一個眼色，阿萊莎立刻知道事有蹊蹺。佛多繼續陪著波特和蘇菲亞玩遊戲，過了一會兒，波特對蘇菲亞說：『小天使，我有榮幸邀請妳跳一支舞嗎？』蘇菲亞點點頭，和波特一起到旁邊開心的跳著舞。

佛多趁這個機會，對阿萊莎和艾格菲說：『我發現波特被植入了新的記憶，他已經完全忘記過去所發生的事了。』

阿萊莎說：『難怪他剛剛會露出一臉不認識我的表情，這下麻煩了。』

艾格菲一臉輕鬆的說：『這有什麼好麻煩的，他應該就是記憶體出現問題。佛多，你先去把他抓起來，我們來檢查一下他的記憶體，通常儲存的資料都會有備份，只要找到備份檔案就沒問題了啊。』

佛多搖搖頭說：『不行，波特現在一定不會願意我們幫他檢查。我不想用強迫的方式對待我的朋友。』

阿萊莎說：『佛多，你說的也對。既然這樣，我們再想想其他辦法。』

波特和蘇菲亞跳完舞，回到了佛多身邊。此時已經接近吃午餐的時間，正在專心玩著電玩的巴布，肚子突然咕嚕咕嚕叫了起來，他立刻放下手邊的電玩，開心的說：『呦呼，吃飯時間到囉！』

蘇菲亞對佛多說：『我們要去吃午餐了，你們要一起去嗎？』

佛多點點頭說：『好啊，剛好我們肚子也餓了。』蘇菲亞和波特就帶著佛多他們一起前往餐廳。

一路上，佛多刻意走在波特旁邊，他說：『波特，你晚上也會待在這裡嗎？』

波特說：『沒有，晚上我都待在主人嚴凝心教授那裡。』

佛多說：『那你可以帶我去找嚴凝心教授嗎？』

波特遲疑了一下說：『這我要問問看主人願不願意見你。她平常都習慣一個人，不喜歡陌生人打擾她。』

佛多微笑的點點頭說：『好，謝謝你。』接著便和波特一起進入了彩虹泡泡糖果屋的餐廳。

艾雪魔幻屋

陽光從窗戶外灑進了一間位於雪之城堡頂樓的純白色餐廳，牆上的時間顯示著十二點三十五分。身穿白色襯衫以及黑色西裝褲的嚴凝心此刻正坐在餐桌前靜靜地吃著午餐，十年來每一天的十二點三十分，她都會坐在同一張椅子上吃著午餐。她早已習慣這種一成不變的生活，自從來到雪之城堡之後，她就獨自一人生活在城堡的頂樓，過著十分規律的生活作息，除了研究工作和溫特絲的陪伴之外，她很少與其他人交談。

一陣香水味飄進了餐廳，嚴凝心放下手上的餐具，看著門口的方向，用一種平淡的語氣說：『銀芬妮提，請進。』話音才剛結束，門就緩緩地打開。銀芬妮提身穿一套繡著玫瑰花瓣的白色旗袍，手裡抱著碧綠，舉止優雅地走進了餐廳。

嚴凝心冷酷地說：『銀芬妮提，妳知道我不喜歡吃飯時被打擾。』

銀芬妮提說：『凝心，妳這孤僻的個性十年來都沒改變過。從妳來雪之城堡後，我們每年見面的次數十根手指頭都數得出來。』

嚴凝心有點不耐煩得說：『所以妳特地來找我就是要跟我說這些？』

銀芬妮提微笑的說：『當然不是。我是來問妳松果體的研究什麼時候可以完成？』

『目前我已經畫出松果體裡面所有神經元的連結，不過松果體內部存在著高度複雜的量子糾纏，我估計要破解這些量子資訊，至少還要半年以上。』

銀芬妮提一邊摸著碧綠，一邊說：『即使用妳最新開發的「周髀」量子電腦也需要這麼久？』

『銀芬妮提，妳是在質疑我說的嗎？』嚴凝心嚴肅地看著她。

銀芬妮提溫和地說：『沒有。只是沒有想到連「周髀」這台地球上運算最快的量子電腦都要花費這麼久的時間。』

嚴凝心平靜地說：『我自己也沒有預料到人類大腦裡面竟然存在著如此複雜的量子糾纏，我猜測意識起源的秘密或許就隱藏在松果體裡面。』

銀芬妮提微笑的說：『真是有趣，沒想到松果體這個人類身體裡最小的器官，竟然是埋藏意識起源的地方，看來人腦的確是一台量子電腦。』銀芬妮提看著面無表情的嚴凝心，繼續說：『凝心，云生多虧有妳的幫忙，才能夠不停地朝著殖晶世界的理想前進。想當初云生剛開始發展殖晶技術時，只能不斷地從實驗的錯誤中慢慢修正。在嘗試錯誤的過程中，不知道已經犧牲掉多少動物與人類的大腦。還好後來妳的加入，利用電腦程式將大腦裡面如此複雜的神經元連結方式模擬出來，讓云生可以直接利用電腦模擬的結果找出火麒麟需要和大腦神經元對接的位置。如今殖晶世界能夠越來越蓬勃，妳的貢獻可以說是功不可沒。』

銀芬妮提的話勾起了嚴凝心十年前的回憶，她想起了當時收到齊云生的通知說，馬克還活著，不過隨時有生命的危險，急需要她的幫助。她立刻不辭而別，離開了時空學院。

銀芬妮提看著陷入回憶的嚴凝心說：『凝心，妳在想什麼？』

嚴凝心回神過來的說：『沒有，我幫助齊醫師只是各取所需而已。我幫助他殖晶的工作，他提供我一個沒人打擾的地方，可以專心從事量子電腦的研究工作。』

銀芬妮提微笑著說：『妳說的也對，這裡的環境的確最適合妳從事量子電腦的研究，而且云生提供給妳的研究設備都是最先進的。連妳所建立的大腦神經元訊號傳遞的資料庫，都是由酷樂比樂園裡面那些青少年的大腦所提供的。』

嚴凝心冷冷的說：『銀芬妮提，妳已經耽誤我不少時間，如果沒有別的事，可以請妳離開了。』

銀芬妮提看了一下牆上的時間說：『我也該離開了，下午還有一個重要的活動要參加。凝心，我期待妳盡快解碼松果體的量子訊息。』說完後就抱著碧綠離開了餐廳。

時間來到下午一點，佛多一行人用完午餐後，跟著蘇菲亞和波特來到戶外的廣場上。阿萊莎看著廣場上許多搞笑逗趣的表演，心裡卻一點也開心不起來。她知道這個地方就如同一座巨大的人造溫室，而眼前這些小孩們只是被關在這座溫室裡的花朵，可能一輩子再也離不開這裡。他們如同實驗動物般的被眷養著，所有的歡笑只是為了被抽取腦汁而存在。

這時，北極兔艾咪一蹦一跳的來到蘇菲亞身邊，蘇菲亞將艾咪抱起來，開心的說：『跟你們介紹一下，這是我的守護天使，艾咪。』

艾格菲露出一種無奈的笑容，心想：『沒想到這裡還有守護天使這麼幼稚的想法。』

佛多看著艾咪微笑了一下，旁邊的波特對蘇菲亞說：『小天使，我現在要去參加一個活動，晚點再回來陪妳玩喔。』蘇菲亞摸著正在她懷裡撒嬌的艾咪，點了點頭。

佛多說：『波特，我可以跟你一起去嗎？』

波特遲疑了一下後說：『好吧。』

波特帶著佛多他們朝著酷樂比樂園的方向前進，阿萊莎說：『波特，你要去參加什麼活動？』

『今天下午兩點有一個很盛大的活動，就是酷樂比樂園的柯帝斯將要挑戰艾雪魔幻屋[8]。』

坐在萊恩背上的艾格菲好奇的問：『什麼是艾雪魔幻屋？』

『艾雪魔幻屋是酷樂比樂園最困難的一個遊戲，光是要獲得挑戰遊戲的資格就已經非常困難了。』

艾格菲懷疑的說：『不可能會比黎曼通道困難吧。』

波特納悶地問：『黎曼通道？我記得酷樂比樂園沒有這個遊戲啊。』

艾格菲說：『那是在時空學院裡面的一個競賽，不是酷樂比樂園的遊戲啦！』

波特回答說：『那我就不知道了。』

就在波特帶著佛多他們前往酷樂比樂園的時候，吃完午餐的柯帝斯和奧莉薇亞兩人此刻正坐

---

8 請參見**科學筆記Ⅱ**：艾雪：當藝術遇上數學 P357

在酷樂比樂園外面的台階上聊天。柯帝斯說：『奧莉薇亞，妳再這樣下去，永遠都沒辦法成為靈性自由的人。愛蓮娜的伊果值都已經超過兩千點了，妳看看妳現在的伊果值，剩下十點，整天只能在兒童樂園區玩著不需要伊果值的遊戲。』

奧莉薇亞看著地上，沮喪地說：『柯帝斯，這裡的遊戲都太殘忍了，我真的玩不下去。』

柯帝斯有些不高興的說：『玩遊戲就是要想辦法用各種手段去獲勝，哪有什麼殘不殘忍的事。如果妳不收起妳那可笑的同情心，妳的靈性永遠都沒辦法成長。』

柯帝斯看著沈默不語的奧莉薇亞，突然拍著她的肩膀，用一種鼓勵的語氣說：『奧莉薇亞，妳的內心被太多道德規範給限制住了。妳要了解世界上所有的事情都是被允許的，沒有什麼事是不能做的。妳一定要想辦法掙脫這些道德良心的枷鎖，才能成為靈性自由的人。這也是為什麼妳要在酷樂比樂園學習的原因。』

奧莉薇亞悲傷的說：『我根本不想待在這裡玩這些慘忍的遊戲，更不想成為什麼靈性自由的人，我只想去找蘇菲亞。』

柯帝斯站了起來，用一種責備的語氣說：『沒想到妳是一個這麼不願意自我成長的人，枉費我之前還花時間教妳過關的技巧。唉，我真是錯看妳了。妳要繼續如此自甘墮落，我也不想再幫妳了。反正今天過後，我就會成為完全自由的人。』

奧莉薇亞抬頭看著信心滿滿的柯帝斯，用一種請求的語氣說：『柯帝斯，可以請你幫我一個忙嗎？』

柯帝斯看著哀求的奧莉薇亞說：『只要是能夠讓妳靈性成長的事，我都很樂意幫忙。』

奧莉薇亞的眼淚在眼睛裡打轉，她說：『你挑戰艾雪魔幻屋成功之後，可以幫我去找蘇菲亞嗎？你跟她說我非常想念她，跟她說我會盡快去找她。』說完後，兩行眼淚從臉頰上滑落下來。

柯帝斯嚴肅地看著哭泣中的奧莉薇亞，不高興地說：『這件事我絕對不可能會幫妳的。妳就繼續沈溺在這種無聊的親情束縛裡好了，我要準備去參加艾雪魔幻屋。後會有期了，奧莉薇亞。』

奧莉薇亞看著柯帝斯逐漸遠離的背影，腦海閃過一個念頭，她喃喃自語地說：『這或許是我們最後一次的見面。』

位於酷樂比樂園西邊八百公尺的地方有一片非常廣闊的人工湖泊，而且湖泊四周的沿岸時常會出現一些青少年的身影。他們每個人的目光都集中在湖泊中央的一個小島，眼神裡散發出一種渴望。這些青少年所真正注視的是小島上那顆直徑五十公尺的巨型水晶球，那是一顆完美無瑕的凸面鏡圓球，也是象徵著酷樂比樂園最高榮譽的艾雪魔幻屋。

佛多一行人跟著波特來到酷樂比樂園的廣場上，但是此刻的廣場上卻意外冷清，波特四處張望了一下說：『看來大家都已經前往艾雪魔幻屋，我們要加快腳步了。』

阿萊莎邊走邊觀察著兒童樂園區裡的遊樂設施，這時一首歡樂的卡通歌曲從左前方傳了過來，一座運轉中的旋轉木馬遊戲場出現在他們前方。華麗的宮廷式風格以及旋轉台上面那些被雕刻得栩栩如生的馬匹，立刻吸引了眾人的目光。阿萊莎注意到有一位少女正坐在一隻白馬上玩著遊戲，但是臉上的表情卻顯得非常憂愁。這樣的反差讓阿萊莎禁不住多看了少女幾眼，她忽然喊出：『奧莉薇亞！』

沮喪的奧莉薇亞抬頭望向阿萊莎，眼神瞬間定格在阿萊莎身上，腦中不停地湧現出小時候的回憶，她驚訝地喊：『阿萊莎！』奧莉薇亞顧不得遊戲還沒結束，急忙跳下旋轉台，跑到阿萊莎面前緊緊地抱住她。阿萊莎露出了害羞的表情，奧莉薇亞平撫了一下情緒後，看著阿萊莎說：『天啊！真的沒想到還能再見到妳，妳在時空學院過的好嗎？』阿萊莎點點頭。奧莉薇亞繼續說：『妳怎麼會在這裡出現，難道……妳也是被抓過來的？』

阿萊莎搖搖頭，簡短的敘述了他們潛入雪之城堡的經過，當奧莉薇亞聽到彩虹泡泡糖果屋，她突然打斷阿萊莎的說話，激動地說：『妳去過彩虹泡泡糖果屋！』

阿萊莎被奧莉薇亞這突如其來的舉動嚇了一跳，旁邊等候的波特不耐煩地對佛多說：『我要去艾雪魔幻屋了。』說完後就立刻跑走了，佛多對艾格菲說：『我們在艾雪魔幻屋那裡會合。』接著就緊跟在波特後面。

奧莉薇亞抓著阿萊莎的手說：『阿萊莎，妳可以帶我去彩虹泡泡糖果屋嗎？我妹妹蘇菲亞被抓去那裡了。』

『蘇菲亞？是不是一位有著兩條黑色辮子的小女孩？』

奧莉薇亞睜大眼睛，激動地說：『沒錯！妳有看到她！？她還好嗎？』

阿萊莎很快地講述了昨天晚上蘇菲亞的事，奧莉薇亞雙手握拳，難過的說：『可惡，怎麼可以這樣對待我妹妹。』

阿萊莎拍著奧莉薇亞的肩膀說：『走，我們現在就去找她。』

阿萊莎和艾格菲以及萊恩帶著奧莉薇亞沿著原路返回，途中艾格菲好奇的問：『妳們是怎麼認識的？』

阿萊莎說：『奧莉薇亞是我小時候的鄰居，不過在我去時空學院的前一年，他們就搬走了。』

這時阿萊莎的腦中出現她與奧莉薇亞之間的回憶。當時的她因為數學方面的天份，被老師選進了專門培養數理資優生的班級，意外地和大她四歲的奧莉薇亞成了同班同學，但是她內心卻十分排斥老師死板的教學方式以及只看學習成績的態度。她在學科上的優異表現引來不少班上同學的妒忌，再加上她那獨來獨往的性格更讓同學認為她是一個很自傲的人。當時班上只有奧莉薇亞會一直主動找阿萊莎聊天，跟她一起分享午餐。她還記得七歲那年她通過時空學院的考試時，奧莉薇亞親手做了一個非常好吃的草莓戚風蛋糕為她慶祝。自從阿萊莎失去父母之後，她早已習慣封閉自己的心，然而奧莉薇亞天真開朗的個性確實為她的內心帶來了一絲溫暖。不過後來奧莉薇亞搬走之後，她們之間就斷了音訊。

佛多一離開阿萊莎他們之後，便一直追趕著波特，這個畫面讓他想起了和波特在波姆斯村莊賽跑的場景。他們穿過一大塊翠綠的草坪後，前面出現了一座廣大的湖泊，湖面上波光粼粼。此時的岸邊已經聚集了許多青少年，柯帝斯和班森站在了一座臨時搭建的舞台旁邊，今天的柯帝斯打扮得特別正式，他身穿黑色的襯衫和深灰色的褲子，金色的頭髮梳理得非常整齊。

柯帝斯問班森說：『班森，你有看到凡妮絲嗎？我今天都沒有看到牠。』班森搖搖頭說：『不知道耶，我今天也沒有看到牠。』

柯帝斯心中納悶地問：『奇怪，這是我人生最重要的時刻，牠怎麼會忘記來參加？』

佛多和波特來到岸邊之後，佛多一眼就認出站在人群前面的銀芬妮提。突然一陣清脆的號角聲響徹雲霄，所有人立刻安靜下來。銀芬妮提和柯帝斯一起走上了舞台，銀芬妮提微笑的看著台下的觀眾說：『我親愛的學生們，今天是一個非常重要的日子，已經連續兩年沒有人挑戰的艾雪魔幻屋今天終於出現一位優秀的挑戰者。』旁邊的柯帝斯看著台下的觀眾，眼神散發出自信的光芒。

銀芬妮提看了一下柯帝斯後，繼續說：『柯帝斯是目前酷樂比樂園裡伊果值最高的學生，今天他要來挑戰象徵最高榮譽的艾雪魔幻屋，請大家給他一個熱情的歡呼聲。』台下傳來了熱烈的鼓掌聲和加油的歡呼聲，此時站在台上的柯帝斯正盡情的享受這美好的一刻。

銀芬妮提看著柯帝斯說：『孩子，去吧。祝你成為完全自由的人。』柯帝斯露出了自信的微笑，朝著舞台後方走去。舞台的後方連接著一座橋頭，橋頭旁邊的湖面上停放著一艘遊艇。柯帝斯站上了遊艇，廣場上再度響起了凱旋勝利的號角聲，所有青少年都投以羨慕的眼光看著湖面上的柯帝斯。

遊艇緩緩地朝著湖中央的小島前進，這時水面下竟然出現了兩排獨角鯨，牠們排列整齊地跟在遊艇的兩側，看起來就像是柯帝斯的護送隊伍。一根根細細的長角以同一個傾斜角度出現在水面上，船上的柯帝斯看著這些獨角鯨，內心充滿著強烈的優越感。

柯帝斯獨自一人走上了小島，島上空無一人，他突然停下來，抬頭仰望著這座他夢寐以求的艾雪魔幻屋，光滑的圓球表面上清晰可見整座雪之城堡的縮小虛像。圓球的正下方是一座長方形建築，那裡正是艾雪魔幻屋的入口。柯帝斯來到了入口的大門，門的兩側各放置了一尊勝利女神的大理石雕像，外觀和雪之城堡入口處那座巨大的雕像一樣。柯帝斯看著雕像下面的基座上雕刻的字──**當你戰勝內心最深的恐懼，就能成為完全自由的人**，心想：『恐懼？哼，我的字典裡從來就沒有這兩個字。』

他一走進大門，出現在眼前的是一個燈光明亮的純白色房間，一位背後有著一對白色翅膀的少年站在房間的中央，微笑的看著他說：『柯帝斯，歡迎來到艾雪魔幻屋，我是負責為你講解規則的解說員，我叫愛德蒙。』

柯帝斯昂首闊步地走到了他的面前，愛德蒙說：『艾雪魔幻屋一共有上中下三層關卡，難度會一層比一層困難。』他從口袋裡拿出一個黑色的羽翼徽章交給柯帝斯。

柯帝斯看著手中這個有著一對黑色羽翼的圓形徽章，徽章中間有一個古希臘符號Ψ。愛德蒙接著說：『你的遊戲任務是獲得三顆寶石，並且將寶石分別裝進Ψ的上面那三個洞裡，現在請將你的左手伸出來。』

愛德蒙拿出一片透明的貼紙，將它貼在柯帝斯的左手背上，貼紙上面顯示著一行數字。愛德蒙說：『現在的數字是十八萬六千三百，也就是你目前所擁有的伊果值。這個數字將是你本次遊戲的生命值，只要你的生命值一旦歸零，遊戲就會自動結束，你也會失去所有伊果值，現在請你站到這個位置。』

柯帝斯站到了愛德蒙所指的位置，滴滴兩聲後，柯帝斯腳下的地板開始往上升，同時地板上方的天花板也出現了一個入口。愛德蒙張開翅膀飛到他的身邊說：『等你挑戰成功時，我們會再見面的。』說完後就飛走了。

柯帝斯穿過天花板的入口，來到一個大約五坪的小房間，這是進入第一個遊戲關卡前的準備室。前面出現了一個觸控式螢幕，上面可以點選你要的武器裝備。柯帝斯很快地瀏覽一遍後，選擇了他所熟悉的長劍和盾牌，並且點選了最新式的防護盔甲。點選完畢後，他的周圍出現了三隻機械手臂，為他送來武器並且替他穿上了盔甲。

柯帝斯手拿著寶劍和盾牌走進了遊戲室，出現在他眼前的一個光線昏暗而且四周都是岩壁的巨大洞穴。他發現自己站在洞穴邊緣的一座突起的岩壁上，腳下一片漆黑，完全看不到洞穴的底部。有十幾根不同高度的圓形石柱聳立在洞穴裡，而且彼此之間有階梯相連著。柯帝斯觀察了一下周圍的岩壁上所出現的好幾個出口，他很快地注意到對面岩壁的其中一個出口上面刻有Ψ的記號，他心想那裡應該就是存放寶石的地方。這時四面八方突然傳來了動物爬行的聲音，許多身長大約一公尺的蜥蜴沿著圓柱快速地爬到上面的平台以及階梯，一轉眼石階上到處都是黑色和白色的蜥蜴，他們不停的來回走動著。柯帝斯握緊寶劍衝出去，奔跑在石階上。當他一靠近黑色蜥蜴到某個距離，黑色蜥蜴就會立刻爬過來攻擊他。他揮舞著寶劍，毫不留情地砍殺著這些攻擊他的黑色蜥蜴。對於這些只是在階梯上爬行，卻不會攻擊他的白色蜥蜴，他則是從牠們身上跳過去。他心想：『再三個階梯就可以到達出口了，這遊戲也太容易了。』沒想到所有圓柱和階梯竟然開始移動，不到一分鐘的時間，他又被帶回到一開始的入口處。

他心想：『奇怪，難道是有時間限制？』他以更快的速度朝出口方向衝去，繼續砍殺著黑色蜥蜴，而且這次他連擋路的白色蜥蜴也不放過。由於蜥蜴數量實在太多，他還是有幾次被黑色蜥蜴咬到，損失了五千點的生命值。就在只剩下一個階梯就到達時，圓柱和階梯再次移動，將他帶回出發點。他不放棄的又試了好幾次，有一次甚至只差幾個台階就可以抵達出口。此時的他體力已經消耗掉一半，他一邊喘著氣一邊看著手背上的生命值說：『可惡！只剩下十五萬三千點。不行，我一定要冷靜下來。』他這時才注意到右上方的岩壁上有一個計時器，而且旁邊有一個被強光照射著的太陽能板。他順著那束強光射過來的方向看去，立刻發現了左邊的岩壁上有一座凹面鏡以及一顆放在焦點的發光燈泡。

他似乎想到了什麼，開始仔細的觀察每一個地方，突然他發出一聲：『有了！』眼神停留在一座金屬架子，架子上有兩片塑膠片。

他開始朝著金屬架子所在的圓柱跑去，沒想到許多黑色蜥蜴竟然開始往金屬架子的圓柱聚集，他抬頭瞄了一下計時器，心裡說：『果然沒錯，只要我離開出發點，計時器就會開始計時。』前方一下子就聚集了幾十隻黑色蜥蜴，似乎在保護這個金屬架子。然而面對這麼多蜥蜴，柯帝斯毫不畏懼，勇敢地衝過去和牠們廝殺。他熟練地使用著盾牌和寶劍，奮力地殺出一條血路，只見黑色蜥蜴們不停地掉進了深淵裡。在一番纏鬥之後，柯帝斯終於拿到金屬架子，這時圓柱和階梯又開始移動，他趕緊看了一下計時器，上面顯示著三分鐘。再度回到出發點的他心想：『只要三分鐘一到，我就會被帶回到出發點。』他拿著金屬架子，快速地來到了某一座圓柱的平台上，那裡是光束會經過的地方。他將金屬架子放到適當的位置，讓光束剛好可以穿過架子上的兩片偏振片[9]，此時的計時器上顯示著兩分五十三秒。他趕緊調整其中一片偏振片，當偏振片旋轉到某個角度後，光束立刻被偏振片遮擋住，完全無法穿透。沒有光線照耀的太陽能板，讓計時器失去了電力，螢幕上顯示的數字很快地消失不見。圓柱和階梯果然不再移動，他鬆了一口氣說：『好險，差一點就來不及。』

他沿著階梯來到了印有Ψ的洞口前，小心地走了進去，裡面的桌上放著一個印有Ψ符號的寶盒。他打開一看，一顆光彩奪目的紅色寶石出現在眼前，他將紅寶石裝進了徽章上的第一個洞，徽章裡面傳來凱旋得勝的樂音，然後接著說：『恭喜過關，請繼續前往第二關卡。』他腳下的地板再度升起，將他帶往第二層的關卡。

通過第一關卡後，此刻的他身上有多處都感到疼痛，而且臉上也露出了疲憊的面容。看著手背的生命值，上面顯示著十一萬九千，他心想：『艾雪魔幻屋果然是難度很高的遊戲，第二關肯定比第一關困難，我要更加小心才行。』

他來到第二關的準備室，這次他從螢幕上點選了兩把手槍裝備在自己身上。當他手拿著寶劍走進遊戲室，詭異的氣氛瞬間籠罩在四周，一片漆黑的環境中出現了許多飄忽不定的青色鬼火。濃濃的霧氣瀰漫在柯帝斯的周圍，他立刻提高了警覺。突然右邊出現了一艘小木船緩緩地朝著他的方向行駛過來，這時他才注意到他的腳前有一條小河。小船在他的面前停了下來，船上坐著一位身上穿著非常破舊的黑色長袍，完全看不到臉孔的船夫，只剩骨頭的手指上提著一盞燈光昏暗的油燈。柯帝斯看了一下那雙骷髏的雙手後說：『你是來接我的嗎？』船夫沒有回答，只是靜靜地坐著，一動也不動。他遲疑了幾秒後決定走上了小船，這時小船又開始移動起來。船上的他嘗試詢問船夫一些問題，但是都沒有得到任何回應。

整條河流上只有這條小船孤獨的行駛著，異常安靜的四周讓柯帝斯的心中產生了一股窒息的壓迫感，他聽著自己的心跳聲，隱約可以感覺到兩旁的河岸上有東西正在盯著他看。昨晚出現在森林裡的一些怪獸們，此刻正無聲無息的隱身在黑暗中，默默地注視著他。小船緩緩地來到了河道的盡頭，那裡出現了一座小木屋，從木屋的窗戶透出了搖曳的燭光。這時船夫站了起來，抬起右手指著小木屋的方向。柯帝斯看了一下船夫後便下了船，小心翼翼地推開木門，老舊的木門發出了咿的一聲長音。他一走進木屋，看到一位滿頭白髮，臉上有些皺紋的中年婦女坐在一張小木桌前，木桌上放著一盞燭燈和一個黑色的骷髏頭。婦人左手放在骷髏頭上，抬頭看著柯帝斯，用

9 請參見**科學筆記Ⅱ**：偏振片 P360

一種沙啞的嗓音說：『柯帝斯，神靈子民的候選人，請坐。』

柯帝斯走到婦人的對面坐了下來，透過微弱的燭光，他才發現婦人的雙眼已經瞎了，白色的眼珠裡沒有黑色的瞳孔。瞎眼的婦人接著說：『讓我來告訴你一個故事，在很久很久以前有一位偉大的神靈，名叫薩摩翼，祂擁有著至高無上的力量，臣服於祂的子民們都可以分享祂的力量，並且獲得一顆綠色的寶石。但是要成為祂的子民，你必須通過祂所設計的這場考驗，現在請將你的雙手放在桌上。』

瞎眼的婦人伸出微微顫抖的手尋找著柯帝斯的手，她摸到柯帝斯的手之後，一邊仔細地撫摸著一邊點著頭地說：『這是一雙帝王的手啊！柯帝斯，你將來會成為一國之君的。』接著，她將黑色骷顱頭放在柯帝斯的手上說：『你只要將這顆骷顱頭帶到薩摩翼的聖壇上，就能獲得一顆綠色的寶石。但是在你前往的途中，請務必小心，有許多恐怖的鬼怪都渴望獲得這顆骷顱頭。』

柯帝斯看著這顆骷顱頭，突然感覺到有一股莫名的力量在吸引著他。他凝視了十秒鐘之後，才起身將骷顱頭收到腰間的袋子。他對婦人說：『請問聖壇的位置要往哪個方向？』

這時桌上的燭燈突然飄到了空中，婦人說：『這盞燭火會為你指引方向的。』說完後，燭燈就飛到外面，柯帝斯趕緊追了出去，奔跑在泥濘的地面上。此時的濃霧已經散去，他發現自己正身處在一大片墓地裡，整個地方充滿著陰森的氣息。突然，四周冒出幾百條的毒蛇朝著他爬行過來，他一邊奔跑一邊毫不遲疑地砍殺著出現在身邊的毒蛇，他知道在這種情況下絕對不能放慢腳步。沒想到才剛突破毒蛇的攻擊，前方又出現許多木乃伊，口中不斷反覆的說著：『給我骷顱頭。』已經開始感到疲憊的柯帝斯將寶劍插回腰間的劍鞘，然後取出手槍。碰碰碰，一連串的槍聲劃破了寂靜黑夜，好幾個木乃伊應聲倒地。他看著一直在減少的生命值，心想：『糟了！中毒了。一定是剛剛被毒蛇咬到。』他顧不了這麼多，一心只想盡快到達聖壇。這時一隻木乃伊的手從土裡伸出來，抓住他的腳，碰的一聲，柯帝斯整個人趴倒在地。他轉身用槍將木乃伊的手打斷之後，忍著腳踝的疼痛，趕緊站起來，咬緊牙根繼續跟著燭光向前奔跑。好不容易終於脫離了木乃伊的攻擊，前方不遠處出現了一個黑色的古老教堂，教堂尖塔的頂端有一個Ψ符號形狀的雕刻物。滿身泥濘的柯帝斯心想：『終於到了。』

燭燈停在了教堂的門口，柯帝斯一來到教堂前，立刻被眼前的景象嚇得全身發抖，整座教堂竟然爬滿了身長超過五公分的黑色蜘蛛，這是一種體內含有劇毒的漏斗網蜘蛛。柯帝斯被嚇得無法動彈，因為他生平最怕的就是蜘蛛。他從小就莫名地懼怕蜘蛛，但是他從不讓任何人知道這件事，即使是他最要好的朋友班森也不知道。

此刻的他內心非常的掙扎，他不斷的說服自己衝進去，但是雙腳卻完全不聽使喚。柯帝斯鼓起勇氣，緩慢的移動著顫抖的雙腳，呼吸也開始急促起來。背後的木乃伊已經快要追上來，他終於來到教堂的門口，沒想到這些漏斗網蜘蛛並沒有攻擊他的意思。柯帝斯用微微顫抖的雙手拿起手槍對著門上的蜘蛛，但是卻一直不敢扣動板機。突然，他回想起黑色骷顱頭所帶給他的那股吸引力，這個神秘的力量讓他連續地扣動板機，砰砰砰，許多蜘蛛瞬間被轟成碎片。看著這些被炸爛的蜘蛛碎片，他的內心湧現出一股前所未有的愉悅感。他立刻重新填充子彈，繼續朝著正在四處逃竄的蜘蛛們瘋狂射擊。他露出了一種歇斯底里的笑容說：『哈哈哈，你們這些該死的蜘蛛！我終於克服我唯一的恐懼了。』說完後，他帶著一種成就感走進了教堂裡，裡面有一張白色的桌子，上面放著一個印著Ψ符號的黑色盒子。柯帝斯將黑色骷顱頭放進了黑色盒子裡，滴滴兩聲，一顆綠色的寶石浮上了桌面。他立刻將寶石裝進徽章的第二個洞，徽章裡出現一個低沈的聲音說：『恭喜過關，請前往最後一個關卡。』

地板再度緩緩升起，將柯帝斯帶往第三關卡。柯帝斯心想：『再一關我就挑戰成功了。哼哼哼，事到如今，已經沒有任何恐懼是我無法戰勝的。』此刻他的生命值只剩下五萬一千點了。

第三關卡並沒有準備室，他直接被帶往遊戲室裡。沒想到第三關卡的遊戲室跟他一開始進來的房間很像，是一個白色的房間，裡面沒有放置任何東西。當他正感到納悶時，一個圓柱狀的巨型玻璃容器從白色的地面上緩緩升起，容器裡面竟然是柯帝斯最心愛的白色小長頸鹿—凡妮絲。柯帝斯感到非常震驚，他趕緊跑過去說：『凡妮絲，妳怎麼會出現在這裡？』凡妮絲激動地伸出舌頭想要舔他。柯帝斯安撫著她說：『凡妮絲，妳等一下，我馬上把這個籠子打開。』柯帝斯發現這個籠子沒有任何的出入口，他立刻抽出寶劍，叫凡妮絲後退一些。鏗鏘一聲後，玻璃籠子仍然完好如初，他心想：『怎麼會砍不破？』

這時前方的地面突然打開，一個很大的圓形平台從下面緩緩升起，平台上有一隻巨大的怪獸，那是昨晚出現在森林裡的紅色人面鳥。柯帝斯立刻將寶劍和盾牌拿好，採取戰鬥姿勢。人面鳥看著柯帝斯，開口說：『柯帝斯，恭喜你來到最後一關，你眼前有兩條路可以通過這一關。第一是擊敗我，你就可以獲得後面這個放著藍色寶石的盒子。第二是將凡妮絲獻給我，這樣我就會將盒子交給你。』

柯帝斯生氣的說：『獻給你是什麼意思？』

人面鳥說：『意思就是按下左邊牆壁上的紅色按鈕。只要你一按下按鈕，凡妮絲就會立刻被火烤焦，到時我就可以飽餐一頓了。』

柯帝斯舉起寶劍說：『廢話少說，你準備受死吧！』柯帝斯衝向了人面鳥，人面鳥發出一聲尖銳的叫聲後說：『很好，來吧！』同一時間，後面的牆壁上出現了人面鳥的生命值，上面顯示了八十萬點。

人面鳥揮舞著鮮紅的翅膀，周圍突然產生一股巨大的氣流，柯帝斯趕緊跳開，從旁邊接近人面鳥。他揮舞著寶劍朝人面鳥的身上砍去，人面鳥用爪子接住了寶劍的攻擊，柯帝斯趁機抽出腰間的手槍朝人面鳥的脖子連續射出好幾發子彈。幾聲槍響過後，人面鳥的脖子卻只有出現些微的傷口，子彈完全無法穿進牠的脖子裡。

人面鳥說：『柯帝斯，很不錯嘛。現在換你嚐嚐我的火鳥之舞。』人面鳥快速的拍動翅膀飛到空中，柯帝斯看到人面鳥的整個身體竟然出現了熊熊的火燄，如同一隻火焰之鳥。突然咻地一聲，一隻火鳥俯衝而下，柯帝斯趕緊拿起盾牌抵抗，一聲巨大的碰撞聲後，柯帝斯整個人被撞倒在地，身上出現多處被燒傷的痕跡。

他的生命值瞬間降到兩萬六千，旁邊的凡妮絲看到這個場景，變得非常激動，不斷的用身體撞擊籠子，牠急著想過去柯帝斯的身邊。倒在地上的柯帝斯看了一下凡妮絲後，奮力地爬了起來，再度採取戰鬥姿勢。人面鳥說：『柯帝斯，難道你看不出我們之間實力的差距嗎？』

全身傷痕累累的柯帝斯不停地觀察著人面鳥，他正在嘗試找出牠的弱點，這時他注意到人面鳥的額頭上有一個Ψ印記，他心想：『或許那裡是牠的弱點。事到如今，也只能孤注一擲了。』他想好攻擊策略後，將寶劍和盾牌丟到旁邊，慢慢地走向人面鳥。

人面鳥用一種柔和的女性聲音說：『很好，你終於不再做無謂的抵抗了。』

柯帝斯走到人面鳥面前說：『可以請你靠近一點，我想問你有關紅色按鈕的事。』

人面鳥將臉湊到他的面前說：『你有什麼不懂的？』話才剛一說完，柯帝斯迅速抽出腰間的手槍，朝著人面鳥臉上的Ψ印記瘋狂的射擊。人面鳥發出一陣痛苦的哀號，臉不斷往後縮。就在子彈用完的同時，柯帝斯抽出藏在褲管的匕首，忍著腳踝的疼痛縱身一跳，將匕首刺進了Ψ印記裡。啊的一聲，人面鳥發出一聲淒涼的尖叫聲，同時用力將柯帝斯甩到旁邊的地上。倒在地上的柯帝斯看到後面牆上的生命值瞬間降低到三十三萬。他心想：『可惡，還差一點。』

受到如此劇烈攻擊的人面鳥，雙眼突然變成紅色的，憤怒地說：『嚐嚐我的火蛇之吻！』說完後，張大嘴巴，吐出一條長長的火燄。火焰如同一條飛行的火蛇，衝向柯帝斯，柯帝斯慘叫一聲後，全身上下都出現劇烈的灼熱感。籠子裡的凡妮絲眼睛泛著淚光，不斷地發出哀號的聲音。這次的攻擊讓他的生命值降到只剩十點，此刻的他也已經沒有力氣再做任何的抵抗。

人面鳥帶著裝有藍色寶石的盒子慢慢地飛到他面前說：『柯帝斯，戰勝我已經是不可能的事，你如果還想完成艾雪魔幻屋的挑戰，只有把凡妮絲獻給我這一條路了。』

柯帝斯現在已經連站起來的力氣都沒有，他看著籠子裡正在流淚的凡妮絲，許多回憶瞬間湧現在腦海中。他想起了凡妮絲剛出生的時候以及和他一起在酷樂比樂園玩遊戲的情景，這時人面鳥繼續說：『柯帝斯，我看得出來你是一個渴望勝利，渴望成為自由的人。不要讓情感成為阻礙你勝利的羈絆，一個自由的人是不會有道德和情感上的考量。』

他緊握著雙拳，內心非常痛苦，此刻的他正處於天人交戰，一股渴望勝利的念頭將腦中這些美好回憶一個一個擊成碎片，他對自己說：『我一定要通過艾雪魔幻屋，這是我來到這裡最渴望的事，我絕不能讓任何事阻擋我獲勝。』

他拖著傷痕累累的身體，慢慢地往紅色按鈕的方向爬行，然而籠子裡的凡妮絲此刻卻突然平靜下來，默默地看著他。來到紅色按鈕前面的柯帝斯和凡妮絲對望了五秒鐘後，舉起微微顫抖的右手按下了按鈕，籠子裡瞬間出現熊熊烈火，凡妮絲的身影就此被烈火所吞沒。

這時圓頂的天花板緩緩地打開，四位背上有著一對白色天使翅膀的青少年從天而降，其中一位正是之前在入口處接待柯帝斯的愛德蒙。他們嘴裡正吟唱著一首彌撒的祈禱經文—「羔羊頌」，那是作曲家賽謬爾・巴伯的「弦樂柔板」所改編的合唱曲。他們手裡拿著一對白色翅膀飛到了柯帝斯身邊，此時的柯帝斯已經進入了半昏迷狀態，愛德蒙撫摸著柯帝斯的臉說：『柯帝斯，恭喜你成為我們的一份子。』接著，四人將白色翅膀裝入到柯帝斯的背上，並且讓他喝下一種黑色的液體。

柯帝斯很快地甦醒過來，面無表情的看著他們，愛德蒙牽起他的手說：『來吧！去接受其他人的歡呼。』柯帝斯拍動著翅膀，飛出圓頂，停在艾雪魔幻屋的上空中，在岸邊等待結果的銀芬妮提和青少年們看到飛出艾雪魔幻屋的柯帝斯，紛紛鼓掌叫好。熱烈的歡呼聲迴盪在柯帝斯的耳邊，班森、愛蓮娜和好幾位青少年一邊熱烈的鼓掌，一邊投以非常羨慕的眼光。柯帝斯在享受了眾人的掌聲之後，便轉身跟著其他四位少年一起飛走了。

羽族的血脈

在柯帝斯闖關艾雪魔幻屋的同一時間，阿萊莎和艾格菲帶著奧莉薇亞來到了彩虹泡泡糖果屋的廣場上，奧莉薇亞在廣場上四處張望，著急地尋找著蘇菲亞。阿萊莎說：『萊恩，你可以幫忙尋找蘇菲亞嗎？』

萊恩立刻啟動它的人臉辨識系統快速地在廣場上搜尋，很快地便在入口處的彩虹拱門那裡發現了蘇菲亞，她正在和艾咪玩著跳格子的遊戲。萊恩說：『蘇菲亞在那裡！』奧莉薇亞順著萊恩所說的方向看去，果然看到她朝思暮想的妹妹。奧莉薇亞立刻朝著蘇菲亞的方向飛奔過去，一邊喊著：『蘇菲亞！』然而她這個叫喊聲引起了廣場上許多殖晶動物的注意，其中一隻北極狐對旁邊的同伴說：『我立刻去通知波爸和波媽。』

正在玩耍的蘇菲亞抬起頭看著衝向她的奧莉薇亞，急忙將艾咪抱在懷裡，臉上露出緊張的神情。來到身邊的奧莉薇亞伸手想抱住她，蘇菲雅急忙退後好幾步，用一種害怕且陌生的眼神看著她說：『妳是誰？』。

奧莉薇亞看到了蘇菲亞的表情，心裡出現一陣刺痛，她難過地說：『我是妳姊姊啊，妳難道連我都忘了。他們到底對妳做了什麼？』

蘇菲亞盯著這個熟悉的臉孔，遲疑地說：『我好像認識妳。』奧莉薇亞點點頭說：『妳還記得妳最寶貝的邦迪嗎？那是妳四歲生日時，我親自做給妳的生日禮物。』蘇菲亞腦中出現她每天晚上抱著入睡的黃色小熊，過了五秒，她突然放下艾咪，跑過去抱住奧莉薇亞，眼泛淚光的說：

『姊姊，我好想妳。』奧莉薇亞將她緊緊擁在懷裡說：『太好了，妳終於想起來了。』

奧莉薇亞接著說：『蘇菲亞，妳仔細聽姊姊說，這個地方很危險，姊姊一定會儘快想辦法帶妳離開這裡。』

蘇菲亞搖搖頭說：『姊姊，妳一定是弄錯了。這裡是很棒的地方，每天都有很多好吃的東西和好玩的遊戲。』

奧莉薇亞擔心的說：『蘇菲亞，妳不要被這些好吃好玩的東西給騙了，他們私底下在對妳做不好的事。』

蘇菲亞納悶地說：『不好的事？』

這時波爸和波媽從旁邊的入口處走了出來，波媽扭著屁股走到蘇菲亞的旁邊說：『哎喲，小寶貝，妳在這裡做什麼呀？怎麼好像哭了呦。』站在後面的阿萊莎一眼就認出牠是昨天晚上在實驗室裡的那隻北極熊。

蘇菲亞開心地說：『波媽，我找到我姊姊了，她可以和我一起留在這裡嗎？』

波媽說：『哎呦，小寶貝，這可沒辦法，妳姊姊必須待在其他地方呦。』

蘇菲亞有些生氣地說：『可是我想和姊姊在一起。』

波媽溫柔地說：『小寶貝，妳乖乖呦。我來告訴妳一個好消息，裡面的泡泡屋有一個臨時舉辦的特別活動，有你最愛吃的彩虹棉棉糖和精彩的舞蹈表演呦。來，波媽現在就帶妳過去。』說完後就準備要把蘇菲亞抱起來，奧莉薇亞立刻將蘇菲亞拉到她的身後，站在後面的阿萊莎和艾格菲也趕緊來到奧莉薇亞身邊。

波媽小聲地跟站在旁邊的北極狐說：『把廣場上所有小孩都帶到泡泡屋裡。』北極狐點點頭，立刻跑去通知廣場上的殖晶動物們。

波媽用一種可憐的語氣說：『小寶貝，妳姊姊好過分呦，都不讓妳去參加裡面的活動。』

阿萊莎說：『少在那裡騙人了，你們昨天晚上做的事情我都看到了。』

波媽看著阿萊莎說：『小美女，銀芬妮提老師有交代我讓你們可以自由地參觀這裡，但是不代表你們可以在非開放時間偷偷潛進來。』此時廣場上許多的小孩都已經被動物們帶進了室內，頓時顯得有些冷清。

奧莉薇亞揹起了蘇菲亞說：『妳要抱緊姊姊，我現在就帶妳離開這裡。』蘇菲亞靠著奧莉薇亞溫暖的背部，內心湧現出一股熟悉的感覺。她想起了有一次在學校不小心扭傷腳踝，連續好幾天都沒辦法走路，當時都是姊姊揹著她一起上下學。

波媽對旁邊的幾隻北極熊使了一個眼色，好幾隻北極熊和北極狐趕緊將奧莉薇亞以及阿萊莎他們團團圍住。波媽看到波爸仍然傻傻地站在原地，一臉搞不清楚狀況的樣子，立刻給他的肚子來一記肘擊說：『你也幫幫忙呦，平常表演時搞不清楚狀況也就算了，這種時候還不給我長眼一點呦。』波爸摸著肚子跟著圍了上去。

波媽笑著說：『你們這樣子真是很不乖呦，看來只能先把你們抓起來，再來好好溝通呦。』

阿萊莎跟奧莉薇亞說：『妳們先離開，我和艾格菲來阻擋牠們。』

說完後，一場戰鬥立即展開，阿萊莎和兩隻北極熊激烈地纏鬥著，艾格菲則是騎著萊恩躲避著北極狐的攻擊。奧莉薇亞閃過一隻北極狐的攻擊後，快速地逃離現場，沒想到天空中出現好幾隻雪鴞朝著她的位置滑翔過來，試圖干擾她。一個不小心，奔跑中的奧莉薇亞整個趴倒在地，後面追趕的波爸立刻趁機把蘇菲亞奪了過來，朝室內入口的方向跑去。蘇菲亞伸著手不停地哭喊著說：『姊姊！我要我姊姊！』膝蓋擦傷的奧莉薇亞不顧自己的疼痛，站起身來追了過去，並且大聲呼喊：『不要跑！把我妹妹還來！』旁邊的艾格菲看到後，馬上騎著萊恩去追波爸，沒想到兩隻滑翔的雪鴞突然用爪子去攻擊萊恩背上的艾格菲，碰的一聲，艾格菲摔落到地上。不到十分鐘的時間，他們三人都被北極熊們牢牢地抱住，而蘇菲亞早已經被波爸帶進泡泡屋內。阿萊莎看著旁邊流淚的奧莉薇亞，心裡非常生氣，她努力的掙扎著，嘗試要掙脫這些北極熊，但是力量的差距實在太過懸殊。

波媽來到他們的面前說：『真是敬酒不吃吃罰酒呦。』接著牠對北極熊們說：『把奧莉薇亞送回酷樂比樂園先關起來，等候銀芬妮提老師的指示呦。至於另外這兩位嗎？我想想看……』這時，天空中出現了智能飛鷹雅各，朝著波媽的方向飛來，上面還坐著溫特絲。來到波媽身邊的溫特絲指著阿萊莎和艾格菲說：『波媽，嚴凝心教授要見他們兩位。』

波媽畢恭畢敬地說：『是，遵命。』

阿萊莎對旁邊的萊恩說：『萊恩，你快去通知佛多。』萊恩一聽到後，立刻拍動翅膀，飛離了現場。阿萊莎和艾格菲雙手被銬上手銬，帶往雪之城堡的頂樓。

佛多此時正在湖邊和波特等待著柯帝斯的闖關，現場的氣氛有如一場嘉年華會。場上的動物們都穿著五顏六色的華麗服裝，有些跟著背景音樂跳舞，有些則是在準備著各種美食佳餚。學生們開心的聊著天，吃著美食，等待著闖關結果。

佛多看著波特腳上的鞋子，微笑的說：『你還一直穿著我送給你的彈跳鞋。』

波特懷疑地說：『這雙鞋是你送給我的？不會吧，從我有記憶以來它就一直穿在我的腳上，怎麼可能是你送的。』

佛多突然想起什麼事情，他拿出白色小球，打開了螢幕後，自言自語的說：『我記得父親有把我和波特一起玩耍的照片放在裡面。』他很快速地搜尋著裡面的內容，大約過了一分多鐘，佛多開心的說：『波特你看，這些是我們以前在波姆斯村莊的照片。』波特湊到佛多旁邊看著這些照片，兩眼睜得很大，一臉驚訝的說：『我怎麼完全不記得有這些事情。』

佛多說：『我猜是你的記憶體出了一些問題，你願不願意我幫你維修一下。』

波特看著佛多，此刻的他，眼神裡多了些許的信任感，他猶豫地說：『這樣好嗎？』就在波特考慮的時候，北方的天空出現了萊恩飛行的蹤影。萊恩快速地飛到了佛多的身邊說：『佛多，阿萊莎和艾格菲被抓走了。』

佛多連忙站起來說：『他們是被誰抓去的？』萊恩將剛剛在彩虹泡泡糖果屋發生的事告訴佛多。

聽完後，佛多立刻坐到萊恩的背上說：『波特，你可以現在就帶我去嚴凝心教授那裡嗎？』

波特看著神情有些慌張的佛多，停頓了幾秒後，點點頭說：『好，我帶你們去。』

萊恩帶著佛多和波特朝著城堡上方的圓弧形屋頂飛去，波特指引著萊恩來到屋頂上一個隱密的入口，萊恩順利地從入口飛進了頂樓內部的走廊裡。波特說：『嚴凝心教授應該在辦公室裡，我帶你們過去。』他們很快地來到一扇純白色的大門前，這時門突然自動打開，佛多和波特從萊恩背上下來，走進了房間裡。

正在白色辦公桌前從事計算工作的嚴凝心抬頭看著出現在門口的佛多，語氣平和的說：『終於見面了，佛多。』

佛多一看到嚴凝心，立刻想起他在時空學院所看到的那幅畫，他看著嚴凝心清澈卻帶著冷漠的雙眼，內心可以感受到她背後所隱藏的一股深沈的哀傷。他不自覺得說出：『原來妳就是畫中的那個人。』

嚴凝心刻意裝作沒聽到佛多所說的話，她說：『波特，你帶萊恩先進去裡面的實驗室，我有話要單獨對佛多說。』波特點點頭後便帶著萊恩從嚴凝心旁邊的一扇黑色大門離開。

佛多說：『是妳修改了波特的記憶？』

『是的，我給了他一個全新的記憶，不過我並沒有改變他原本的思考模式以及個性。設計波特的人在他的大腦處理器裡加入了非常困難的密碼，我到現在還無法破解。』

佛多神情顯得有些緊張的說：『所以妳把波特以前的記憶都刪除了？』

嚴凝心冷漠地看著佛多說：『如果我說是，你有其他辦法可以恢復他的記憶嗎？』

『我不確定，我要找找看是否有備份的記憶。』

『佛多，我知道你前來雪之城堡是為了尋找波特。如果波特再也無法恢復過去的記憶，你是否願意讓他永遠留在雪之城堡，畢竟你們彼此之間已經不再擁有共同的回憶。』

佛多看著冷漠的嚴凝心說：『共同的回憶是可以持續去創造的，就算波特失去了過去的記憶，他仍然是我最好的朋友，我一定會帶他離開。』

嚴凝心看著佛多，輕聲地說：『回憶有時候是會讓人心碎的。』她停頓了幾秒後說：『波特的記憶被我保存著，裡面的資料我都已經讀取出來，而且你們在波姆斯村莊的生活我也都看過了。』

『你已經學會我們星球的語言了？』

『是的，我從波特的資料裡面學會的。波特是一隻很特別的機械猴，我很想將他留在身邊，但是當我看到你們過去的回憶時，我……』這時溫特絲從門外走進來說：『凝心，阿萊莎和另外一位男孩已經在隔壁房間了。』

嚴凝心溫柔地說：『溫特絲，麻煩妳帶他們過來。』溫特絲微笑地點點頭，旁邊的佛多看了一下溫特絲，心中納悶地說：『她的名字和阿萊莎的母親一樣。』

不到兩分鐘的時間，阿萊莎和艾格菲被帶到了辦公室，嚴凝心說：『溫特絲，麻煩妳將他們兩人的手銬解開。』阿萊莎看著這位和她母親同名的小女孩，心中升起了一股厭惡的感覺。

嚴凝心從椅子上站起來，走到阿萊莎的面前說：『妳有一雙很特別的眼睛，像妳父親馬克一樣，叛逆卻充滿自信。』阿萊莎聽到後，皺著眉頭不發一語。其實她在之前波特提到嚴凝心的時候，就已經猜到她是母親那位從小到大的好友。她還記得奶奶家裡有父母親大學時期的照片和影片，裡面有許多母親和嚴凝心的合照。

旁邊的艾格菲突然想起什麼，他說：『啊！我在時空學院裡看過妳的畫像，妳就是比源洛書院長還早通過黎曼通道的嚴凝心教授。過去妳在時空學院留下的許多天才事蹟，到今天還在學生和研究員之間廣為流傳呢。』他停頓了一下後說：『曼尼芙教授時常跟我們提起妳那篇量子演算法的論文，她說那是一個突破性的研究，改變了整個量子電腦的發展。』

阿萊莎生氣的說：『艾格菲，現在不是說這些的時候。』她用一種質問的語氣對嚴凝心說：『妳為什麼要傷害城堡裡的小孩子？』

『傷害？什麼意思？』

『我親眼看見城堡裡的小孩子被抽取腦汁，妳難道會不知道這件事？』

嚴凝心冷淡地說：『我當然知道。他們的腦汁是製造息壤激素不可缺少的材料。』

阿萊莎氣憤的說：『所以這些小孩就像是被關在溫室裡的實驗品。妳創造了一個童話般的夢幻世界，其實只是在利用他們。』

面對如此生氣的阿萊莎，嚴凝心仍舊毫無表情的說：『我承認妳所說的，但是沒有持續注射息壤激素，所有的殖晶人類與動物都會死。在我還沒找到可以取代息壤激素的方法前，我只能這麼做。』

旁邊的艾格菲疑惑地問：『嚴凝心教授，妳應該知道當年卜森院長是非常反對殖晶的，為什麼妳還要幫助殖晶醫學？』

『艾格菲，我自然有我的理由。』

阿萊莎大聲地說：『不管怎麼樣，妳一定要立刻放了蘇菲亞和奧莉薇亞。』

嚴凝心露出嚴肅的表情說：『這是違反雪之城堡的規定，銀芬妮提和我都不可能答應的。況且，一株已經習慣待在溫室的花朵，離開溫室後的命運就只有死路一條了。』

阿萊莎反駁的說：『哼，生命才不是像妳說的那麼脆弱。她們離開這裡後，一定可以恢復到以前的生活。』

『阿萊莎，妳沒有聽懂我的意思。在彩虹泡泡糖果屋的小孩都必須要定期注射一種特殊的酵素，這是為了要活化他們的腦下垂體，來分泌我們需要的腦汁。小孩子一但注射這種酵素後，就一定要定期的注射，不然腦下垂體會很快的萎縮，不久後就會死亡。妳如果現在帶走蘇菲亞，那她絕對活不過半年。』

阿萊莎生氣的說：『妳真是太可惡了！』嚴凝心只是冷漠地看著阿萊莎，沒有說話。阿萊莎心想：『如果蘇菲亞走不了，奧莉薇亞肯定也不會願意離開。』

當艾格菲聽到嚴凝心提到銀芬妮提時，腦中想起了昨晚森林裡那些可怕的怪獸，他說：『嚴凝心教授，妳為什麼會待在這麼可怕的地方？難道妳不知道這裡有很多可怕的怪獸嗎？』

嚴凝心只是淡淡地說：『這裡有我需要的東西。』

在一旁靜靜聽著他們對話的佛多突然開口說：『嚴凝心教授，銀芬妮提到底是誰？為什麼她會說科斯摩斯語言？』

嚴凝心看著佛多說：『銀芬妮提是雪之城堡的擁有者，我當初剛來到這裡時，就是她接待我的。她和亞特蘭提斯古國有很深的淵源。』

佛多疑惑的問：『亞特蘭提斯古國？』

『亞特蘭提斯古國是一個非常古老的高科技國家，但是在距今約八千年前，整個國家突然消失在地球上，考古學家至今還找不到原因。根據我母親所找到的文獻資料裡，亞特蘭提斯的文明科技是遠遠超越現代人類的科技。』說完後，嚴凝心的腦中回憶起那座聳立在海邊懸崖上的白色教堂。

艾格菲好奇的說：『我有聽過亞特蘭提斯古國的傳說，但是我一直以為那只是被人虛構出來的故事，沒想到這個古文明竟然真的存在過。』

嚴凝心沒有回答，心裡想著：『我必須要回那座教堂一趟。』

佛多接著問：『嚴凝心教授，請問妳知道亞特蘭提斯古國的位置嗎？』

嚴凝心回過神來說：『佛多，它已經消失了近萬年之久，沒有人知道它正確的位置。如果你想去尋找這座失落的科技古國，或許可以前往摩爾共和國的庫西斯山脈。那片山脈裡居住著一個與世隔絕的古老族群—圖坦族，我母親的考古文獻裡曾經提到圖坦族是亞特蘭提斯古國的後代。』

阿萊莎一聽到圖坦族，立刻想起派森爺爺的遺言，她心想：『難道派森爺爺留給自己的遺物和亞特蘭提斯古國有關？』

佛多對阿萊莎說：『阿萊莎，我想要去了解亞特蘭提斯與科斯摩斯之間到底有什麼關聯，還有亞特蘭提斯古國消失的原因。』阿萊莎看著佛多，點點頭說：『我跟你一起去。』旁邊的艾格菲湊上來說：『我也要去。』佛多微笑的點點頭。

阿萊莎冷冷的說：『艾格菲，你都不用回去時空學院上課嗎？』

艾格菲微笑回說：『上課這種事晚幾個月沒差啦，不過像古文明探險這種精彩的事可能一輩子只會遇到這一次。』

嚴凝心靜靜地聽著他們的對話，佛多看著她說：『妳是否願意恢復波特原本的記憶？』

嚴凝心平靜地說：『佛多，我可以答應你，不過你必須用白色小球來交換。』

佛多毫不猶豫地把白色小球從口袋拿出來，交給了嚴凝心。嚴凝心接過小球後說：『佛多，請跟我進來。』她帶著佛多走進實驗室，坐在椅子上的波特一看到他們，立刻開心地跑到他們身邊，嚴凝心說：『波特，你先到裡面的檯子上躺著，我要幫你做一些設定。』波特很聽話的跑進一間透明玻璃的房間，躺在一座金屬檯子上。嚴凝心走到那張高科技的白色躺椅旁，先在螢幕上做了一些設定後，便坐上了躺椅。玻璃房間裡面的機械手臂很快地開始運作起來，不到十分鐘的時間就完成所有的設定。檯子上的波特緩緩地睜開眼睛，看著四周陌生的環境，心裡顯得有些害怕，他突然坐起來大喊了一聲：『佛多！』原來嚴凝心已經讓他的記憶恢復到之前替佛多擋下子彈的時候。

房間裡的佛多對著波特揮手說：『波特，我在這裡。』波特一看到佛多，立刻跳下檯子，飛快地跑向他。佛多一把將他抱在懷裡，波特抱著佛多說：『還好你沒事，我看到斯邁爾對你開槍。』佛多開心的說：『謝謝你替我擋下子彈。』

在佛多懷裡的波特納悶地說：『我們怎麼會在這個地方？』佛多簡短地敘述了他失去記憶的事以及來雪之城堡尋找他的過程，站在旁邊的嚴凝心面無表情地聽著他們的談話。波特注意到了嚴凝心，他顯得有些害怕的說：『佛多，她不是時空學院裡那幅畫像上的人嗎？』佛多回答說：『嗯，她是嚴凝心教授。有她的幫助，你的記憶才能順利恢復。』

波特看著嚴凝心，膽小的說：『謝謝妳的幫助。』嚴凝心沒有說話，只是對著他點點頭。

佛多笑著說：『對了，阿萊莎和艾格菲也一起過來找你，他們就在外面。』

波特聽到後，開心的說：『是嗎？那我們趕快出去。』

一看到波特的阿萊莎，立刻從眼神中知道他已經恢復記憶。波特說：『哈囉，阿萊莎。能在這裡見到你們，真是太開心了。』阿萊莎微笑的點點頭。

艾格菲說：『波特，你終於恢復記憶了。這趟找你的旅程可真是驚險萬分啊。』

波特露出感激的表情說：『謝謝你們陪著佛多一起過來找我。』

艾格菲開玩笑的說：『不用客氣啦。因為找你，我們才能有這麼一場精采刺激的冒險旅程。』

波特一副認真的表情說：『這樣聽起來，好像我的功勞不小耶。』阿萊莎微笑的看著波特，但是她的內心仍然在為奧莉薇亞和蘇菲亞的事憂愁著。

嚴凝心突然開口說：『你們如果想去尋找亞特蘭提斯古國，我可以提供飛機，讓你們前往庫西斯山脈。』他們三人彼此對看一眼後，佛多說：『好，我打算明天出發。』

嚴凝心轉頭對溫特絲說：『麻煩妳帶他們到我的休息室。』說完後，佛多四人還有萊恩跟著溫特絲離開了嚴凝心的辦公室。

夜晚時分，艾雪魔幻屋的湖畔再度恢復平日的寂靜。所有的學生在歡送完柯帝斯後，便陸續離開了湖畔，回到酷樂比樂園。有些人還沈浸在柯帝斯過關的喜悅裡，有些人則是已經進入了夢鄉。艾雪魔幻屋的入口處出現了銀芬妮提的身影，她正優雅地走進魔幻屋裡。一樓大廳的正中央有一位身穿醫師白袍的男子正在彈著布拉姆斯年輕時所創作的四首敘事曲，Op. 10。銀芬妮提走到男子的立體影像旁邊，靜靜地聽著優美的鋼琴樂音。

樂音一結束後，銀芬妮提說：『云生，讓你久等了。』

遠在I.C.E.的齊云生闔上琴蓋，平台鋼琴上方有一對白色羽翼的立體影像。鋼琴旁邊放著一張桃紅色的古典圓桌，他拿起桌上的一杯威士忌，喝了一小口後，突然他的肩胛骨感到一陣刺痛，臉上皺起了眉頭。

銀芬妮提關心的說：『云生，背上的傷疤又刺痛起來了嗎？』

齊云生點點頭說：『嗯，冬天總是特別容易發作。』

『我知道，你母親羽凡塵當初自願切掉背上的白色羽翼之後，那兩道長長的傷疤也時常在冬天感到疼痛。』銀芬妮提嘆了一口氣後說：『我還記得你剛出生不久，背上那對可愛的翅膀像極了一位小天使。這一切都要怪你父親不聽我的勸阻，執意要把你那對翅膀拿掉。』

忍著背上疼痛的齊云生冷冷的說：『導師，從他拋棄我的那一天起，我就沒有父親了。』

『云生，我看過太多像你這樣被割掉翅膀的小孩。我們這些擁有翅膀的人，身上流著遠比人類優秀的羽族基因，但是這些自私的父母為了讓他們的羽族孩子在人類社會裡不受到歧視，殘忍地將孩子的翅膀拿掉。我們羽族什麼時候變成有如陰溝裡的老鼠一般，只能躲在暗無天日的臭水溝裡。』銀芬妮提停頓一下後，語氣顯得有些興奮地說：『我要顛覆這個可笑的情況，復興羽族，讓我們的族人可以自由自在地翱翔在蔚藍的天空中。廣大的天空本來就是屬於我們的，這些離不開地面的人類才應該成為服侍我們的奴隸。』

『導師，您說得對。人類的基因裡充滿著自私與貪婪，根本不配擁有統治世界的權利。只有改造人類，淨化人類，讓他們臣服於我們羽族的統治下，整個世界才能達到完美的和諧。』

銀芬妮提開心的說：『說得好，云生。我已經可以預見薩摩翼復活之後所帶來的新世界了。』

齊云生說：『對了，柯帝斯今天通過艾雪魔幻屋了嗎？』

銀芬妮提微笑的說：『他順利通過了，我們距離薩摩翼的復活又往前邁進一步。接下來就等佛多一步步掉入我們設下的陷阱了。』

『根據我的估計，佛多應該已經抵達雪之城堡。』

銀芬妮提說：『沒錯，我昨天晚上和他碰面了，不過讓我驚訝的是為什麼不是伊凡帶他過來？』

齊云生有些不高興的說：『伊凡真是越來越不可靠，叫他要看緊佛多，結果竟然被阿萊莎和艾格菲給救走。這件事我已經好好訓斥過他了。』

銀芬妮提安慰齊云生說：『云生，只有羽族血脈的人才是真正值得信任。我們的祖先為了要復活薩摩翼，早已在數千年前就佈下了一個詭計，等待著時空旅人的到來。』

『導師，當時我看到佛多手上的胎記時，心裡真是非常激動。沒想到我們這一代終於等到了時空旅人。』

銀芬妮提神情嚴肅的說：『云生，在這個關鍵時刻，我們行事要格外小心，不要讓圖坦族壞了我們的好事。』

齊云生點點頭說：『是！我知道。』

第五章：永生之書

悲傷的詠嘆調

參加完派森爺爺喪禮的源洛書，來到荒廢許久的溫特絲研究機構短暫地停留了一夜。自從隕石墜落到地面之後，他就一直有一種不好的預感，直覺告訴他有一股強大的黑暗力量正在甦醒。隔日天還沒亮時，他便急忙駕駛著飛機朝著西南方的天空飛去。

在巴梵莎與錫芬尼克斯的南方邊界附近，聳立著許多巨大的天然岩柱，如同一片壯闊的石林。這種崎嶇不平的地貌就是俗稱的喀斯特地形，主要是因為地表的石灰岩不斷地被水溶蝕，經過幾十萬年以上的時間所形成的自然景觀。

清晨破曉時分，薄紗般的雲霧繚繞在這些岩柱的頂部附近，彷彿一條白色的巨龍盤旋其間，為這片石林增添了幾分仙氣。一根特別高聳陡峭的天然岩柱上面竟然出現三間古老的石屋，位在中間那座最大的石屋上面還有一個十字架，這裡就是當地居民口中所說的聖凡德里修道院。相傳這座修道院是由十二名修道士花了十年的時間所建造的，距今已經有八百年以上的歷史。他們沿著陡峭的山壁建造了一條木棧道，並且將石塊徒手搬運到岩柱的頂部。

此時，深藍色的天空中出現了一架飛機，坐在駕駛座上的源洛書已經可以看到聖凡德里修道院。他將飛機調整成自動駕駛後，帶著他的滑板飛行器來到機艙門，滴滴兩聲後，門自動打開。源洛書站上滑板飛行器，等待片刻後，便飛了出去。他熟練的調整著螺旋槳的轉速和噴射器的方向，如同一隻老鷹在空中優雅的滑翔，朝著雲霧裡的聖凡德里修道院飛去。清晨柔和的金色陽光灑在了修道院的屋頂上，整個地方充滿著一片寧靜祥和的氣息，讓人感覺來到了一座世外仙境，遠離了塵世的喧鬧。源洛書一個側身飛行，緩緩地降落在修道院前面。突然，修道院裡傳出一陣清脆而宏亮的鐘聲，晨間禱告的時間結束了，十幾位僧侶開始了每日的早晨打掃工作。

一位穿著白色修士袍，身材高瘦且微微駝背的年老修士緩緩地推開了修道院大門。他對著站在前方的源洛書雙手合十，臉上流露出見到故友的神情。

源洛書走到老修士的面前，舉止恭敬的回禮說：『阿德鎖修士，多年不見了，很抱歉今天突然冒昧來訪。』

年紀大約六十多歲的修士看著源洛書，語氣平和地說：『源院長，看來又有世俗之事讓您煩心了。』

『您真是一位智者，一眼就能看穿我的心思。』

『我只是一位遠離塵囂修行的愚鈍之人，您才是真正學識淵博的大智慧之人。』

源洛書微笑的說：『您真是過謙了，正所謂大智若愚。我還記得十年前拜訪這裡時，和您聊了許多人生的道理，您的開導讓我受益良多。』

『源院長，您是一位有情之人，身處紅塵之中，難免為情所困。我只是跟您分享這幾十年來的修行過程中，所獲得的一些小小的體悟。』阿德鎖看了一下右前方一座石造日晷上面的影子後說：『我要準備去打掃圖書室了，您是為了隕石墜落之事而來的？』

源洛書點點頭說：『阿德鎖修士，您果然也注意到幾天前那顆墜落在摩爾共和國的綠色隕石。您每天夜觀星象的習慣真是數十年來如一日，我還記得您撰寫的那本「和諧的宇宙規律」裡面所詳細記載的各種星象位置圖，真的是讓人印象深刻。』

阿德鎖微笑的說：『對修道之人而言，了解宇宙的規律只是服侍上帝的一種方式。人類能夠在如此短暫的生命時間裡，欣賞到浩瀚蒼穹所呈現的和諧之美，這不正是上帝對人類的慈愛嗎？』

源洛書想起了十年前和阿德鎖對話的場景，當時他曾經斬釘截鐵地對阿德鎖說：『我是一個無神論者，從事科學研究的人，講究的是實驗證據。雖然我也是一直在尋找宇宙中所存在的基本定律，但是我並不相信這些美麗和諧的定律是來自一位全知全能的上帝所創造的。舊約聖經說上帝按造自己的形像造人，這是不對的。我認為上帝才是人類按照自己的形像所創造出來的。』當時坐在對面的阿德鎖只是用一種憐憫的眼神看著他，不發一語。在他要離開修道院的當天，阿德鎖握著他的手，眼神真摯地看著他，說了一句令他永生難忘的話。他說：『源院長，您和我一樣都是有信仰的人。』

阿德鎖看著陷入回憶的源洛書說：『源院長，我要去圖書室打掃了，我們邊走邊說吧。』源洛書點點頭後，跟著阿德鎖朝著左邊的那座石屋走去。

源洛書說：『不瞞您說，我是為了調查一些事而來的，自從隕石墜落之後，直覺告訴我有一股黑暗勢力即將要甦醒。』

阿德鎖一邊走一邊緩緩地說：『四個月前，夜空的星象中出現熒惑守心的大兇之兆，我就知道世界即將發生一場災難。您有注意到上個月仙女星系附近出現了一顆非常亮的星星嗎？』

源洛書點點頭說：『那是位在仙女座的 SN 2105 恆星發生了超新星爆炸，學院裡的太空觀測中心有紀錄下整個爆炸過程。您知道我是不相信占星術的理論，這些理論總是喜歡將一些難得一見的天文現象做穿鑿附會的解釋，讓人產生迷信。剛剛說的熒惑守心只是火星運行到天蠍座的心宿二附近發生了順行和逆行的轉換。很抱歉，我講話比較直接。』

阿德鎖微笑的說：『您不用介意，就讓時間來證實我所說的。』這時阿德鎖推開石屋大門，源洛書跟著他走進了一條燈光昏暗的石廊。阿德鎖接著說：『所以您剛剛說的黑暗勢力是什麼意思？』

源洛書皺起眉頭，露出擔憂的表情說：『事情是這樣的，時空學院的禁地裡有一本非常古老的書，書皮上刻有一個Ψ的紅色記號。我最近發現裡面那些奇怪的符號竟然是科斯摩斯星球的語言。』源洛書將佛多和波特來到地球的事簡短的敘述給阿德鎖修士聽，他接著說：『書中不斷提到「薩摩翼」三個字，根據我目前所能夠解讀出來的內容，似乎是關於黑暗邪靈薩摩翼的復活與梅尼斯之眼。』

阿德鎖腦中思考著科斯摩斯的事，過了幾秒鐘後，他說：『您相信有黑暗邪靈的存在？』

『我本來是不相信的，但是佛多的到來以及隕石的墜落讓我開始懷疑書上所說的事可能是真的。』他將塔爾加之戰以及齊云生侵入電腦系統的事告訴了阿德鎖，然後接著說：『我這幾天仔細推敲了最近所有發生的事，得到了一個結論。我認為亞德里亞國王早就計畫好要在隕石掉落的那天發動戰爭，還有齊云生也是刻意選在那天入侵學院的電腦系統，他們的目的都是為了讓隕石可以順利墜落到地球上，可見這顆綠色隕石對他們而言必定非常重要。另外，這顆隕石也絕對和佛多以及波特的到來有很密切的關係。我必須盡快調查清楚那本古書的內容。』此時他們已經走進了圖書室，在一張石桌前坐下來。

阿德鎖問：『您說的那本書該不會就是齊凡德爾院長曾經提到過的永生之書吧。』

源洛書點點頭說：『是的。永生之書原來是屬於齊凡德爾院長的妻子，羽凡塵所擁有。但是為什麼是由卜森則雄院長所保管，這中間的細節我就不清楚了。』

『這個部分您可以親自請教院長，我只知道院長是在羽凡塵死後，就拋下一切紅塵俗事，進入修道院。』

『我上次來拜訪時，您就有跟我說過這件事。』源洛書嘆了一口氣後說：『院長這麼做等於是讓年幼的齊云生變成孤兒，這是不負責任的行為。』

『源院長，一位修道之人本來就應該切斷所有紅塵俗事的羈絆，專心服侍上帝。您是一位有情之人，自然會用世俗的觀點來評斷這件事的對錯。』

源洛書回想起十年前嚴凝心不告而別離開時空學院之後，他心中產生很大的失落感。他請了兩個月的假到世界各地去旅遊，希望能透過旅行讓他忘卻心中的痛苦。當時的他意外地來到聖凡德里修道院，因此結識了齊凡德爾院長和阿德鎖修士。這裡清幽規律的生活使他暫時忘卻了心中那道傷痕，每天跟著僧侶們一起工作，一起打掃，一起讀經。一個月的時間很快就過去，在他離開前的某一個晚上，他和阿德鎖兩人獨自待在圖書館裡，就像現在一樣坐在石桌前聊天。他跟阿德鎖講述了他心中的傷痛，桌上搖曳的燭光映照在阿德鎖平靜的臉龐。在他說完之後，阿德鎖沈默了片刻，然後溫和地對他說：『洛書，你不應該去逃避你心中的痛苦，這些痛苦也是屬於你生命的一部分。你必須接納它，帶著心中那道傷痕往前走。或許它永遠都不會消失，那就讓它一直陪著你，因為這樣才是最真實的自己，你也才能保有一顆完整的心。』

阿德鎖打斷了源洛書的回憶，他說：『源院長，現在是院長的讀經時間，等一下我帶您過去找他。現在要不要跟我一起整理圖書室？』

源洛書微笑的說：『好啊，我很懷念當初在這裡工作的時光。』

大約一個小時後，阿德鎖修士帶著源洛書進入了最大的那座石屋裡面，他們沿著一條長廊來到了石屋後面的一片花園，那裡有許多的蜜蜂不停地穿梭在花叢之間。花園的右前方有五位僧侶，他們的旁邊放著十二個木製的蜂箱。阿德鎖說：『院長在前面的禱告室裡，我現在要去採收蜂蜜，中午您就可以品嘗到我們自製的蜂蜜了。』說完後，鞠了個躬就離開了。

源洛書獨自來到了禱告室門口，裡面有十幾排細長的木桌，而且每個木桌的下面都有一排禱告時使用的跪墊。整個房間給人感覺非常簡樸，除了最前面的牆壁上掛著一個十字架之外，沒有其他的佈置。一位戴著黑框眼鏡，年紀大約七十幾歲的白袍修士獨自一人跪在第一排的桌子前，手裡握著一個十字架低頭禱告著。源洛書安靜的在門口等待著，大約十分鐘後，滿頭白髮的修士抬起頭，扶著桌面緩緩地起身，朝著源洛書的方向走去。

源洛書行個禮後說：『您好，齊凡院長。』

年老的修士來到面前，平靜地說：『源院長，我知道你會過來，請跟我來。』

齊凡德爾帶著源洛書來到二樓的一間會客室，裡面有好幾片落地窗，陽光從窗戶外灑進來，將整個房間照耀得非常明亮。他們在窗邊的一張木桌前坐了下來，眼前出現的是一片遼闊的視野，可以眺望到山下的景色。

齊凡德爾說：『你是來調查永生之書的事。』

源洛書點點頭說：『卜森則雄院長去世前不久，曾經跟我提起過他與他的兒子卜森御見醫師之間的衝突，以及凝心的媽媽嚴楨和教授遺留給他的永生之書。他告誡我有一個神秘的卡厄斯組織一直虎視眈眈這本書，要我務必將這本書塵封起來，不要讓任何人找到。』

『這兩個熟悉的名字我已經四十多年沒有聽別人提起過。卜森御見醫師和嚴楨和教授是我年輕時的好友，你說的那本永生之書是我去世的妻子羽凡塵交給嚴楨和的。』齊凡德爾平靜地看著源洛書。

『齊凡院長，很抱歉讓您想起過去傷心的往事。』

齊凡德爾的眼神中充滿著寧靜，他語氣平和地說：『源院長，不用介意。過去的紅塵俗事如同一場夢，感謝主讓我從夢裡清醒過來，我現在唯一的工作就是服侍上帝。』

『齊凡院長，可以請教您關於這本永生之書的由來嗎？』

齊凡德爾沈默了片刻後說：『永生之書是羽凡塵家族世代相傳的一本古書，你或許不知道，地球上存在著一個神秘的種族，稱為羽族。他們的外表和人類沒有什麼區別，唯一不同的是他們背上都長著一對白色的翅膀。天資聰慧又心地善良的凡塵是羽族的一位公主。她嫁給我之後，為了融入到人類社會之中，請我動手術幫她拿掉背上的翅膀，但是她的妹妹銀芬妮提·羽為此感到非常生氣。當時的羽族已經分裂成兩派，一派是主張和人類和平相處，另外一派則是墮入到黑暗力量，主張要統治人類。』

源洛書感到有些驚訝，他說：『所以齊云生也是羽族的血脈？』

『是的，他出生不久後我就將他的翅膀拿掉了。』

『齊凡院長，你所說的黑暗力量是邪靈薩摩翼嗎？』

齊凡德爾點點頭說：『看來你已經解讀出永生之書的內容了。』

『我只了解一部分的內容，書中還有一些奇怪的密碼我還沒辦法解讀出來。這樣說來，永生之書是如何落入到嚴楨和的手裡？』

『凡塵預先就料到銀芬妮提．羽會來奪取永生之書，所以她很早就將書交給嚴楨和保管。』

源洛書思考了片刻後說：『齊凡院長，羽凡塵的死是否和銀芬妮提．羽有關呢？』

齊凡德爾不假思索地回答：『這個問題的答案對我來說已經不再重要了。』

源洛書回想起卜森則雄院長曾經跟他提到嚴凝心的父母卜森御見醫師與嚴楨和教授一起去探勘永生之書裡面所記載的一個地下古國，回國後不久，就被卡厄斯組織的成員所槍殺。這些成員還將槍殺現場製造成一般搶匪私闖民宅的情形。還好當時褓母及時帶著只有兩歲的嚴凝心逃離現場，才逃過一劫。源洛書此刻的心裡正在思索著：『難道卡厄斯組織和銀芬妮提．羽有關？』

源洛書回過神來繼續問：『齊凡院長，請問您對永生之書的了解有多少？』

『凡塵曾經告訴我永生之書一共有三個篇章，第一個章節記載著如何復活薩摩翼，第二個章節則是記載著意識的起源與永生的秘密。至於第三個章節她也還不了解其中的內容。』

源洛書擔憂地問：『您知道復活薩摩翼的過程嗎？』

『凡塵沒有透露這部分的細節，我只知道跟圖坦族與先行者伊卡旺有關。』

源洛書看著窗外的景色，陷入了沈思。過了五分鐘，他說：『齊凡院長，謝謝你提供的訊息。我想即刻動身前往提貝斯提火山調查圖坦族。』

『源院長，或許我可以提供一個線索給你。在提貝斯提火山的附近有一個隱密的洞窟，名叫瑟拉芬洞窟，這個洞窟裡面有許多壁畫，上面記載著不少關於圖坦族的古老歷史。這是我和嚴楨和在一次聚會中，她親口告訴我的。』

源洛書立刻想起慕若希之前跟他說過的壁畫，他趕緊問到：『齊凡院長，不知您是否知道瑟拉芬洞窟詳細位置？』

齊凡德爾突然站起來說：『圖書室裡保存著一張嚴楨和手繪的地圖，裡面有標註瑟拉芬洞窟的位置，請跟我來。』源洛書跟著齊凡德爾往圖書室的方向走去。

源洛書一邊走一邊將他在死亡沙漠遇到九尾蠍子的事簡短的描述出來，齊凡德爾只是默默地聽著，不發一語。進入圖書室之後，齊凡德爾很快地找出地圖交給了源洛書。源洛書握著齊凡德爾的手，感激的說：『齊凡院長，真是非常謝謝您幫我這麼多忙。我一定要阻止薩摩翼的復活，我有預感這股黑暗勢力將會為地球帶來很大的災難。』

齊凡德爾平靜地說：『光明乘載著黑暗，黑暗孕育出光明。黑暗與光明其實是互相依賴，而不是互相對立的。只有白天或是只有夜晚都是無法孕育出生命，白晝與夜晚的循環才能讓一切生生不息，這是上帝創造整個宇宙的規律。』

源洛書聽著這一番話，內心似乎有所領悟。他到花園裡和阿德鎖以及其他僧侶道別之後，來到外面的廣場上，此時自動駕駛的飛機已經出現在前方的天空中。源洛書站上飛行器，對著廣場上的齊凡德爾揮手示意後，飛向了在空中盤旋的飛機。

阿努伊・蒂芙奈斯

進入駕駛艙的源洛書立刻打開地圖研究著瑟拉芬洞窟的所在地，他心想：『沒想到瑟拉芬洞窟竟然位在如此隱密的地方。』這時駕駛座傳來一通視訊電話，源洛書接起電話，在短暫的交談後，他將自動駕駛的目的地設定在死亡沙漠地區，一陣引擎渦輪聲響起，飛機快速地朝著西北方飛去。

位於摩爾共和國境內的庫西斯山脈是一座南北走向的山脈，高聳的山巒從摩爾共和國的中部一直綿延到南邊的死亡沙漠附近。這些高山阻隔了來自西邊的大西洋暖濕氣流，導致山脈的東半部地區是一片乾燥的沙漠型氣候，其中高度超過三千公尺的五座高山都位在死亡沙漠附近。源洛書離開聖凡德里修道院之後，便駕駛著飛機來到了人煙稀少的死亡沙漠等待著夜晚的到來。他知道庫西斯山脈是摩爾共和國的自然生態保護區，沒有申請許可證是不能進入裡面，如果白天貿然進入，有很大的機率會被發現。

此刻時間已經接近午夜，源洛書所駕駛的飛機出現在大西洋的海岸線附近，他打算從西邊的沿岸往東飛進庫西斯山脈。滿天星斗的夜空下，一架飛機無聲無息地穿梭在綿延起伏的山巒之間，源洛書刻意關掉所有燈光，改用無線電波的方式來偵測前方的地形。大約過了一個小時的飛行，一座巨大的火山已經出現在眼前，側邊的山腳下還有一個很大的隕石坑。源洛書特地降低飛行高度來到隕石坑的上方，在月光的照射下，他看到裡面遍佈著犀牛以及科摩多龍的屍體，而且隕石竟然裂成了四塊。他皺著眉頭思考著，心想：『這麼多殖晶動物死在這裡，I.C.E. 的人肯定來過這裡。難道隕石裡面藏有什麼東西？』

飛機繞過了隕石坑，源洛書此行的目的地是位於提貝斯提火山東北方大約三公里的一座天然湖泊。不到十五分鐘的時間，飛機就順利地停靠在湖泊旁邊的草地上，四周一片的寂靜。源洛書在湖畔搭起了一個臨時的帳篷，這個帳篷是他十年前旅行時所隨身攜帶的，當時的他時常在戶外搭著帳篷，獨自一人欣賞著夜空中那條美麗如畫的銀河。

源洛書進入帳篷裡一邊研究著蒂雅所投影出來的永生之書，一邊回想著今天早上和齊凡德爾的對話，他腦中思考著：『羽凡塵的祖先應該和佛多一樣是來自科斯摩斯星球，他們不知道什麼原因沒有回去科斯摩斯。他們寫下這本永生之書的目的是什麼？是希望他們的後代可以復活薩摩翼？』

他繼續閱讀著書中的內容，其實這本永生之書他已經看過好幾遍，裡面所出現的科斯摩斯文字他也可以猜出其中部分的含意，但是他對嚴楨和教授所寫的一頁文字感到非常奇怪，這一頁裡面的字數大約有幾百個字，但是這些字所組成的句子卻沒有任何意義，彷彿每一個字都是被隨機挑選出來拼湊上去的。源洛書看著有如亂碼的這一頁，皺著眉頭喃喃自語地說：『這一頁背後肯定有隱藏著什麼訊息，但是我已經將這一頁裡面所有文字都輸入到電腦，重新排列組合，找出所有有意義的文句組合，卻仍然沒有任何發現。這到底要如何破解？』他走出帳篷，仰望著美麗的銀河，心中卻對自己無法破解這頁亂碼而感到煩惱不已。

時間不知不覺過了兩天，在這兩天的時間，源洛書利用白天的時間去隕石坑附近調查，晚上則是回到帳篷，他似乎在等待某個人的到來。時間接近晚上九點，一架飛機出現在湖泊西邊的天空，源洛書走出帳篷等待著飛機的降落。飛機停靠好之後，一位身材纖細，長髮披肩的女子從飛機上走下來，源洛書微笑的說：『妮芙，妳來了。』

曼妮芙看到源洛書，一臉憔悴的臉龐露出了難得的笑容，她說：『洛書，讓你久等了。』

『妮芙，最近真是辛苦妳了，學院各個部門的事都變成妳和封致知爵士要負責處理。』

『這也沒辦法，伊凡的突然失蹤以及樂芙蕾思的離職，使得整個學院的研究陷入一片混亂，更糟糕的是樂芙蕾思把神經元計算中心和智能機械中心的許多機密資料都帶走了。』

源洛書平靜地說：『伊凡肯定不會再回時空學院了。』

『洛書，你之前的電話中提到伊凡帶走了佛多，還有阿萊莎已經去尋找佛多，不知道現在的情況如何了？』

『根據萊恩給我的回報，阿萊莎和艾格菲已經找到佛多了，他們正在前往北極雪之城堡的路上。』

曼妮芙露出擔憂的表情說：『他們三個人救得出波特嗎？』

『妮芙，我還記得第一眼看到佛多時，就覺得他是一個很特別的小男孩。我相信他們三人一定可以救出波特的，我們當務之急是先去調查瑟拉芬洞窟。』

曼妮芙點點頭後，對著飛機的方向喊了一聲：『傑利，出來吧。』這時一隻體型大約是坦克車大小的智能機械海龜從飛機上爬下來。曼妮芙接著說：『洛書，你說瑟拉芬洞窟的入口在這座湖泊的底下？』

源洛書拿出嚴楨和手繪的地圖說：『妳看，提貝斯提火山周圍的地底下有許多錯綜複雜的水底通道，而瑟拉芬洞窟的位置其實就在提貝斯提火山的底下。但是要到達那裡必須從這片湖泊底下的入口進去。』

曼妮芙看著地圖說：『沒想到竟然有如此隱秘的洞窟。』說完後，兩人一起進入到海龜的身體裡面，噗通一聲，傑利潛入了水裡。他們來到深度超過兩百公尺的湖底，四周呈現一片漆黑，傑利使用聲納導航系統尋找著入口。源洛書根據地圖的標示，很快就發現水底通道。突然轟隆一聲，傑利內部產生了劇烈的震動，曼妮芙整個人跌倒在地。源洛書看著聲納探測儀，螢幕上出現一隻看起來比傑利的體型還大上兩倍的機械水怪。這隻水怪的身型有如一隻巨大的章魚，此刻的它正舞動著八隻肥大的觸手準備再度發動攻擊。他命令傑利立刻進入通道裡，沒想到水怪竟然緊追在後。轟隆一聲，傑利再度被觸手給重擊了一下，內部突然開始響起警報聲。曼妮芙爬起來慌張地說：『洛書，怎麼辦！』源洛書趕緊坐上駕駛座，將自動駕駛改為手動駕駛。他看著螢幕上水怪的位置，專心地駕駛著傑利。他靈巧地閃過了幾次觸手的攻擊，但是海怪仍然窮追不捨。突然兩枚魚雷從傑利的腹部發射出去擊中了海怪，通道裡瞬間出現了強烈的衝擊波。源洛書趁著這個機會啟動渦輪引擎，全速前進。他根據地圖的路線，不斷地在有如迷宮般複雜的通道裡快速地穿梭。大約過了十分鐘，源洛書說：『妮芙，前方就是出口了。』沒想到話才剛說完，海怪突然從後面右側的通道衝出來，一隻觸手直接將傑利的身體牢牢的捆住。觸手巨大的力量讓傑利的身體開始產生變形，許多地方都開始出現了裂痕。源洛書皺著眉頭說：『妮芙，趕緊坐好，我要啟動逃生裝置了。』說完後便按下一個紅色按鈕，傑利的四肢瞬間收起來，上下兩片龜殼開始分離，一艘小型的潛水艇從龜殼中間發射出來。不到五秒鐘的時間，傑利的身體突然發生了自爆，這股爆炸的力量將海怪震退了數十公尺。潛水艇終於順利地穿過了出口，浮到了水面上。

兩人一來到地面上後，源洛書從藍色的風衣口袋裡拿出一個邊長十公分的正立方體，一打開後，上百隻的智能機械螢火蟲瞬間飛了出來。這些螢火蟲如同一盞盞漂浮在空中的燭光，照亮了原本伸手不見五指的洞窟。兩人立刻被眼前這座巨大洞窟的景象給深深地震撼住，曼妮芙驚嘆地說：『這個洞窟真是太不可思議了！洛書，你看這麼多密密麻麻的石筍，要形成這些長達五十多公尺的石筍可是需要將近五十萬年的時間啊！』

源洛書仔細觀察著這個高度超過兩百公尺以上的洞窟，他看著眼前這些巨大的石灰岩柱說：『這個天然形成的洞窟需要大自然百萬年的時間去醞釀，這裡可以說是史前人類最好的庇護所了。』他們兩人繼續往前方探索，大約走了一個多小時，源洛書開始感覺到一些氣流，他心想：『難道這裡有通往外面的出口？』

曼妮芙突然開口說：『洛書，你看，前面有燈光！』他們兩人提高警覺地往前走，來到了光線的旁邊。源洛書將所有智能螢火蟲召回到立方盒子裡，然後身體貼著岩壁，小心地探出頭，眼前出現的是一個更大的洞窟。

曼妮芙看著源洛書驚訝的表情，好奇地問：『洛書，你看到什麼了？』源洛書比了一個噓的手勢後，小心地觀察著洞窟的四周。在確定裡面沒有其他生物的蹤跡後，他和曼妮芙一起走進了這個奇特的洞窟。在他們的前方竟然聳立著十三根如同神木般高大的金屬圓柱，而且這些巨大的金屬圓柱還圍出了一個圓形廣場。源洛書看到圓形廣場上竟然放著一架圓盤形狀的巨型太空船，直徑估計有超過兩百公尺，站在旁邊的曼妮芙已經驚訝得說不出話。源洛書沿著山壁觀察著，他注意到洞窟的頂部有好幾個洞，他心想：『那些應該是通風口，讓外面的空氣可以流通進來。』

這時正在觀察另外一邊山壁的曼妮芙突然提高音量說：『洛書，你快過來看。』源洛書跑到了曼妮芙身邊，眼前的山壁上竟然有一幅巨大的彩色壁畫，源洛書一邊看著這幅方形壁畫，一邊說：『妮芙，這就是慕若希之前跟我提到的壁畫。』

他們兩人仔細地觀察著壁畫的內容，五分鐘過後，源洛書說：『妮芙，妳有注意到這幅壁畫似乎可以分解成四個部分來解讀。』曼妮芙點點頭說：『沒錯，這幅壁畫雖然看起來像是一個整體的畫作，但是裡面其實在描述四個不同的主題。』

源洛書突然從口袋裡拿出隨身的畫本和一隻可以隨意變換七種不同顏色的畫筆，開始臨摹這幅壁畫。曼妮芙微笑的說：『洛書，你隨身攜帶畫本的習慣真是二十幾年來都沒變。』

源洛書從壁畫的右上角部分開始畫起，那裡有一顆紅色的星球，星球的上方則是畫著一隻五彩羽毛的大鳥，形狀很像古代的鳳凰。星球的左邊則是有一艘圓盤形狀的太空船，看起來和圓形廣場上的太空船一樣。

曼妮芙繼續說：『眼前的這幅壁畫讓我想起大學時我去參觀仿造的肖維洞窟[10]，你知道肖維洞窟是目前所發現最早的人類壁畫之一，年代距今大約三萬六千年前。不知道眼前的這幅壁畫是什麼時期的人類所繪畫下來的。』

源洛書一邊畫一邊說：『妮芙，妳相信外星人曾經在遠古時期造訪過地球嗎？』

曼妮芙好奇地說：『洛書，你為什麼會突然這麼問？』源洛書沒有回答，她接著說：『從科學的角度來看，宇宙已經存在將近一百四十億年，而且在可觀測的宇宙裡至少有超過一千億個以上的星系，即使是用很保守的方式去估計，外星文明存在的可能性還是非常接近百分之百。根據德雷克公式[11]，我們可以估算銀河系裡存在高等文明的星球數量。我相信高等外星文明一定是存在的。』

源洛書微笑的說：『那要怎麼解釋為什麼我們都沒有收到這些外星文明所發送的訊號或是發現外星文明來到地球的蹤跡呢？』

10 請參見**科學筆記Ⅱ**：肖維洞窟 P362
11 請參見**科學筆記Ⅱ**：德雷克公式 P364

曼妮芙笑著回答：『洛書，我知道你是在說費米悖論[12]。所以你的想法是什麼？』

『我想佛多和波特的出現以及我們現在所發現的這個洞窟，或許正好解決了費米悖論呢。』源洛書描繪完圓盤太空船後繼續說：『人擇原理[13]告訴我們如果宇宙常數稍有改變，那麼人類便不會存在，更遑論觀測宇宙。像佛多這樣的外星人能夠存在並且被我們人類所觀察到，也必定遵守跟我們人類一樣的物理定律，我猜這或許就是為什麼佛多跟我們人類在物理化學結構上類似的原因。』

曼妮芙思考了兩秒後說：『所以你的意思是眼前的壁畫是外星人所建造的。』源洛書看了她一眼，笑而不答，曼妮芙立刻了解源洛書的意思。曼妮芙說：『二十世紀有許多對於外星文明的傳說，然而二十一世紀似乎越來越多的太空人出來表示外星人曾經來過地球。曾經對於外星生命的存在都被嚴謹的科學界所不斷否認，甚至許多太空機構拒絕公開不明飛行物的太空照片。想一想，我們人類若要求得生存就必須擴展太空的領域與疆土，一樣的道理，若有高等外星生命曾經來過地球，那麼他們勢必比我們地球上的科技來的進步，他們也一樣想著要拓展領域與疆土。我們阿蘭那嶼國比起其他大國來說在太空方面起步的比較晚，說不定其它國家早已跟外星文明有過接觸，只不過他們不願意對外公開承認罷了！不過若是上古文明的一部份來自外星文明，這就不得不碰觸到人類起源[14]的探討與質疑。』

『是的，妮芙。每個國家都宣稱探索太空的目的是為了追求宇宙間的和平，然而探索太空一直是強國侵略太空資源的最好利器，如果有機會發現外星高等智慧生物，對任何一個國家來說都是再有利不過的事了。佛多與波特的到來是我們第一次有機會驗證外星生命的存在，我們也理所當然的盡全力去保護這個消息。』

畫完第一部分之後，源洛書開始臨摹左上角的壁畫。這個部分似乎是在描述一場戰爭。一群背上有著一對白色翅膀的天使翱翔在空中，底下還有許多奇特的怪獸，像是人面鳥、九尾狐以及雙頭犀牛等。左邊的地面上則是畫著許多皮膚黝黑的人拿著弓箭瞄準著這些白色翅膀的人以及怪獸。源洛書邊畫邊思考著：『這些有著白色翅膀的人應該就是齊凡院長曾經提起過的羽族，但是為什麼他們的底下會有這麼多奇怪的生物？還有為什麼這些皮膚黝黑的人要拿著弓箭攻擊他們。』

12 請參見**科學筆記**Ⅱ：費米悖論 P366
13 請參見**科學筆記**Ⅱ：人擇原理 P367
14 請參見**科學筆記**Ⅱ：人類起源 P369

曼妮芙看著壁畫上的怪獸納悶地說：『這些奇怪的動物好像古代神話故事所描述的怪獸。難道牠們真的存在過？』

『這也是我正在思考的問題。』

壁畫的右下角所畫的圖案就是慕若希之前所說的，一顆綠色隕石撞擊到一座高山，右邊是一片金黃色的沙漠，沙漠的下方則是畫著一隻有著紅色毒針的九尾蠍子。源洛書心想：『第三部分上面所畫的這隻金黃色蠍子的確就是那天跟我纏鬥很久的蠍子。』

這時曼妮芙說：『洛書，我去採集一些化石樣本帶回時空學院，利用學院的加速器質譜儀來偵測碳十四的含量[15]，這樣就可以知道這個洞窟的年代。』

源洛書點點頭說：『嗯，這是一個好辦法。』

就在曼妮芙到旁邊去調查時，源洛書眉頭深鎖的看著左下角的壁畫，那裡畫著一對黑色的翅膀，翅膀的中間有一對紅色的眼睛。在翅膀的下方有一片綠色的葉子、一個的圖案以及一個Ψ的符號，旁邊還有好幾段文字，源洛書立刻認出那些文字是科斯摩斯星球的文字。他快速地臨摹最後這一部分，同時心裡在想：『這幅壁畫絕對和科斯摩斯人脫不了關係。』

十分鐘過後，曼妮芙拿著一個金屬罐走回到源洛書身邊。源洛書收起畫本說：『我們到金屬圓柱那裡調查一下。』接著他們兩人來到圓形廣場的旁邊觀察著金屬圓柱以及太空船，源洛書納悶地說：『這艘太空船似乎破損的很嚴重，有許多斷裂的地方。』

就在他們想更前進一步探查時，洞窟的左上方傳來一聲喝斥的少女聲音：『站住！不要輕舉妄動！』源洛書和曼妮芙立刻提高緊覺，朝著聲音的方向看去。左上方的山壁有一塊突出的大岩石，上面出現了一位騎著一隻機械白狼的少女，年紀看起來大約十四歲。這位皮膚黝黑的少女有著一對綠色的眼睛，耳朵上戴著一對七彩孔雀羽毛的耳飾，頭上還包覆著一條白色頭巾，露出了一部分的褐色長髮。她眼神銳利地看著源洛書，慢慢地抽出腰間那把鑲著綠寶石與紅寶石的彎刀，指著他們。剎那之間，機械白狼跳出去，奔跑在山壁上，朝著源洛書的方向飛奔過來。

『小心！』源洛書趕緊站到曼妮芙前面，騎在白狼身上的少女右手緊握著彎刀，咻地一聲，白狼從源洛書的身旁穿過去。源洛書閃躲不及，藍色的風衣瞬間被劃開，同時他腰間的白色襯衫也滲出了鮮血。源洛書用手捂著被彎刀劃開皮膚的傷口，忍著疼痛地說：『請等一下，我們沒有惡意。』

15 請參見**科學筆記Ⅱ**：碳十四計年法 P372

少女生氣地說：『你們私闖我們祖靈的祭壇有何目的？』

曼妮芙趕緊來到源洛書身邊查看他的傷勢，並且對少女說：『我們並不知道這個洞窟是你們祖靈的祭壇。』

源洛書接著說：『我是來自阿蘭那嶼國的源洛書，她是我的同事曼妮芙教授。我們今天來到這裡只是想調查有關隕石墜落的事。』

少女情緒稍微緩和下來，冷漠地看著源洛書說：『你先回答我為什麼你們會知道這個地方？』

源洛書將慕若希告訴他洞窟壁畫的事簡短的敘述給少女聽，少女收起了彎刀說：『你認識慕若希醫師？』源洛書點點頭說：『他是我多年的好友，所以妳也認識若希嗎？』

少女從機械白狼的身上跳下來後說：『慕醫師和法蒂雅公主是我們族人所相當尊敬的人，雖然我從來沒有見過他們，但是我們族人都知道他們兩人非常保護圖坦族的文化。多年前霍爾．法蒂雅和我們族人簽訂了一項協議，任何人想要進入圖坦族領地，都必須經過我們族人的同意才可以。』

源洛書點點頭說：『還沒有請教妳的大名。』

『我是圖坦族的公主，名叫阿努伊．蒂芙奈斯。』接著她將頭巾取下來說：『你可以先用這個包紮傷口。』曼妮芙接過頭巾，說了一聲謝謝。

阿努伊公主接著說：『我以為你和幾天前那些來隕石坑偷東西的人是同一陣線的。』

源洛書皺了一下眉頭說：『可以請妳描述一下那些人的長相嗎？』阿努伊簡單的描述了齊云生和斯邁爾兩人的身型和外觀給源洛書聽。

源洛書聽完後說：『那兩個人應該是齊云生和斯邁爾。』

阿努伊生氣的說：『他們一定是羽族的人，所以才會知道隕石裡面藏有梅尼斯之眼。』

源洛書驚訝的問：『梅尼斯之眼藏在隕石裡？』

阿努伊公主右手突然握著刀柄，語氣嚴厲地說：『你怎麼會知道梅尼斯之眼？』源洛書這時才注意到阿努伊公主的右手手背上有一個鮮紅色的奇特刺青。

源洛書回答說：『我是從一本古書裡知道的，裡面寫著梅尼斯之眼是一顆綠色寶石，也是復活薩摩翼所需要的東西。』說完後，他命令蒂雅顯示出永生之書的內容。

阿努伊公主訝異地問：『你從哪裡獲得這本書的？』

『這本書是時空學院前院長卜森則雄交給我保管的，我知道這本書原來是屬於羽族的。』曼妮芙一邊幫源洛書包紮傷口，一邊聽著他們的對話。

源洛書繼續說：『阿努伊公主，不知道妳是否可以告訴我圖坦族和這本書的關係？』阿努伊看著他不說話，表情顯得猶豫不決。

源洛書嚴肅地說：『妳們圖坦族和我是站在同一條船上，我要阻止薩摩翼的復活，你們不也是嗎？』

阿努伊不高興地說：『你怎麼知道圖坦族不希望薩摩翼復活？』

『我是從兩件事情上判斷所得到的。第一，慕若希和法蒂雅是我多年的好友，我很清楚他們的為人。既然他們會願意一直保護圖坦族，代表你們不會是屬於黑暗勢力的一方。第二，我知道羽族服膺於薩摩翼，如今羽族已經得到梅尼斯之眼，但是他們並沒有和你們合作，這表示你們之間的立場是不一樣的。』

阿努伊聽完源洛書的分析後，態度恢復平靜地說：『看來你是個聰明人，我可以告訴你一段非常久遠的歷史。上萬年前，我們圖坦族和羽族的祖先跟著時空旅人先行者伊卡旺來到地球上和薩摩翼展開了一場大戰，最後伊卡旺犧牲自己摧毀了薩摩翼。殘存下來的圖坦族和羽族在地球上延續了血脈，也在地底下建立了一個國家。沒想到薩摩翼的黑暗力量並沒有完全被消滅，反而是一點一滴地滲透到羽族裡。許多羽族的族人開始被祂蠱惑，後來連羽族的長老都臣服於祂的力量，寫下了兩本永生之書。我們圖坦族的長老發現後，和羽族展開了一場末日之戰。根據圖坦族的古籍記載，那場八千年前的戰爭非常慘烈，我們的族人死傷無數。雖然最後成功擊敗了羽族，但是整個國家也因為這場內戰而滅亡了。』

源洛書專心地聆聽著，腦中一邊在思考：『原來永生之書是羽族長老所寫下來的。』旁邊的曼妮芙突然說：『洛書，難道這個國家就是傳說中的亞特蘭提斯古國。』源洛書點了點頭說：『阿努伊公主，謝謝妳告訴我這段古老的歷史。剛剛妳說永生之書有兩本，我想另外一本應該在妳們圖坦族手上。』

『你怎麼知道！？』阿努伊露出了驚訝的表情。

源洛書微笑的說：『其實很簡單，我剛剛給妳看這本永生之書時，妳的反應很明顯是看過這本書的。如果我這本是來自羽族的後代，那妳看的肯定是另外一本。』

『源洛書，你的確是一位觀察細微的人。沒錯，我們圖坦族保存著另外一本永生之書。』

『阿努伊公主，根據永生之書，我已經解讀出薩摩翼殘存的原始魔力還保留在梅尼斯之眼裡面，要復活祂還需要祖靈的阿坦拉。請問祖靈的阿坦拉是什麼意思？』

阿努伊嚴肅地說：『這是我們圖坦族所守護的秘密，不能對外人說。』源洛書看了一下太空船，心裡思索著：『所謂的祖靈應該就是先行者伊卡旺，這艘破碎的太空船或許就是伊卡旺萬年前來到地球時所搭乘的，但是書中所說的阿坦拉到底是什麼呢？』

阿努伊看著低頭思考的源洛書說：『我該說的都已經說了，現在要請你們離開我們祖靈的祭壇。』

源洛書回過神來說：『阿努伊公主，謝謝妳幫我釐清一些事情。我會先想辦法幫你們拿回梅尼斯之眼。』

阿努伊公主點點頭，帶著他們兩人走入山壁的一個秘密通道。在通道裡，源洛書說：『有件事要提醒你們，壁畫上的九尾蠍已經出現在死亡沙漠附近，你們要小心防備它的攻擊。』

『我知道九尾蠍已經出現。你不用擔心，其實這隻蠍子是和先行者伊卡旺來一起來到地球的，同時也是我們圖坦族的神獸。自從伊卡旺死後，它就進入了休眠。』

源洛書疑惑的問：『既然它已經沈睡了萬年之久，為什麼又會甦醒過來？』

『因為梅尼斯之眼已經來到地球了，當祖靈的阿坦拉有危險時，九尾蠍就會甦醒過來。』此時前方出現了出口，源洛書正想再詢問有關壁畫上所畫的那些怪獸時，兩隻機械白狼從出口的地方跑了過來。阿努伊公主說：『它們會帶你們離開這裡，後會有期了。』說完後便騎著白狼離開了。

兩隻機械白狼分別載著源洛書和曼妮芙來到飛機停靠的湖泊，此時的太陽已經出現在東方的地平線附近，曼妮芙說：『洛書，剛剛聽你和阿努伊公主的對話，我才知道最近發生這麼多事。難道這都是因為佛多和波特的到來嗎？』

『很有可能。我也是因為看了佛多的白色小球，才讓我想起永生之書裡面有和科斯摩斯星球一樣的文字。當初卜森院長要我好好保管這本書時，我對這本書的內容並沒有特別留意，以為它只是一本古人所杜撰的書籍。』

曼妮芙疑惑的問：『從蒂雅所顯示的內容看來，這本書裡面似乎有許多的註解。』

『沒錯，這本書原本的內容都是由科斯摩斯語言所撰寫的，但是嚴楨和教授在裡面安插了不少註解，所以我才能從這些註解中解讀出一部分的內容。』

『嚴楨和教授？是凝心的母親嗎？』

源洛書點點頭後說：『妮芙，我還要去調查一些事，妳先回時空學院，這陣子學院裡的事真是有勞妳多費心了。』

曼妮芙擔心的說：『洛書，你的傷勢還好嗎？』源洛書微笑的說：『這只是皮肉之傷，沒事的。』說完就揮手和曼妮芙道別，兩人各自駕著飛機往不同的方向飛去。

一場意識與靈魂的對話

源洛書沿著大西洋的海岸線朝南方飛行，穿越了燭龍之丘，來到了賽洛克城。時間已經接近早上十點，走在街道上的源洛書此刻正在尋找下榻的旅館，連日來的調查以及腹部的傷口讓他感到非常疲憊。他在旅館的房間裡休息了一天一夜，等他再度醒來時已經是隔天的晚上十點。他梳理好之後，準備親自去會一會這位二十多年的朋友。

午夜十二點半，身穿深藍色西裝的源洛書來到了齊凡德爾醫療中心前面的草原，白色的房子裡依舊是燈火通明。旁邊的人工湖畔傳來了陣陣的蛙鳴聲，一股味道特別的菸草香從湖畔那裡飄了過來，一位身穿白袍的醫師正坐在湖畔旁的椅子上抽著菸斗，欣賞著湖邊的夜色。源洛書一隻手插在口袋裡，優雅地朝著椅子的方向走去。坐在椅子上的醫師聽到腳步聲，回頭看去，兩人四目交接的瞬間，齊云生露出了驚訝的表情。源洛書說：『云生，你抽菸斗的習慣二十幾年來都沒變。』

齊云生從椅子上站起來，面露笑容地說：『是啊，洛書，這可是我靈感的泉源呢。』他吸了一口菸斗後說：『從我離開時空學院之後，我們就沒有這樣面對面說話了。十四年了，真是時光飛逝啊。』

源洛書嚴肅地說：『當初和諧的時空五重奏已經消逝了，只剩下我一人還留在時空學院。你和凝心相繼離開了學院，溫特絲意外過世了，而馬克成了殖晶人。』

齊云生聽到這句話，愣了一下，隨後立即恢復笑容的說：『不愧是時空學院的院長，什麼事都瞞不住你。你是怎麼知道馬克沒死？』

源洛書皺著眉頭，看著齊云生說：『我自然有我的辦法。我認識馬克這麼久了，難道會不清楚他的說話習慣和肢體動作？就算你把他的大腦植入晶片，把他的外表變成亞德里亞國王，我還是可以認得出他。』

齊云生心想：『難道他已經知道飛天獅子攻擊溫特絲研究機構是我和伊凡所謀劃的？』

源洛書繼續說：『你知道你把馬克變成殘暴的亞德里亞國王這件事，我一直都無法原諒你。』

齊云生吸了一口菸斗，保持微笑的說：『洛書，你這麼說就不對了。當初馬克身受重傷，臉部和四肢有非常嚴重的燒燙傷，只能截肢。再加上他的腦部嚴重缺氧，呈現昏迷失去意識的狀態，如果不做殖晶手術，他就會變成腦死之人。難道你希望他一輩子躺在床上昏迷不醒？』

『你就是用這套說辭讓凝心不告而別的離開時空學院，加入你殖晶研究的行列？』

齊云生轉身看著湖面上的月亮說：『或許吧，不過她不願意和我一起待在巴梵莎，而是選擇前往北極殖晶中心，你也知道她的個性，她喜歡一個人孤獨地做研究。』

源洛書聽到後，停頓了兩秒，然後接著說：『現在的馬克比腦死的情況更糟糕。腦死之人雖然無法和外面的世界聯繫，但是至少他們還保有自我的意識與靈魂。亞德里亞國王只是一個沒有自我思想，沒有自由意識，受你們擺佈的傀儡而已。』

齊云生從嘴裡吐出白煙，轉身看著源洛書，用一種戲謔的語氣說：『自由意識？洛書，清醒點好嗎？根本沒有自由意識這種東西。人們以為自己可以自由地決定想做的事，這根本只是一種幻覺。人類打從一生下來開始就是不自由的，每個人活在這個世界上，其實都只是個受環境擺佈的傀儡。讓我給你舉個例，極權國家用高壓統治和教育的方式箝制人民的生活和思想，不斷地灌輸人民服從政府的思想，這樣的洗腦方式簡單直接。但是民主國家呢？我不得不說它們的洗腦方式可就優雅多了。不同的政黨各自利用網路輿論以及媒體新聞的方式在煽動群眾，挑起仇恨意識，操弄族群對立來鞏固各自的政權。但是憑良心講，這種優雅的方式讓我更感到厭惡。所以你看，不管是在哪一種體制下的人民，說穿了都只是被政黨擺佈的傀儡。相信你一定聽過德國哲學家叔本華所說過的一句話：「人可以做到他想做的事，但是沒辦法決定自己要做什麼。」哈！人沒辦法決定自己要做什麼這句話說得真是太妙了，換句話說，你以為自己有能力可以決定想做的事其實只是你的幻覺。哈！』齊云生停下來吸了一口菸斗，內心感到十分興奮，他已經很久沒有這麼盡情地高談闊論，他接著說：『人類既然生下來就註定會成為被環境擺佈的傀儡，那和被植入晶片有什麼不同。洛書，洗腦的方式既緩慢又沒效率，植入晶片才是一勞永逸地做法。』

源洛書嚴肅地說：『云生，你錯了。你忘了人類還有靈魂、情感、道德以及良心。你所謂的人類生下來就是傀儡的說法，只是在為你的殖晶手術找藉口而已。你在人腦裡面植入晶片，利用晶片來控制大腦的神經訊號，想要用這個方式來控制每個人，讓他們乖乖地聽命行事。但是你不要忘了，人類不是機器人，每個人都有屬於自己的靈魂，你的殖晶或許可以箝制住人類的思想和回憶，但是卻不可能箝制住人類的靈魂。』

『靈魂？洛書，我親愛的時空學院院長，你是一位頂尖的科學家，竟然會相信靈魂這種超自然的東西。來，請你告訴我靈魂的物理和化學性質是什麼？靈魂滿足薛丁格方程式嗎？』

『云生，你的想法太狹隘了。你認為可以經過科學驗證的東西才是真實存在，這本身就是錯誤的。科學、宗教和靈魂是沒有衝突的，我不會因為靈魂無法被科學方法所驗證就否定他的存在。你知道你和我最大的不同是什麼嗎？你認為人類和智能機械人本質上是一樣的，所以你擔心人類有一天會被智能機械所取代。但是對我而言，這是不會發生的事，因為人類有靈魂，有珍貴的情感，有好奇心，這些都是智能機械所無法取代的。智能機械可以模擬人類的情感，但那只是一種數學模型，那些模擬都是可以被大量複製和生產的，然而每個人的靈魂和情感卻都是獨一無二的。』

齊云生輕蔑地笑了一聲說：『哼！獨一無二？洛書，你才是大錯特錯。在這個網路發達，資訊快速傳播的時代裡，人類每天忙著接收大量的網路資訊，早已經沒有思考的時間，每個人的思想越來越淺薄，人云亦云的情況到處都是。你不覺得現在的人類越來越像機器人嗎？』

此時的源洛書刻意低頭瞄了一下手錶，然後說：『云生，我今天難得來找你，要不要去散個步。』

齊云生點點頭說：『也好，我在 I.C.E. 忙了一整天，晚上才回到這裡。今天湖邊的夜色很美，我們邊走邊聊。』

兩人一起走在湖邊的小徑，源洛書說：『你知道卜森院長在他過世前幾年，跟我說了很多關於他的哥哥卜森澤爾如何沈迷於殖晶手術以及最後悲慘的下場。還有他的兒子卜森御見也因為參與殖晶而牽扯上一個神秘組織，名叫卡厄斯組織，最後他的兒子和媳婦嚴禎和都被卡厄斯組織裡面的人所槍殺了。』齊云生嘴裡叼著菸斗不說話，源洛書繼續說：『我今天來其實是想問你一件事，卡厄斯組織和羽族有什麼關係？』

齊云生聽到羽族一詞，心裡震驚了一下，他故作鎮靜地將菸斗拿下來後說：『我知道卡厄斯組織，他們早在兩百年多以前就開始研究殖晶，而且他們一直在吸收優秀的科學家加入他們的研究行列，卜森澤爾就是其中一位。至於你說的羽族？我倒是從來沒有聽過。』

『哦？是嗎？所以你也不認識一位叫作銀芬妮提．羽的人？』

齊云生今天晚上才剛在 I.C.E. 裡面跟銀芬妮提通過視訊電話，聊到柯帝斯闖關成功的事，他心想：『源洛書這小子到底知道了些什麼？』突然他感覺到口袋裡的手機發出震動，他拿出手機看了一下螢幕後，神情慌張地說：『洛書，我有病人需要緊急治療，下次再聊了。』說完後就朝醫療中心的方向跑去。

源洛書立刻朝另外一個方向跑開，他一邊跑一邊想：『太好了，蒂雅應該有找到梅尼斯之眼。』原來源洛書來找齊云生之前就偷偷派蒂雅去醫療中心裡面調查梅尼斯之眼，他找齊云生聊天，並且刻意邀請他去散步，主要就是想分散他的注意，為蒂雅爭取更多的調查時間。

源洛書回到旅館房間，等待著蒂雅的到來。大約過了四十分鐘，窗戶外出現了一隻搖搖晃晃的紫色瓢蟲，它只剩下一邊的翅膀還在拍動，源洛書連忙探出窗外，用手接住了蒂雅。他趕緊查看蒂雅的傷勢，心想：『從傷口的形狀看起來應該是受到能量密度很高的雷射光所攻擊。真是糟糕，它的翅膀和腹部都被擊中。』源洛書取出了隨身攜帶的工具包，將蒂雅的身體拆開，做了一些簡單的修復工作。他心想：『看來投影功能還可以用，不知道剛剛到底發生什麼事？』他手裡拿著蒂雅，將畫面投影到房間的牆壁上。不久後畫面上出現了齊凡德爾醫療中心的內部，可以看得出來蒂雅非常小心地在裡面搜索著。畫面來到了齊云生的辦公室，蒂雅仔細地探測每一個角落，它同時啟動了全波段的偵測器，突然畫面顯示辦公室裡面的小房間出現了不明的X光射線。它小心地飛進小房間，來到牆面的某一個位置，射出X光的地方似乎就在牆壁的裡面。蒂雅從頭部伸出一隻細長的鑽頭，畫面上出現一支快速旋轉的金屬鑽頭正在將牆壁鑽出許多小洞。十分鐘後，牆面被鑽出一個蒂雅可以通過的入口，沒想到裡面放著一個看起來很堅固的保險箱，還好蒂雅熟知各種密碼鎖的原理和解法。三分鐘後，聽到滴滴滴三聲，畫面裡的保險箱被打開，裡面放著一顆眼睛形狀的綠色寶石。看著投影畫面的源洛書心想：『這顆綠色寶石應該就是梅尼斯之眼。從畫面上的時間來看，蒂雅打開保險箱的時候，剛好就是齊云生查看手機的時間，看來保險箱應該有警報系統。』

畫面上顯示出蒂雅不斷地接近著寶石，突然寶石的中央出現了一顆發出紅色光芒的小圓球，看起來就好像一隻綠色的眼睛裡有著紅色的瞳孔。這顆小紅球竟然像是有著生命般地盯著蒂雅，突然間，畫面上出現一束紫光，一陣劇烈的震動後，畫面隨即消失。坐在床上的源洛書站了起來，皺著眉頭思考著：『沒想到這顆梅尼斯之眼竟然會主動攻擊蒂雅，難道是寶石裡面有某種偵測器？或者……它是某種未知的生命體？』源洛書沉思了十分鐘後，心想：『我必須立刻去一趟海邊的教堂調查亞特蘭提斯古國。』

海邊的安魂曲

兩天後的凌晨三點，源洛書的飛機回到了位在阿蘭那嶼國中央山脈的時空學院，他留了一則訊息給曼妮芙，告知她佛多和阿萊莎他們已經成功救出波特並且離開了北極雪之城堡。半小時後，源洛書從時空學院的禁地走出來，後面的背包裡放著永生之書。禁地的外面早已站著一隻智能飛鷹，源洛書騎上飛鷹，離開了學院，朝著東部的海岸線飛去。

阿蘭那嶼國的東部有一條細長的海岸山脈，這條南北走向的山脈緊鄰著遼闊的太平洋，有不少村落座落在這些翠綠的山巒之間。清晨時分，太陽還沒從地平線升起，太平洋上的天空已經被染成一片金黃色。智能飛鷹伸展著長長的雙翼，翱翔在海岸山脈的上方，海風徐徐地吹撫過來。源洛書眺望著那片一望無際的太平洋，眼前這熟悉的美景讓他的腦海裡回憶起研究所時期的一場旅行。

那年的畢業典禮結束後，馬克、溫特絲、源洛書以及嚴凝心四人一起規劃了一場環島旅遊，畢竟以後要聚在一起的機會就很少了，他們希望能在分離前留下更多美好的回憶。出發前一天，源洛書看著行程表說：『疑？馬克，我們最後一天怎麼沒有安排活動？』

正在檢查飛車的馬克說：『溫特絲沒跟你說嗎？她說要帶我們去一個秘密的地方。』源洛書笑著說：『秘密的地方？什麼時候溫特絲也開始會搞神秘了。』

隔日早晨，四人乘坐著馬克所親自設計的飛車從阿蘭那嶼國的西部一直旅遊到東部的太平洋沿岸。他們探訪不少偏遠的村落，認識了當地的文化，也結交了一些新朋友。

快樂的時光總是特別短暫，不知不覺已經來到旅程的最後一天。清晨時分，飛車飛行在海岸山脈的上空，坐在前座的源洛書看著眼前這片如詩畫般的美景，突然有感而發的說：『旅行真是具有一種神奇的魔力，它不只修補了人與大自然之間的關係，也聯繫了人與人之間的情感。正所謂人生難得一知己，千古知音最難覓。今天有幸能一次遇到三位知己，真是我莫大的福份啊！這次旅行的點點滴滴會永遠珍藏在我心裡。』

坐在駕駛座的馬克笑著說：『洛書，你什麼時候變得這麼感性了。』後座的溫特絲說：『洛書本來就是一個生性浪漫的人，他大概是捨不得你這位死黨要離開他。洛書，你不用難過，我們回錫芬尼克斯之後，還有凝心陪著你。』源洛書頓時臉紅了起來，坐在溫特絲旁邊的嚴凝心則是表現出一副事不關己的態度。

飛車開始下降高度，穿梭在翠綠的山巒之間，前面臨近海邊的地方出現了一座高度大約三百公尺的小山丘。那座山丘靠海的部分因為長時間被海水沖刷，形成一種海蝕崖的地形，一棟白色的古老建築物座落在山頂的懸崖旁邊。山丘下面有一片金黃色的沙灘和一座幾十戶平房所形成的小村落。

馬克依照溫特絲的指示降落在沙灘上。他們四人走在沙灘旁邊的石子路，朝著小山丘的方向前進。空氣中充滿著海洋的氣息，源洛書好奇地問：『溫特絲，你要帶我們去哪裡啊？這麼神秘。』

溫特絲微笑的說：『我想在離開阿蘭那嶼國前，去看一下雷諾哥哥。』此時嚴凝心刻意加快腳步走在前面。源洛書說：『雷諾是誰？』

『他的全名叫雷諾．阿卡爾，年紀比我和凝心大五歲。小時候，卜森院長會定期帶我和凝心回來前面那座小村落，每次我們都會跑去雷諾哥哥自己做的小樹屋那裡玩。』

『溫特絲，我記得卜森院長說過他的故鄉在東部海岸山脈一個不知名的村落，難道就是前面那裡？』

溫特絲點點頭說：『嗯，那是卜森院長的出生地。』

源洛書好奇的問：『所以雷諾．阿卡爾一直住在這個村莊裡？』

溫特絲露出一絲哀傷的表情說：『他十五歲的時候因為一場意外走了，我今天要去墓前看看他。』源洛書連忙道歉說：『真抱歉，讓妳想起傷心的往事。』

『沒關係，事情過去這麼久了，我已經放下心中的傷痛。倒是凝心，雷諾哥哥的死對她影響很大。』

源洛書看了一下嚴凝心落寞的背影，然後說：『是嗎？』

『嗯，我知道她一直沒有忘記這個傷痛。你應該也看得出來凝心在情感上是一個很膽小的人，所以從小她就喜歡躲在自己的森林裡玩樂。我還記得小時候常看到凝心一個人坐在戶外的草坪上看著天空，後來我才知道她一直以為這個世界是由一個巨人所創造的，天空的白雲裡隱藏著一座雄偉的巨人城堡，她正在尋找這座城堡。唉，我想雷諾哥哥的死讓她體會到自己沒辦法承受生離死別的痛苦，從那之後，她就開始封閉自己內心的情感。』

源洛書安靜地聽著，沈默了幾秒後說：『你們和雷諾・阿卡爾是怎麼認識的？』

『想起來也滿有趣的，我們是因為一隻靈緹犬波比而認識的。當時才七歲的我們在前面的山丘附近遇到了一隻虎斑的靈緹犬，這隻靈緹似乎非常喜歡凝心，一直主動親近她。我們跟著牠不知不覺來到一棵巨大的橡樹，樹上還有一間小木屋。我和凝心好奇地沿著一個旋轉木梯走進樹屋裡，裡面有一位黑色短髮，年紀比我們大一些的男孩正在專心的雕刻著木頭，他就是雷諾・阿卡爾。』溫特絲停頓了一下後繼續說：『我還記得雷諾哥哥當時向我們介紹樹屋裡所擺放的許多木雕作品，還帶我們一起乘坐他親手做的小木船沿著旁邊的小河划行著。凝心非常喜歡雷諾哥哥所飼養的波比，每次只要我們回來這裡，都會去樹屋找他們玩。』

這時他們四人已經沿著山路來到了山頂上，前方出現一片美麗的紫色花園，在花園的後面有一座古老的白色教堂，這座面海的教堂後面就是陡峭的懸崖。一座墓園寧靜的座落在教堂的右邊，四周圍繞著好幾棵枝葉茂密的大樹。溫特絲和嚴凝心站在一座墓碑前，墓碑上刻著：「一位追風的男孩—雷諾．阿卡爾」。她們兩人在墓碑前低頭不語，馬克則是默默地站在溫特絲身邊陪伴著她。海浪不停地拍打著懸崖邊，一陣陣海潮的聲音迴盪在這片寧靜的墓園，彷彿一首安魂曲，捎來了生者對死者的思念，也帶給了死者靈魂上的安息。

源洛書安靜地走到墓園後面的懸崖旁，默默地看著眼前的大海，時間的流逝在這裡似乎不具有意義，一瞬間和永恆也不再有所區別，即使是一瞬間的回憶也可以永恆地存在。不知過了多久，溫特絲來到了源洛書身邊說：『洛書，我和馬克三天後就要離開時空學院了，你知道我最放心不下的人就是凝心，我看得出你對她的愛，我今天特地跟你說這些過去的事，就是希望你能更了解她。你一定要好好照顧她，我相信你的愛一定可以融化她那顆冰封的心。』

源洛書眺望著前方的海岸線，溫柔地說：『我的確很愛凝心，但是我不希望我的愛對她造成壓力。不管她願不願意接受我的愛，我都會默默守護她一輩子。』

坐在智能飛鷹上的源洛書回過神來，他已經可以看到那座熟悉的山丘以及懸崖旁的白色教堂。飛鷹停在了山腳下，源洛書沿著山路慢慢地往上走，沿途的景色絲毫沒有任何改變。此刻墓園旁的一張白色椅子上早已坐著一位身穿黑色連身裙的長髮女子，海風輕拂著她那秀麗的長捲髮，白皙的臉龐上找不到一絲的笑容。她一個人靜靜地看著底下那片寧靜的沙灘，腦海裡出現了一個十五歲的少年身影，對著她說：『凝心，我知道妳還在為波比的過世難過。妳看，這顆很特別的石頭送給妳。』少年拿出了一顆有著玫瑰顏色般絢麗的石頭，接著說：『這顆石頭是我六歲時一位老婆婆送給我的，她說這顆石頭叫做玫瑰之石，有一股神祕的力量，希望它可以帶給妳快樂。』

十歲的小女孩接過石頭，看著上面刻著的一個符號，露出了久違的笑容說：『好漂亮的石頭。』

少年笑著說：『這顆石頭果然有神奇的力量，終於看到妳笑了。我發現它的玫瑰色紋路很像一位天使的形狀，說不定裡面真的住著一位小天使呢！』

女子的腦海裡出現了另外一個畫面，一位身穿賽車服的少年坐在夜晚的海灘上，對著她說：『凝心，明天比賽的獎金特別豐厚，只要獲勝後，我就可以實現我的夢想。對了，妳有沒有想要的禮物，我去買來送給妳。』

小女孩搖搖頭，擔心地說：『雷諾哥哥，我聽爺爺說明天的賽車比賽很危險，你一定要去比嗎？』

雷諾笑著說：『妳不用擔心，沒問題的啦。』少年站起來，深深地吸了一口氣說：『夜晚的海邊總是能讓人的心裡感到平靜，真希望每天都能看著這片大海。凝心，我已經交代父母，萬一我真的出了什麼事，就把我葬在教堂旁邊的墓地，這樣我就可以每天都看著大海。妳要記得來看我喔！』小女孩聽到這些話，立刻眼泛淚光，一臉很緊張的樣子。少年笑著說：『凝心，開玩笑的啦！』沒想到小女孩生氣地站起來，頭也不回地跑走了。

源洛書走到了花園旁，突然停下腳步，靜靜地看著長椅上的女子，一句話也說不出來，深怕一說出口，女子就會消失不見。如果眼前的這一切是一場夢，他也希望能在這個夢裡多待一點時間。不知過了多久，女子注意到有人站在花園那裡，她緩緩地轉過身，兩人的眼神交會的瞬間，周圍的一切彷彿都停止了，只剩下劇烈的心跳聲迴盪在耳邊。源洛書努力壓抑著自己思念的情緒，用一種微微顫抖的語氣說：『凝心，十年不見了。』

嚴凝心從來沒有想過還會再見到源洛書，一股強烈的情感瞬間淹沒她那平靜多年的內心。向來不會處理自己情感的她，此刻顯得有些手足無措，她說：『是嗎？洛書，為什麼你會來這裡？』

源洛書緩緩地走向她，嚴凝心感覺到自己的心跳越來越劇烈，一股淡淡的檜木香味飄了過來，這是源洛書所熟悉的味道。來到眼前的源洛書說：『我是來調查一件事，沒想到會在這裡遇到妳。妳這十年過得好嗎？』

嚴凝心白皙的臉龐泛起了淡淡的紅暈，她點點頭說：『孤獨的研究一向是最適合我的生活。』

源洛書表情突然顯得有些落寞，他沈默了片刻後說：『妳是來悼念雷諾．阿卡爾的嗎？』

『不是，我是來查看我媽媽所遺留下來的考古資料。』

『妳已經見過佛多和波特了？』

嚴凝心點點頭說：『我讓他們離開了。』

『妳這麼做難道云生不會責怪妳嗎？』

嚴凝心面露不悅地說：『洛書，我並不是替齊云生工作，他沒有資格怪我。』

『對不起，凝心，我一直以為妳在幫助云生從事殖晶的研究。』源洛書低下頭沈默不語，此刻的他內心有數不盡的話想對她說，但是卻不知從何說起。他好想告訴她這十年來的每一天他都在思念著她，他將這些思念都寫在了日記本上。他好想將她擁入懷中，告訴她自己會一輩子保護著她。但是此刻的他只能不停的壓抑著自己的情感，他深怕自己的情感會造成她的痛苦，這是他萬萬不願意看到的事。他寧願自己承受思念她的痛苦，也不願意看到她因為自己而不快樂。他抬起頭看著嚴凝心，語氣顯得有些悲傷的說：『當初為什麼妳要不告而別？』

嚴凝心愣了一下，腦中回想起十年前那場飛天獅子的攻擊。自從她得知溫特絲和馬克死亡的那一刻起，便已下定決心要離開時空學院，找一個沒有人認識她的地方安靜地度過這一生。她知道自己對洛書有一種特殊的感覺，但是她早已經習慣待在自己的森林裡，忘記了離開這座森林的路。後來齊云生通知她馬克還活著的消息，她才急忙趕去I.C.E.，齊云生告訴她北極有一個城堡，可以讓她獨自一人在那裡從事研究，不會有任何人打擾她。不過他希望她能幫助他改善殖晶技術上的問題，並且改良出更好的息壞激素配方，減少馬克因為施打息壞激素所產生的副作用。

嚴凝心看著源洛書，平靜地說：『我想獨自一人平靜地做研究，像修道士一樣，專心求道。』

源洛書一副欲言又止的樣子，停頓了三秒後，語氣落寞地說：『是嗎？』這時嚴凝心走向白色教堂旁邊的一棵大樹，那裡有兩座墓碑，上面分別寫著「生物醫學博士—卜森御見」以及「考古學博士—嚴楨和」。嚴凝心的父母在她兩歲時就去世了，雖然在她小的時候卜森院長每次回來這個村落都會帶她前來探望父母，但是她腦海裡對父母的印象是十分模糊的。

嚴凝心站在墓碑前靜默兩分鐘後，對著源洛書說：『你是來調查什麼事？』

『我和妳一樣也是來查閱嚴楨和教授的手稿資料。』

『哦？這麼巧，不過你是怎麼知道我母親的手稿放在這個教堂裡？』

『是卜森院長生前告訴我的。』說完後，兩人一起進入了白色教堂。教堂內部的牆面上是由許多大小不同的石頭所堆砌而成，可以看得出歲月在上面所刻畫的痕跡。教堂的大廳擺放著十幾排細長的木桌，民眾可以在這裡自由的禱告或是聆聽牧師的教誨。周圍的柱子旁擺放著好幾座花籃，裡面插著五顏六色的小花，讓整個寧靜莊嚴的氣氛中帶著一點人性的溫暖。嚴凝心和源洛書穿過大廳，來到左後方的一個小房間裡面。房間的地板是一個黑白格子相間的西洋棋盤，而且右側牆壁的檯子上放著六個手掌大小的白色西洋棋子，分別是國王、皇后、主教、城堡、騎士以及士兵。在房間後方牆壁的正中央有一面圓形的鏡子，鏡子的前面有一片可以轉動的圓形偏振片，周圍則是刻畫著零到九十九的數字。他們走到了鏡子前面，源洛書轉動了一下偏振片，鏡子上竟然出現文字。源洛書小聲地說：『我記得卜森院長說過密碼會隨時間而改變。』

嚴凝心想了一下後說：『我想密碼應該是今天的年月日時分。』源洛書點點頭說：『我也是這樣想的。』他們開始轉動偏振片，將偏振片外框的刻痕對到數字二十一，鏡子上出現了國王—A8。源洛書喃喃自語的說：『西洋棋盤的直行是由英文數字A到H所表示，橫列是由數字1到8來表示。所以A8就是棋盤上第一行第八列的位置。』接著，他走過去把國王放到了A8的位置。這時嚴凝心已經將刻痕轉到下一個數字零五，然後說：『皇后－E6』，源洛書趕緊將皇后放到了E6的位置。當源洛書將所有西洋棋子都放到嚴凝心所指示的位置後，前面牆壁左下角的某一塊石頭突然打開，他們兩人走了過去，將石頭後面存放的文件以及書本取出來，拿到角落的一張木桌上翻閱著。源洛書一邊看，心理一邊想著：『這些文件記載著許多亞特蘭提斯的歷史，以及他們的科技文明。』這時他注意到嚴凝心正準備要翻看的書籍，封面寫著「永生的波茲曼大腦[16]」，他說：『凝心，妳相信宇宙中存在著波茲曼大腦？』

嚴凝心一邊翻閱著書籍，一邊說：『科學上是存在的。』

『我同意，但是我認為人類的意識不可能是一種波茲曼大腦，如果是，那代表意識可以不用以生命的形式存在。』

嚴凝心看著源洛書，平靜地說：『這的確是我所追求的。我正在尋找如何將人類的意識上傳到電腦的方法，這樣人類就可以不用被侷限在短暫的生命週期裡。一個人的死亡所留給親朋好友的卻是一輩子的痛苦，我想幫助人類脫離這種死亡離別所帶來的痛苦。只要意識永生不滅，人與人之間的情感就可以持續下去。』

源洛書深情地看著嚴凝心說：『凝心，這個世界的生與死是一種自然的規律，我從來不想去追求永生的秘密。人終有一死，這樣才會有新一代來傳承，就像秋天的枯葉裡總能冒出新的嫩芽。枯葉是新生命的養分，生命的價值在於傳承而不在於自身擁有的肉體或意識是否能夠永續。永恆不死的生命和意識是可怕的，這樣的社會是不會進步的，創造新的生命勝於保留步入黃昏的落葉。』

嚴凝心持續地翻閱著書籍，沈默不語。源洛書接著說：『凝心，妳願意再回來時空學院嗎？』嚴凝心的內心悸動了一下，然後看著源洛書說：『很抱歉，我在雪之城堡的研究還沒完成。』大約過了五分鐘，她突然說：『洛書，這些資料史籍我要帶回雪之城堡研究。』源洛書顯得有些著急的說：『但是我也需要這些資料來調查薩摩翼的復活。』接著，他將永生之書的內容還有他在瑟拉芬洞窟遇到的事很快地敘述給嚴凝心聽，同時從背包裡拿出永生之書給嚴凝心看。

嚴凝心專心地看著永生之書的內容，源洛書拿出夾在書中的那一頁亂碼說：『凝心，你母親所寫的這一頁讓我感到很奇怪，裡面的這些文字所拼湊出來的內容沒有任何意義。我不懂到底嚴

16請參見**科學筆記**Ⅱ：波茲曼的大腦 P374

楨和教授寫下這一頁亂碼的用意是什麼？我已經嘗試了許多方法，但是仍然破解不了。不知道妳是否有什麼想法？』

嚴凝心看著這一頁亂碼，腦中快速地思考著，這時大門附近傳來聲響，源洛書立刻出去房間外查看。一位白髮蒼蒼的年老牧師站在大門口那裡，他對源洛書說：『年輕人，可以請你幫我搬個東西嗎？』源洛書微笑的點點頭，跟著牧師來到教堂外面左邊的一間儲藏室。牧師手指著前面的一個櫃子說：『不好意思，可以幫我把這些肥料搬到那邊去嗎？』源洛書捲起袖子，微笑的點點頭說：『沒問題！』

肥料全部搬好之後，牧師獻上了深深的感謝，源洛書說：『這只是一點小事，請您不用放在心上。』當源洛書回到教堂裡面的小房間時，卻不見嚴凝心的身影，而且木桌上的書籍資料也都被帶走了，只剩下永生之書。他看到那一頁亂碼上面留有一個字條，字條上寫著圓周率的數學符號——「π」。他急忙拿著永生之書追了出去，但是嚴凝心卻早已不見蹤影。

第六章：巨石圓陣之謎

亞德里亞的反撲

佛多一行人乘坐著嚴凝心教授所提供的飛機離開了北極圈，朝著南方飛去。飛機上，佛多和阿萊莎對波特講述了這陣子發生的事，旁邊的艾格菲還不時地補充著。當波特聽到艾格菲描述城堡裡那些可怕的怪獸時，兩隻眼睛睜得大大的，露出驚恐地表情說：『艾格菲，聽起來好可怕喔，還好我沒有遇到這些怪獸。』

艾格菲開玩笑地說：『波特，說不定你早就有遇到，只是忘記而已。』

波特緊張了一下，然後安慰自己說：『還好我有忘記，這種可怕的事情還是不要記住的好。』

佛多和阿萊莎看到波特的表情，都露出了笑容。

艾格菲接著說：『阿萊莎，在前往庫西斯山脈調查亞特蘭提斯古國之前，我們是不是應該要先聯絡一下源院長，看看他有什麼建議。』

『我也是有這麼想過。源院長或許對這個古國的歷史有所了解，但是不知道要怎麼聯絡上他。』這時趴在旁邊的萊恩突然站起來說：『阿萊莎，我可以聯絡上他啊！』

旁邊的艾格菲開心地說：『是嗎！？太好了，萊恩。』萊恩開始嘗試和源洛書通話，此時遠在賽洛克城的源洛書正在旅館裡，準備前往齊凡德爾醫療中心。他的手錶突然發出了震動，他立刻按了一下手錶的螢幕說：『萊恩，怎麼樣，佛多和阿萊莎他們已經救出波特了嗎？』

萊恩說：『沒錯。我們都順利離開了。源教授，艾格菲有話跟你說，請等一下。』艾格菲很快地將雪之城堡發生的事告訴了源洛書。

源洛書一邊聽，一邊皺著眉頭，心裡想著：『看來壁畫上所描繪的那些怪獸真的存在，而且還隱藏在雪之城堡裡。』聽完艾格菲所說的之後，源洛書說：『最近真的發生太多事了。艾格菲，你們幾個獨自前往庫西斯山脈太危險了。你先帶佛多他們回時空學院，等我處理完事情就會回去。』艾格菲答應後，源洛書說：『謝謝你，艾格菲，請務必要將他們帶回學院，我有預感最近可能會發生一場災難。』

通話結束後，艾格菲納悶地說：『奇怪，到底是發生什麼事，可以讓源院長這麼擔心。』

旁邊的阿萊莎說：『艾格菲，回時空學院之前，我要先去一趟鬼面兵團的基地，看看奧法南哥哥他們的營救行動有沒有成功。』

艾格菲遲疑地說：『可是……』

佛多開心地說：『好啊。阿萊莎，我也想去看看鬼面兵團的基地長什麼樣子。』阿萊莎發現自從救回波特後，佛多似乎又恢復到以前開朗的樣子。

艾格菲無奈地說：『沒辦法，我現在去把飛行的目的地設定成鬼面兵團。』

就在他們前往鬼面兵團的同時，慕若希和法蒂雅公主的身影出現在錫芬尼克斯的一個村莊入口。

慕若希說：『伊莎貝爾，根據剛剛那位村民說的，波格姆先生的住處應該再過兩個路口就到了。』

法蒂雅一邊走，一邊問說：『若希，你從來沒有跟我提過派森·波格姆先生。看你這麼急著過來找他，應該是一位對你很重要的人。』

慕若希點點頭說：『波格姆先生和我共同背負著圖坦族最重要的秘密，所以我不能對任何人說。』

『這樣聽起來，波格姆先生也是圖坦族的族人？』

『是的，你還記得我曾經跟妳說過圖坦族在我出生那年發生一場嚴重的內戰，我的父母帶著我連夜逃離庫西斯山脈，隱姓埋名地居住在沙漠行者的村落。』

『我記得，後來你父母在你十歲時因為一場沙漠風暴的意外而過世，還好一位沙漠行者拉賽姆收養了你，並且教了你許多武功和草藥的知識。我父親也曾經跟我提過那場內戰，他說圖坦族族人的死傷非常慘烈，不少文物古籍都被破壞。內戰發生的前幾年他已經立法將那個地區設為圖坦族自治區，所以也沒有權力去干涉或阻止這場內戰。他所能做的就是盡可能地收容那些從自治區逃出來的圖坦族族人。』

幕若希突然停下腳步，低著頭說：『伊莎貝爾，很抱歉，其實我欺騙了妳。』

法蒂雅看著幕若希，停頓了一下後說：『若希，你不用道歉，我們夫妻這麼多年了，我相信你會說謊一定有你的原因。』

幕若希嘆了一口氣說：『我的母親其實是圖坦族部落的公主，她和我的父親都死於那場內戰，當時是波格姆先生帶著剛滿一歲的我逃出圖坦族自治區，把我交給一位他十分信任的好友撫養，也就是我的師傅拉賽姆。』

『原來如此，但是為什麼波格姆先生沒有親自撫養你呢？』

慕若希看著星空，沈默了十幾秒後說：『其實從小到大我都以為父母是死於一場沙塵暴的意外，直到我剛滿十八歲那年，我的師傅才將真正的身世告訴我。後來我獨自一人前來剛成立不久的溫特絲研究機構尋找波格姆先生。沒想到他看到我之後非常生氣，告誡我這輩子都不准再去找他。』法蒂雅露出一臉疑惑的表情，慕若希繼續說：『為了尋找我的身世，我申請前往提貝斯提火山，在那次登山的過程中，我被圖坦族的人帶到他們的部落。他們從我左前臂上的刺青認出我是慕夏公主的兒子。族裡的耆老告訴了我許多圖坦族的古老歷史，還帶我去父母的墳上祭拜。』

法蒂雅看著慕若希手臂上那個黃色的刺青符號說：『原來如此，你從小就有的刺青原來是圖坦族身份的象徵。不過，若希，我還是不懂為什麼波格姆先生不准你去找他。』

慕若希遲疑了一下後說：『伊莎貝爾，有些事情我必須要保密，希望妳能諒解。我只能告訴妳波格姆先生和我各自守護著半塊古地圖，如果這兩塊古地圖一旦拼起來就可以找到埋藏在地底下的阿坦拉。』

『阿坦拉？』

『很抱歉我不能告訴你阿坦拉是什麼。我和波格姆先生所背負的使命就是守護阿坦拉埋藏的位置，不要讓它被邪惡組織找到。』

法蒂雅恍然大悟地說：『所以波格姆先生不希望你去找他就是怕被人發現你們各自擁有半塊地圖。不過，你所說的邪惡組織難道是卡厄斯組織？』

慕若希點點頭說：『是的，妳也知道卡厄斯組織其實一直在暗中扶植桑諾克總裁，不斷地吸收摩爾共和國境內的青少年來壯大勢力。這個神秘的邪惡組織一直在世界各地挑起仇恨和紛爭，圖坦族那場傷亡慘烈的內戰也是他們從中策劃的。』

他們一起走到了派森爺爺的家門口，敲了敲門後，管家機器人大衛打開門說：『你好，請問有什麼事？』慕若希簡單的說明來意後，大衛：『慕若希先生，現在墓園已經關了，要等到明天早上才能帶您去。請先進來，波格姆先生生前有交代我說，如果您有過來，要我傳達一些話給您。』

慕若希和法蒂雅進入屋內後，大衛說：『波格姆先生有特別交代我，要先看一下您手臂上的刺青，以確定您的身份。』慕若希露出他左手臂上的刺青，大衛仔細地看過後說：『很好，您的確是慕若希本人，請跟我到房間裡。法蒂雅公主，請您在這裡稍坐一下。』

慕若希跟著大衛進入到書房裡，它將所有門窗和燈光都關上後，眼睛投影出派森爺爺的影像。

坐在椅子上的派森爺爺，手裡拿著煙斗說：『若希少爺，你看到這個影像代表我已經不在人世上。很抱歉，有些秘密必須等我死後才能告訴你。我原本是圖坦族卡拉達藍部落的武士，職責是保護你外公和你父母的安全。你外公是卡拉達藍部落的酋長，為人非常正直，一生都非常盡責地守護著古地圖。圖坦族發生內戰時，你外公和你父母為了不讓古地圖被卡厄斯組織的人搶走，命令我帶著古地圖和剛滿一歲的你逃離部落。我將你和一半的古地圖託付給我多年的好友拉賽姆，自己則是隱姓埋名到處流浪，為的就是要躲避卡厄斯組織的追查。你外公和父母用生命捍衛的古地圖絕對不能落入到卡厄斯組織的手裡，現在我已經不在這個世上，守護地圖的責任就交給你了。你千萬要好好保重，若希少爺。』說完後，畫面就消失了。

這時大衛打開書桌上的小檯燈，寫了一張字條，然後開啟胸前的金屬殼，從裡面拿出一個咖啡色的盒子。大衛將字條和盒子交給了慕若希的同時，對他說：『這個盒子是波格姆先生要我交給你的。』慕若希打開盒子後，發現裡面並沒有另外半塊古地圖，他心想：『奇怪，怎麼沒有另外半塊古地圖？』正當他感到疑惑時，他看到字條上寫著阿萊莎三個字，心中立刻猜出裡面的含義。

他們走出房間後，大衛說：『你們兩位今晚就先住在這裡，明天我再帶你們前往波格姆先生安葬的墓園。』慕若希和法蒂雅點點頭後，大衛就離開了客廳。

經過了十個多小時的飛行，此刻的太陽高掛在天空中，佛多一行人來到一片金黃色的沙漠，前方不遠處已經出現沙漠碉堡和瞭望台。阿萊莎說：『萊恩，你先通知鬼面兵團的人，請他們讓我們的飛機可以通過。』萊恩點點頭，從機艙門飛出去，快速地來到了瞭望台。幾分鐘後，飛機順利地飛過瞭望台，降落在碉堡側邊的廣場上。阿萊莎一走進鬼面兵團的基地後，立刻感受到一股哀傷的氣息，好幾個人的臉上都露出憂傷的表情，她心裡出現了不好的預感。阿萊莎看到了剛從會議室出來的凱恩，她一邊走向他，一邊說：『凱恩！』

凱恩看到阿萊莎，驚訝地說：『阿萊莎，妳……妳……妳怎麼在這裡？』

阿萊莎說：『我想過來看看奧法南哥哥。法蒂雅公主有順利救出來嗎？。』

凱恩眼神閃爍，一副欲言又止的樣子。阿萊莎皺著眉頭說：『到底發生什麼事了？』

凱恩吱吱嗚嗚地說：『那個……那個……就是……奧法南死了。』

一聽到這句話，阿萊莎整個人呆住，眼眶不自覺地充滿了淚水，旁邊的艾格菲也露出驚訝的表情。佛多看到阿萊莎難過的表情，內心也出現一種憂傷的感覺，同時手臂上的胎記又開始隱隱作痛。眼淚從阿萊莎的臉頰流下來，她難過地說：『怎麼可能，奧法南哥哥這麼英勇，怎麼可能會死。』

凱恩哀傷地說：『奧法南是被亞德里亞國王殺死的。』阿萊莎一聽到亞德里亞四個字，心頭出現一陣劇烈的刺痛，此刻她臉上的淚水已經分不出是哀傷還是痛苦。凱恩接著說：『是莉亞把奧法南的屍體揹回來，現在放在二樓的房間裡，我帶妳過去看他。』

阿萊莎將淚水擦乾，跟著凱恩來到二樓的一個房間，這個房間被臨時佈置成一個簡約的白色靈堂，正中央的地方擺放著一具棺木。此刻的奧法南闔著雙眼，一動也不動地躺在棺木裡，身體上覆蓋著一層白色的布。站在棺木旁邊的莉亞靜靜地看著奧法南的臉，阿萊莎走到莉亞身邊，看到她臉上的淚痕，一句話也說不出來。

莉亞溫柔地撫摸著奧法南消瘦凹陷的臉頰說：『經歷過這麼多場的戰鬥和生離死別的痛苦，他總算可以好好的睡一覺了。』阿萊莎看著奧法南那張飽受風霜的臉龐，默默地點著頭，眼淚又不自覺地流下來。

時間來到了下午四點，阿萊莎等人坐在會議室裡聽著莉亞講述那天晚上他們營救法蒂雅公主的過程以及奧法南如何死於亞德里亞國王的劍下。

莉亞說：『兩天後我要帶奧法南回他的故鄉，和他的母親葬在一起。』

阿萊莎語氣哀傷地說：『我也要去送奧法南哥哥最後一程。』佛多、波特和艾格菲也紛紛表示要一起去。

莉亞平靜地說：『謝謝你們。慕若希醫生和法蒂雅公主到時也會在錫芬尼克斯跟我們會合。』然而莉亞此刻的心裡正想著：『等奧法南安葬之後，我就要去替他報仇。』

突然警報聲大作，兩位少年從碉堡大門衝進來大聲地喊說：『不好了！大事不好了！外面出現了好多殖晶動物，我們被包圍了！』

莉亞和阿萊莎他們一聽到後，立刻跑到碉堡外面，前方出現一片塵土飛揚，整座碉堡的四周大約一公里的地方出現了許多手拿機關槍的紅毛猩猩，其中還有十幾隻身型十分壯碩，身上穿著金屬盔甲的黑猩猩。波特一看到這個場面，二話不說，馬上跳到佛多的肩膀上。他們立刻返回碉堡內，大部分的少年都已經聚集在裡面的廣場上，整個廣場鬧哄哄的，有些少年露出驚恐的眼神，有些則是表現出要決一死戰的態度。莉亞大聲說：『安靜！』這時整著廣場上突然安靜下來，莉亞接著說：『各位夥伴們，現在是我們鬼面兵團生死存亡的時刻，我知道你們當中有不少人願意用生命捍衛這個地方，但是我不希望看到你們任何一個人做無謂的犧牲。對方的兵力比我們強大太多，在這裡犧牲生命是沒有意義的。你們要知道鬼面兵團不會因為這座碉堡毀了就消失，只要我們活下去，只要拯救孩子不要被殖晶的信念還在，鬼面兵團就會存在下去。在這個生死存亡的時刻，我希望大家一定要保護好自己和隊友的生命，一起度過眼前的難關。』少年們看著彼此，露出一種信任的眼神。莉亞接著說：『現在我要徵求自願者，願意和我一起出去戰鬥，為其他人爭取逃離時間的人。』這時有十位年紀較大的少年紛紛舉手，莉亞看著他們說：『很好，你們立刻去穿上防彈背心和飛行裝，並且全副武裝。還有，不要忘記戴上鬼面具。』這些人連忙跑進大廳後面的房間，莉亞接著說：『剩下的人馬上從碉堡底下的沙漠隧道離開。』廣場的少年們紛紛地坐上吉普車，從大廳右邊一個通往地下隧道的入口離開。莉亞一邊穿著裝備一邊對著旁邊的凱恩說：『凱恩，你帶三位少年把奧法南的棺木運上吉普車，還有立刻去聯絡米撒，請他派人來支援那些從隧道離開的成員。』凱恩點點頭後就朝樓梯的方向跑去。

阿萊莎心裡對莉亞如此從容不迫的調度感到佩服，莉亞轉身對阿萊莎說：『你們也趕緊從隧道離開。』阿萊莎搖搖頭說：『我要留下來和妳並肩作戰。』

莉亞看著阿萊莎堅定的眼神說：『既然如此，你們先去後面穿上裝備，等待時機再出來。』

這時四周的殖晶動物已經來到距離碉堡兩百公尺的地方，突然，一聲響亮而尖銳的鳥叫聲劃破天際，亞德里亞國王乘坐著菲尼克斯從晚霞的天空中降落在殖晶隊伍的前面。莉亞看到廣場上還有許多人還沒離開，立刻對著十位裝備完成的自願者說：『西恩，你們五位去把貨櫃車發動著，等待我的命令再衝出來。其他五人跟我出去。』

從菲尼克斯背上下來的亞德里亞看到莉亞和其他五位鬼面人從碉堡裡出來，露出邪惡的笑容對莉亞說：『哈哈哈，沒想到你們鬼面兵團就只剩下你們這幾隻敢出來，其他人是打算躲在裡面等死嗎？果然是一群膽小的鼠輩。』

莉亞手裡拿著機關槍，生氣的說：『哼！對付你們這些殖晶動物，我們六位就綽綽有餘了。』

亞德里亞瞪大眼睛，保持微笑的說：『我還以為你們是要出來投降的。我告訴妳，今天沒有投降這個選項，我打算把你們全滅了，你們一個也別想跑。』

莉亞瞪著亞德里亞說：『你做了這麼多的壞事，讓巴梵莎的小孩去殖晶，又殺了奧法南，你以為我會放過你。』

『奧法南?哦，妳是說那位臉上有刀疤的少年。哈哈哈，我跟妳說，他能死在我劍下也應該感到榮幸了。』亞德里亞突然收起笑容，嚴肅地說：『妳根本什麼都不懂，妳以為你們鬼面兵團很厲害，總是能夠神出鬼沒的把小孩子抓走。我跟妳老實說，本王只是刻意不想把你們趕盡殺絕。如果把你們給滅了，本王深知到時還是會有另外一個反抗勢力會出現。與其要面對一個不確定的新勢力，不如讓你們這些不成氣候的鼠輩苟延殘喘的活著，這樣我也比較好掌控。但是，你們這次潛入本王宮殿的營救行動真的把我給惹惱了，我現在只想把你們給全滅了。』

莉亞生氣地說：『少在那裡說大話了，分明是你抓不到我們。』

亞德里亞將腰間的寶劍拔出，高舉著寶劍說：『我馬上就讓妳知道我說的是真話還是謊話。』接著一聲令下：『士兵們，進攻！』

黑猩猩捶打著胸膛，發出駭人的怒吼聲，所有殖晶動物瞬間蜂擁而上，莉亞緊握著槍，對旁邊的鬼面人說：『大家小心自身安全，盡量把這些動物引誘到遠一點的地方。』五位鬼面人點點頭後，就飛上天空，衝向殖晶士兵。槍聲此起彼落，莉亞和鬼面人英勇地戰鬥著。

就在莉亞和亞德里亞對話的同時，佛多他們已經穿好裝備。佛多從門縫看著外面的情況，然後說：『我有一個計畫。』他很快地說完他的計畫，艾格菲拍了一下佛多的肩膀，微笑地說：『好方法。』說完後就和波特一起從碉堡後面的一個小門偷偷地溜出去。佛多穿著飛行裝從碉堡頂部的出口飛到外面，阿萊莎則是騎上萊恩跟著飛了出去。

戰鬥不斷的持續著，這時有一隻體型特別大的黑猩猩已經來到碉堡的大門，窗戶的附近也出現好幾隻紅毛猩猩。還好碉堡的人員早已啟動了鋼門的自動裝置，所有的門窗都已經覆蓋著一片很厚的鋼板。大猩猩一邊怒吼，一邊用力的捶打著大門。怒吼聲加上響亮的咚咚聲令人感到毛骨悚然。此時碉堡裡還剩下八輛吉普車還沒撤退，眼前的情勢相當危急。五位分別坐在五輛貨櫃車上的鬼面人正焦急的等待著莉亞的信號，西恩心裡非常擔憂，他想：『希望這些鋼板可以撐久一點，萬一敵人這時候衝進來發現隧道，那就完蛋了。』

一連串碰碰碰的機關槍聲出現在窗戶外面，鋼板上瞬間出現許多凹洞，好幾隻紅毛猩猩正拿著機關槍對著鋼板瘋狂的掃射。佛多說：『阿萊莎，妳去幫助莉亞，我去對付門口那隻大猩猩。』阿萊莎拿出手槍，騎著萊恩飛向了戰場。

此時只剩下三名鬼面人還在奮力的作戰著，另外兩名已經被黑猩猩猛烈的拳擊擊中頭部，躺在地上昏迷不醒。莉亞熟練地操控著飛行裝，在空中靈巧地躲避著猩猩們的攻擊，此時身中數槍的她，還好有防彈衣的保護，才沒有造成嚴重的傷害。她不斷地開槍射擊，並且朝著亞德里亞的方向飛去。大門前的巨型黑猩猩已經把鋼板擊出一個非常大的凹洞，感覺馬上就要被擊破。佛多來到大猩猩的後面說：『嗨，大猩猩，你不要一直打門口，那樣手會痛。要不要我陪你玩。』大猩猩轉過身來看著佛多，雙拳鎚打著胸部，怒吼地說：『你找死！』說完，立刻一拳飛出，佛多用力一蹬跳到半空中，同時啟動了身上的飛行噴射器。他如同一隻蜻蜓般忽快忽慢的飛行著，大猩猩不斷地連續出拳卻始終撲了個空。在他閃躲大猩猩攻擊的同時，用阿特拉斯射出許多道雷射光。雷射光準確地擊中了聚集在窗戶前面那些紅毛猩猩的機關槍，這些機關槍立刻無法發射。

莉亞此時已經來到亞德里亞所在位置的上空，心中瞬間燃起了一股仇恨的怒火。一心想為奧法南報仇的她，對著亞德里亞瘋狂的掃射。亞德里亞一邊閃躲著子彈，一邊說：『這種雕蟲小技對我是沒有用的。』說完後，以迅雷不及掩耳的速度跳到莉亞的眼前，莉亞萬萬沒有想到他可以跳這麼高，一個恍神，亞德里亞的劍已經刺向她的心窩。突然一顆子彈擦過了寶劍，亞德里亞的劍一偏，刺進了莉亞的左肩膀。啊的一聲，莉亞鬆開了機關槍，同時身體開始往下墜。剛射出子彈的阿萊莎，趕緊騎著萊恩，在莉亞撞擊到地面前接住她。阿萊莎說：『莉亞，碉堡裡的人還在等妳的訊號。』被仇恨沖昏頭的莉亞瞬間清醒過來，忍著肩上的疼痛，趕緊從背後拿出信號槍，朝空中發射。咻地一聲響徹雲霄，此時碉堡裡所有人員都已經進入隧道，突然五個不同方位的門同時開啟，五輛巨型的貨櫃車從裡面快速地衝出來。西恩刻意朝著莉亞大喊說：『莉亞，計畫成功了。所有人員都順利上車了，妳也趕快離開。』亞德里亞一聽到後，馬上下令所有士兵務必攔住貨櫃車。他緩緩走向阿萊莎，語氣憤怒地說：『又是妳來壞我的好事，今天休想活著離開。』阿萊莎擋在受傷的莉亞前面，拿著手槍瞄準亞德里亞，但是她的雙手卻不聽使喚，一直劇烈地顫抖著。亞德里亞嘲笑的說：『哈哈哈，妳連槍都拿不穩，還想擊敗我。』

朝著阿萊莎飛過來的佛多看到這一幕，心裡感到奇怪。旁邊的萊恩突然跳到阿萊莎和亞德里亞的中間，溫特絲的聲音再度出現：『馬克，你趕快清醒過來！我知道晶片控制著你的大腦，但是不要忘了你還有靈魂，這是晶片沒有辦法控制你的。』聽到這些話的亞德里亞，整個人愣在那裡，但是自從上次的塔爾加戰爭之後，齊云生已經為他裝上最新的強化版晶片。過了五秒後，他回神過來說：『你這隻可惡的小獅子，我先把你解決掉。』說完後，縱身一跳，用劍刺向萊恩。突然一道雷射光射向了寶劍，寶劍瞬間斷成兩截。亞德里亞第一次露出驚慌的表情，他心想：『佛多竟然可以將我這把特殊材質的劍打斷。』

此時天空傳來飛機的聲音，波特和艾格菲駕駛著飛機來到了佛多的上空。佛多對著阿萊莎說：『時候到了，我們趕緊離開。』阿萊莎立刻騎上萊恩，佛多則是揹起了莉亞，一起飛到空中，順利地進入飛機裡。受傷的莉亞拿出了一個遙控器，按下了開關。劇烈的爆炸火焰從碉堡裡冒出來，同時伴隨著巨大的爆炸聲，鬼面兵團的沙漠碉堡瞬間移為平地。

亞德里亞看到準備要離開的飛機，立刻命令菲尼克斯追過去。菲尼克斯拍動著巨大的翅膀飛到空中，悄悄地跟在佛多他們的飛機後面。

祖靈的阿坦拉

飛機朝著摩爾共和國的方向飛去，駕駛艙內的艾格菲趕緊過來查看莉亞的傷勢。佛多和阿萊莎已經暫時幫莉亞的傷口止住血，莉亞忍著疼痛說：『真是謝謝你們，我沒想到亞德里亞這麼厲害。』

佛多笑著說：『不用客氣。』

莉亞擔憂地說：『不知道西恩他們有沒有順利逃脫？』

旁邊的阿萊莎說：『莉亞，妳的傷勢需要立即治療，我們先送你到慕若希醫生那裡。』莉亞點點頭後，阿萊莎便朝著駕駛艙的方向走去。

莉亞看著白色小獅子說：『萊恩，你剛剛為什麼會出現一個女子的聲音，而且還稱呼亞德里亞為馬克？馬克是誰？』

萊恩恢復成小男孩的聲音說：『有嗎？我不記得了耶。』旁邊的佛多當時也有聽到溫特絲所說的話，他回想著阿萊莎的神情與動作，心裡想著：『難道亞德里亞國王是阿萊莎的親生父親，馬克．艾伯斯。』

來到駕駛座旁邊的阿萊莎，對著正在駕駛飛機的波特，微笑地說：『波特，想不到你駕駛飛機的技術還不錯呢。』

波特露出一臉自信的表情說：『操控飛機這種事對我來說是小意思啦，我連哥白尼太空號都開過了。老實跟妳說，我很想參加黎曼通道，那個競賽看起來很刺激呢。』

阿萊莎坐到旁邊的副駕駛座上，笑著說：『可以啊，等我們回到時空學院，請源院長幫你安排一下。』

波特開心地說：『好耶！』

『不過我們要先到摩爾共和國的農業草藥中心，莉亞的傷口需要治療。』波特點點頭後，調整了飛行的方向。

待在機艙內的眾人絲毫沒有察覺到他們已經被跟蹤，菲尼克斯正無聲無息地跟在他們的後方，牠腦中的晶片可以發射無線訊號讓亞德里亞國王追蹤到牠的位置。此時飛機已經來到庫西斯山脈的上空，持續的往東邊飛行。大約再一小時就可以抵達農業草藥中心。突然，雷達傳出了警示聲，阿萊莎看到螢幕上出現了四個不明飛行物體。波特驚慌地說：『後面好像有人在追我們。』

話才一說完，螢幕上出現一顆紅點正在快速地接近他們，阿萊莎趕緊說：『波特，那是飛彈，趕快躲開。』波特一聽到，立刻做了一個急速迴旋，飛彈從機翼旁邊呼嘯而過，兩秒後，旁邊的山腰出現爆炸的火焰和濃煙。體力不支而陷入沈睡的莉亞因為機艙的劇烈震動而驚醒，她問：『發生什麼事了？』

佛多說：『我們好像被攻擊了，我去駕駛艙那裡看看。』話才一說完，機艙內再度出現劇烈的搖晃，同時響起了警報聲。佛多一跑到駕駛艙內，便聽到阿萊莎說：『波特，你先飛進去左前方那個峽谷裡。』波特點點頭，專心地駕駛著飛機。阿萊莎對佛多說：『有四架戰鬥機在攻擊我們，我猜機翼可能被子彈打到了。』

飛機進入了蜿蜒的峽谷裡，四架戰鬥機緊追在後，波特巧妙的利用峽谷的地形躲過了三顆飛彈的攻擊。阿萊莎說：『波特，你真是厲害。』

波特傻笑地說：『這沒什麼啦。』

五架飛機以極快地速度低空飛行著，引擎聲迴盪在整個山谷裡，彷佛是一場飛行競賽。突然正前方出現一片密密麻麻的黑色無人機，數量多得嚇人。這些手掌大小的無人機如同蝗蟲過境般，衝向波特駕駛的飛機以及後面的戰鬥機。它們一台接著一台地吸附在機殼上，機身頓時佈滿了無人機。不到五秒鐘的時間，這些無人機紛紛發生了自爆，雖然爆炸的威力不大，卻足以將機殼燒出一個小洞。此時飛機已經出現失速的情況，波特趕緊啟動備用渦輪引擎，專心地控制著機翼各個部位的角度。後面四架戰鬥機已經紛紛因為失速而墜毀在山壁上，此時的波特慢慢地將機身拉平，旁邊的阿萊莎拿起駕駛艙的廣播器說：『大家趕緊繫上安全帶，我們準備要迫降了。』

五秒過後，咚咚咚，幾聲巨大的撞擊聲，同時伴隨著一陣摩擦聲之後，飛機順利地降落在山谷裡，不過好幾處的機身都出現了明顯的裂痕。阿萊莎抱著波特說：『你真是太棒了。』波特摸著頭傻笑著。佛多趕緊來到機艙內查看，還好莉亞和艾格菲都繫著安全帶，所以沒有受到嚴重的撞擊。

莉亞此時已經陷入意識不清的情況，佛多揹起莉亞說：『我們趕緊離開這裡。』阿萊莎抱著波特，跟著佛多和艾格菲離開這個殘破不堪的機艙。一來到外面，到處都是一片漆黑，艾格菲看了一下時間以及夜空中月亮的位置，指著右前方說：『那個方向是東邊，我們朝東邊一直走就可以離開這片山脈了。』

阿萊莎看著周圍陡峭的山壁說：『這片山脈就是嚴凝心所提到的庫西斯山脈，或許我們會遇到居住在這裡的圖坦族。』

佛多小心地將昏迷的莉亞放在萊恩身上，然後開啟手中的阿特拉斯說：『走吧，莉亞需要盡快獲得醫治。』

山谷間繚繞著朦朧霧氣，空氣中還瀰漫著一股硫磺的味道。他們沿著山路持續地往東邊的方向前進，兩旁不時地會傳出窸窸窣窣的聲音。自從他們的飛機迫降之後，就有許多黑色的機械蜘蛛隱身在山壁裡，默默地監視著他們。這些蜘蛛一直無聲無息地跟著他們，佛多內心已經感覺到有些不對勁。就在他們快要抵達提貝斯提火山時，山壁的四周傳出一陣恐怖地狼嚎聲，劃破了寧靜的夜晚。一處陡峭的岩壁上站著一隻機械白狼，上面坐著一位蒙面少女。

月光下的少女從腰間抽出了彎刀，指著佛多說：『好大的膽子，竟敢私自闖入我們圖坦族的領地。』話一說完，四周的山壁瞬間竄出好幾位騎著機械白狼的蒙面少女。

白狼快速地衝向他們，佛多說：『大家小心！』阿萊莎連忙掏出手槍，艾格菲則是拿出他自製的金屬回力鏢。

一場激烈的戰鬥隨即展開，兩位蒙面少女射出好幾支弓箭，阿萊莎和艾格菲趕緊閃開，驚險地躲過弓箭的射擊。波特和萊恩帶著昏迷的莉亞躲到了一塊大岩石的後面。三位手持彎刀的少女同時攻擊著佛多，佛多一直採取著被動的防守。阿萊莎和艾格菲不斷地奔跑，尋找著掩蔽物。艾格菲氣喘吁吁地說：『阿萊莎，這趟旅程結束後，妳還是跟我回時空學院，外面真是太危險了。』

阿萊莎給了艾格菲一個白眼，突然她注意到有一隻機械白狼偷偷地來到了波特和萊恩的身後，準備攻擊他們。阿萊莎大喊一聲：『波特，小心！』艾格菲趕緊瞄準一下方位後，用力丟出回力鏢。旋轉的回力鏢在空中畫出一道美麗的弧線，不偏不倚地擊中了機械白狼，白狼應聲倒地。佛多看到這個情況，勾起了當初波特為他擋下子彈的畫面，心中出現了一絲的憤怒，手臂上的胎記突然閃耀出綠色的光芒。此時站在山壁上的彎刀少女注意到了佛多的胎記，頓時感到十分震驚，然而這時的佛多已經拿著阿特拉斯，瞄準了少女所在岩壁的下方。一道非常強烈的紫光瞬間射出，整個岩壁被射出一個巨大的凹洞，同時伴隨著巨大的轟隆聲。彎刀少女所站的地方整個開始崩塌。機械白狼立刻一躍而出，來到了地面上。

彎刀少女大喊一聲：『所有人停止攻擊！』所有蒙面少女和白狼立刻停下來。彎刀少女走到佛多面前，語氣略顯激動地說：『你是時空旅人嗎？』

佛多疑惑地說：『時空旅人？我想妳認錯人了，我叫佛多。』

彎刀少女看著佛多手臂上葉子形狀的胎記，語氣堅定的說：『我不會認錯人的，你一定是時空旅人，你來自科斯摩斯星球，對嗎？』

佛多點點頭說：『請問妳是？』

彎刀少女將黑色面罩脫下後說：『我是圖坦族部落的公主，我叫阿努伊．蒂芙奈斯。我的祖先跟你一樣都是來自科斯摩斯星球。』

佛多想起了在雪之城堡時，銀芬妮提對他說的話。他心想：『難道圖坦族的祖先也是來自我的星球。』

阿努伊公主接著說：『佛多，你必須跟我去一趟圖坦族的部落，我們族人一直在等待你的到來。』

此時阿萊莎和艾格菲已經帶著波特和萊恩還有昏迷的莉亞來到佛多身邊，佛多說：『但是我的朋友昏迷不醒，我必須先帶她去醫治。』

『你不用擔心，我們部落裡有精通醫術的人可以醫治你的朋友。』

佛多和阿萊莎對看了一眼後說：『好，我們跟妳去。』

阿努伊公主帶著他們進入了提貝斯提火山，一行人走在一條十分隱密的漆黑小徑上，白狼的眼睛投射出兩束白光，照耀著前方的路。阿努伊說：『佛多，這個禮拜是我們部落的祖靈祭，會有許多的慶典活動。』

走在阿努伊旁邊的佛多說：『妳認識一位叫做銀芬妮提．羽的人嗎？』

阿努伊一聽到這個名字，突然停下腳步，表情變得很嚴肅地說：『你怎麼會知道這個名字，難道你見過她？』佛多很快地敘述了他在雪之城堡遇到銀芬妮提的經過。

『她是羽族的領導者。羽族和圖坦族是世仇，雖然我們的祖先都是來自科斯摩斯星球，但是來到地球之後，他們卻墮入到黑暗的勢力。』

『妳說的黑暗勢力就是銀芬妮提所說的薩摩翼？』

阿努伊停頓了一下後說：『是的。佛多，我們還是先到部落再說吧。』

大約過了半小時後，他們的前方出現了一大片樹林，阿萊莎看到許多木屋座落在樹林之中。阿努伊對著旁邊一位騎在白狼上的少女說：『瑪雅娜，妳立刻帶那位受傷的朋友去找思靈賽婆婆。』少女點點頭後，阿萊莎揹起昏迷的莉亞跟著瑪雅娜離開，萊恩也緊跟在後。

剩下的人跟著阿努伊來到了部落的一個廣場，此時的廣場上已經聚集著許多族人，每個人的身上都穿著很特別的慶典服裝。一群人圍在廣場中間那座營火塔開心地跳著舞，旁邊還有許多人一邊拍著手，一邊唱著傳統的歌謠。他們那輕盈曼妙的舞姿感染著在場的每個人，一片歡樂的氣氛瀰漫在整個廣場上。

阿努伊說：『佛多，我們一年一度的播種慶典馬上就要開始，這兩位少女會安排你們入座。我要去換慶典的服裝，先失陪了。』說完後就進入旁邊的一間屋子內。

時間已經接近午夜十二點，一輪明月高掛在天空中。阿努伊穿著一件翠綠色的長袍出現在廣場上，長袍上面還繡著許多奇特的紅色圖案。她的頭上戴著一個鑲著許多貝殼和珍珠的銀色頭冠，兩邊還有一串串的松綠石隨風搖擺，這是部落最高權力的象徵。廣場上的族人們都已經安靜下來，她看了佛多一眼，青澀的少女臉龐上露出了一抹微笑，然而在她那純真的笑容背後，所散發出來的卻是一股沈重的責任與使命。

阿努伊舉止莊重的走到一張鑲滿黃金、松綠石和琉璃的木製寶座前，旁邊站著一位年紀大約六十多歲，體型壯碩的巫師。他的手裡握著一根雕刻細緻的木杖，頂端還鑲著一顆手掌大小的水晶球。阿努伊平靜地說：『撒可努巫師，可以開始慶典儀式了。』

撒可努拄著木杖，緩緩地走到阿努伊公主正前方五公尺的地方，那裡有一張長形的木桌，上面放著一個古老的盒子和一個形狀很奇特的玻璃瓶。撒可努看著廣場上的族人，聲音宏亮地說：『今晚是我們瓦拉克部落祖靈祭的播種慶典，慶典儀式正式開始。』說完後，他慢慢地將木杖放在桌上，打開了木盒，裡面放著各式各樣不同品種的種子。他用雙手將旁邊的玻璃瓶高高地舉起，對著天上的滿月說：『來自提貝斯提山的聖水，裝在永遠裝不滿的克萊因瓶[17]裡，灑在這些珍貴的種子上，為我們孕育出新的生命。』接著他將水緩慢地倒進了盒子裡，然後帶著盒子來到阿努伊公主的前面，將盒子交給她。

部落的族人們開始一個接著一個來到阿努伊公主的面前領取神聖的種子，阿努伊公主將種子交給他們的時候，也同時為每個人做了一個祈福的動作。這時一位母親抱著剛出生的小嬰兒來到阿努伊面前，阿努伊抱起了嬰兒，開心的在他臉頰上親吻了一下。艾格菲看到阿努伊臉上所流露出的那份真摯情感，內心產生了一種奇妙的感覺。

當每個人都領取完種子之後，阿努伊從座位上站起來說：『親愛的族人們，一年一度的播種慶典，不只是象徵著一種生命的延續，同時也是象徵著一種生命的傳承。新的生命需要舊的生命來守護才能成長，舊的生命需要新生命的誕生才能延續，新舊不停的交替才能讓生命永不止息。在這個美好的夜晚，請大家盡情的唱歌跳舞，讓生命的歡樂延續下去。』

說完後，旁邊的撒可努巫師高舉木杖，大聲地說：『願阿努伊公主殿下持續帶領我們瓦拉克部落走向光明的未來。』廣場上的族人們也跟著高聲呼喊。

掌聲和呼喊聲結束後，十二位青年拿著火炬分別從廣場的左右兩邊走進來，他們圍在了營火塔前，一起點燃了這座高塔。熊熊的火燄在夜空下顯得格外耀眼，廣場上的族人們開心的唱歌跳舞，飲酒作樂。阿努伊公主脫下銀色頭冠，加入了跳舞的行列，臉上露出了燦爛地笑容。坐在一旁的艾格菲不時地望著她，欣賞著她那輕盈優雅的舞姿，此刻阿努伊美麗的倩影已經深深烙印在艾格菲的腦海中。

結束跳舞的阿努伊公主來到佛多和波特的身邊說：『佛多，我想請你跟我去見思靈賽婆婆。她是我們部落裡最年長的耆老，已經一百二十歲了。她知道許多過去的歷史。』佛多點點頭，旁邊的艾格菲看著阿努伊，突然顯得有些害羞的說：『我也要去。』

阿努伊說：『好，請跟我來。』

他們一行人來到了一間古老的木屋門口，屋內有一張圓形的木桌和八張石椅，其中一張石椅上坐著一位滿臉皺紋，頭髮斑白的老婦人。凹陷的雙眼和稀疏的牙齒是歲月在她臉上所刻畫的痕跡，她的左右兩邊各坐著撒可努巫師和阿萊莎。

老婦人一看到走進屋內的佛多，情緒顯得非常激動。她全身顫抖著想站起來，阿萊莎連忙過

---

17 請參見**科學筆記Ⅱ**：克萊因瓶 P378

去將她扶起，跟著她來到佛多的眼前。她仔細地端詳著佛多，不知不覺地流下淚來。她一邊擦拭著眼淚，一邊微微顫抖地說：『沒想到我有生之年能見到時空旅人。』

佛多看著老婦人那雙充滿故事的眼睛，微笑的說：『您好，我叫佛多。』

老婦人拉著佛多坐到了她的旁邊說：『一定是祖靈召喚你過來的。』

坐在對面的阿努伊說：『還沒跟你們介紹，她就是我們部落的耆老，思靈賽婆婆。』

旁邊的撒可努說：『阿努伊公主，梅尼斯之眼已經被羽族的人奪走，如今時空旅人已經出現了。我們應該要趕緊找到祖靈的阿坦拉。』

阿努伊公主猶豫地說：『但是我們的目的是要守護阿坦拉，讓祂永遠地沈睡在地底下，一旦我們找到祂，就有可能被羽族的人奪走。』

撒可努喝了一口手上的伏特加後，不高興地說：『公主，恕我直言，妳難道忘記妳父親的遺志了嗎？他的遺願就是要消滅羽族，復興圖坦族，但最後還是中了羽族的詭計而喪命。我們如果在一直是這樣的鴕鳥心態，遲早有一天會被羽族消滅的。』

阿努伊擔憂地說：『不過他們已經擁有梅尼斯之眼，如果阿坦拉真的被他們奪去，那薩摩翼就會復活了。』

撒可努自信滿滿地說：『這有什麼好擔心的，我們只要找出毀掉梅尼斯之眼的辦法就好了，更何況我們現在擁有時空旅人，他一定可以對付薩摩翼的。』此時的佛多在一旁靜靜地聽著他們的對話。

阿努伊有些不高興地說：『但是古地圖已經遺失了，就算我們現在想去尋找阿坦拉也沒辦法。』

撒可努微笑地說：『只要公主同意去尋找阿坦拉，我立刻派人去調查古地圖的下落。』旁邊的阿萊莎一聽到古地圖，心想：『難道他們說的古地圖就是派森爺爺交給我的遺物。』

這時思靈賽突然嚴肅地說：『好了，你們兩位不要說了。』然後看著撒可努說：『你難道忘了三十五年前的那一場內戰嗎？當時巴蘭部落的首領為了得到阿坦拉，率領精英部隊去攻打卡拉達藍部落，想要搶奪古地圖。最後導致卡拉達藍部落的滅亡，連慕夏公主一家也難逃這場災難。阿努伊的爺爺派兵連夜趕去援助也為時已晚，這血淋淋的歷史難道還沒讓你學到教訓嗎？』

撒可努皺著眉頭說：『我擔心的是黑暗的勢力會越來越強大，羽族遲早有一天還是會找到阿坦拉，到時我們可能連守護阿坦拉的能力都沒有。如今時空旅人已經出現，只要我們獲得阿坦拉，就可以一舉消滅所有黑暗勢力。』

思靈賽平靜地說：『撒可努，我活了這麼一大把歲數才深深體會到，沒有了黑暗，光明也不會存在。獲得了阿坦拉所帶來的是圖坦族的復興還是永無止境的爭奪，沒有人知道。破壞了梅尼斯之眼所帶來的是黑暗勢力的毀滅還是甦醒，也沒有人知道。宇宙萬物有它運行的道理，渺小的我們只能不斷地去探索這個道理。』

撒可努將伏特加一飲而盡，然後說：『思靈賽婆婆，我不懂您說的道理是什麼。我只知道時空旅人可以操控戰神的力量，所以我們一定可以消滅黑暗勢力。』

思靈賽突然生氣地說：『撒可努，你不要再說了。』說完後開始不停地咳嗽。

撒可努見狀，自討沒趣地說：『算了，我先離開了。』說完後就起身離開了房間。

阿萊莎趕緊過去輕輕拍打思靈賽婆婆的背，十秒過後，思靈賽說：『謝謝妳，阿萊莎。』

佛多見思靈賽恢復平靜後說：『思靈賽婆婆，請問您阿坦拉是什麼？』

思靈賽靜靜地看著佛多幾秒後，對旁邊的阿萊莎說：『可以請妳和那位金髮少年先離開房間嗎？有些事只有圖坦族人與時空旅人可以知道。』阿萊莎點點頭後，就和艾格菲一起離開房間。

思靈賽伸出右手說：『阿努伊，扶我一下。』阿努伊連忙將思靈賽扶起來，她們帶著佛多和波特來到了臥室，裡面的擺設很簡單，只有一張單人床和一個木製衣櫃。牆壁上到處都畫著很奇特的符號和圖形，思靈賽一拐一拐地走到牆壁的某一處，對著眼前畫著的地方輕輕敲打著，『叩叩叩、叩、叩叩叩叩叩、叩、叩叩叩叩叩』。兩秒後，單人床自動地移到左邊，床底下的地板也跟著打開，出現了一個通往地底的通道。佛多一進入通道後，立刻發現這是一條自動輸送帶。他們來到了地底下二十公尺的一個平台，旁邊停放著一條列車大小的機械巨蛇。

他們走進了巨蛇的身體裡，門一關上後，巨蛇便開始移動，快速地在地底下的隧道裡爬行，幾分鐘後就來到了另外一個平台。他們走到前面的一扇門，阿努伊舉起右手，將她手臂上的紅色刺青對著門上的一個螢幕。滴滴兩聲後，門自動打開，裡面出現的是一個文物儲藏室，存放著不同大小的石碑、竹簡、莎草紙和獸皮等非常古老的文物。佛多驚訝地看著石碑上的碑文，那是他熟悉的科斯摩斯文字。

思靈賽緩緩地說：『這裡是我們圖坦族最重要的儲藏室，裡面保存著圖坦族所有古老的文獻紀錄，最早可以追溯到一萬多年前。』

佛多對眼前的這一切感到震驚不已，他的心臟劇烈的跳動著。思靈賽帶著佛多來到一塊黑色的石碑說：『這是我們保存最古老的石碑。』

佛多一邊閱讀著石碑上的科斯摩斯文字，一邊說：『這裡記錄了時空旅人先行者伊卡旺為了消滅薩摩翼追到了地球上，在這裡展開一場大戰，並且犧牲了自己來摧毀薩摩翼。』

思靈賽點點頭說：『沒錯。佛多，這裡存放的一些特別古老的文獻紀錄都是殘缺不全的。』她喘了一口氣後繼續說：『因為八千年那場圖坦族和羽族的世紀之戰，摧毀了整個亞特蘭提斯的文明，只有少數逃離戰爭的生還者將當時一些破碎的文獻紀錄帶走，才得以流傳下來。』

思靈賽帶著佛多來到一個放著許多莎草紙的櫃子前說：『我一輩子都在研究這個房間裡的資料，那場世紀之戰後，殘存的圖坦族就一直隱居在庫西斯山脈，你眼前的這些莎草紙文獻就是他們所遺留下來的，除了這一本。』她緩慢地從櫃子裡拿出一本由莎草紙所製作而成的古老書籍，封面上還有一個Ψ的記號。她交給了佛多，然後說：『這本書叫永生之書，它是屬於世紀之戰發生前的文物，也是我們保存最古老的書籍。』

佛多小心地翻閱著裡面的內容，思靈賽接著說：『根據我們的文獻資料，永生之書是由羽族長老所撰寫的，一共有兩本。這兩本書原本都是由羽族所保管的，但是世紀之戰即將爆發前，我們圖坦族從羽族那裡偷過來一本。』

佛多看著這本書的內容說：『薩摩翼復活需要梅尼斯之眼和祖靈阿坦拉的力量。』他抬頭看著思靈賽，好奇地說：『所以您之前提到的阿坦拉到底是什麼？』

思靈賽深深地吸了一口氣後，壓抑著情緒的起伏，保持冷靜地說：『祖靈的阿坦拉就是先行者伊卡旺的大腦。傳說裡面保存著伊卡旺所有的知識和祂原始的能量，只要獲得阿坦拉就可以擁有至高無上的能力，甚至可以改變整個宇宙的運行規律。』

佛多聽完後，平靜地說了一句：『是嗎？這聽起來一點都不好玩。』

思靈賽聽著佛多的回答，內心突然平靜下來，臉上露出了微笑。佛多接著問：『所以依照永生之書，只要獲得梅尼斯之眼和伊卡旺的大腦就可以復活薩摩翼？』

思靈賽點點頭說：『現在羽族已經獲得梅尼斯之眼，我們不能再讓他們奪走伊卡旺的大腦。』

『您剛剛說的古地圖是不是記錄著伊卡旺大腦存放的位置？』

『是的。亞特蘭提斯毀滅後，就沉入到地底下，沒有人知道入口在哪裡。圖坦族所守護的古地圖裡面有亞特蘭提斯沈沒的位置以及城市內部的地圖。更重要的是它詳細地標示了伊卡旺大腦所存放的地方。』

佛多繼續翻閱著永生之書，裡面記載著薩摩翼的力量可以讓人獲得權力，也可以滿足人的慾望。他小心地闔上這本書說：『思靈賽婆婆，您對薩摩翼的了解有多少？』

思靈賽皺了一下眉頭說：『薩摩翼是宇宙之初就誕生的一種黑暗力量，祂能迷惑人心，挑起仇恨與貪婪，甚至帶來疾病與戰爭。祂是一切邪惡的來源，痛苦、嫉妒以及憤怒都是讓祂不斷壯大的養分。』

佛多將永生之書交還給思靈賽說：『既然如此，我去幫您把梅尼斯之眼從羽族的手裡奪回來，不過我希望您能答應我一件事。』旁邊的波特一聽到佛多說的，臉上立刻露出了驚慌的神情。

思靈賽看著佛多那雙清澈的眼睛說：『什麼事？』

『我想再過來這個文物儲藏室研究圖坦族的歷史，我對他們在地球上的生活很感興趣。』思靈賽微笑地看著佛多，旁邊的阿努伊說：『佛多，我也跟你一起去。』旁邊的波特用一種害怕的語氣說：『那……那……那我也要去。』

佛多抱起波特說：『波特，你不用擔心，我保證不會再讓你受到任何傷害。』

不久後他們一起回到了思靈賽的房間，此時已經凌晨兩點，佛多和波特告別思靈賽婆婆之後，便前往阿萊莎和萊恩所在的房間探視莉亞的傷勢。正在照顧莉亞的阿萊莎小聲地說：『她已經好多了，應該再休息一兩天就可以康復了。』佛多和波特微笑地點點頭，然後告知阿萊莎和萊恩他們打算去奪回梅尼斯之眼的事，阿萊莎說：『我也跟你們一起去。』

波特開心地說：『好耶！』阿萊莎比了一個噓的手勢說：『波特，小聲點啦。』佛多和波特離開了房間，等待明天的討論計畫。

戈貝克巨石陣

在佛多參加圖坦族播種慶典的同一時間，時空學院的秘密實驗室裡出現源洛書的身影。自從他從海邊的教堂回來後，就一直待在秘密實驗室裡。他看著嚴凝心寫下的 π，腦中不停地思考著：『π 是一個無理數也是超越數，可以表達成一個無窮級數或是無窮乘積。啊！難道是要利用無窮數列裡所存在的規律來重新排列這一頁文字。』他趕緊打開桌上的電腦，將嚴楨和所寫下的那一頁亂碼輸入到電腦裡，將這些文字以無窮數列的規律重新排列。他嘗試了半小時之後，還是無法拼湊出任何有意義的字句。

他垂頭喪氣地，繼續思考著：『奇怪，沒辦法。難道是要利用拓撲學裡的高斯－博內定理？但是高斯曲率和邊界的測地曲率要怎麼選？先試試看凸多面體好了，它們的歐拉示性數是一樣的。』他利用電腦將文字排列在不同的多面體上，不斷地改變排列的方式。時間又過了一個小時，他嘆了一口氣說：『唉，還是不行，凹面體也試過了。』此刻的他感到有些心煩意亂，他起身走到旁邊，喝了一杯咖啡，在房間裡不停地來回踱步著。他心想：『還是和物理定律有關？π 出現在單擺的週期，也出現在海森堡的測不準原理。π 和自然現象的週期運動有非常緊密的關係……，』他突然停下腳步，靈光一現地說：『會不會是重新排列文字的想法根本是錯的，或許應該要以某個週期間隔來挑選文字？』他趕緊回到電腦前，開始嘗試以不同週期來將文字挑選出來，又過了一小時，他心想：『不行，還是沒有出現任何有意義的句子。』

他靠在椅子上，內心感到有些無助，腦中回憶起過去和嚴凝心在學院裡的點點滴滴，想起了他曾經畫了一幅她的畫像送給她，雖然她離開時沒有帶走畫像，但是當時她臉上那美麗的笑容，已經讓他心滿意足。他想起嚴凝心曾經說過數學其實是非常浪漫的，它帶給人類一種純粹和神秘的感覺。她十分喜歡黎曼 ζ 函數，這個函數對她有一種神奇的吸引力，特別是它和質數之間的關係。想到這裡，源洛書忽然從椅子上站起來，他心想：『黎曼 ζ 函數可以表達成質數的無窮乘積，而且 $\zeta(2)$ 是 $\frac{\pi^2}{6}$，或許挑選文字的間隔不應該是固定的，而是應該利用質數和黎曼 ζ 函數的關係來決定挑選的間隔。』

他趕緊重新振作起來，回到電腦前繼續嘗試，利用質數來決定挑選文字的間隔。時間不停地流逝，突然間他盯著眼前螢幕上的文字，整個人靜止不動，臉上露出非常驚訝的表情，此刻的螢幕上出現了一段有意義的句子。他皺著眉頭，腦海中閃過一個念頭：『糟了！』，這時一陣來電鈴聲打斷了他的思緒，他按下旁邊的螢幕說：『萊恩，怎麼樣？你們要回到時空學院了嗎？』

萊恩將鬼面兵團受到攻擊的事還有他們來到圖坦族部落的事告訴了源洛書，萊恩說：『剛剛佛多和波特有過來探望莉亞，還說明天要討論奪回梅尼斯之眼的事。』

源洛書聽到後，大吃一驚，他連忙對著萊恩，用一種接近命令的語氣說：『萊恩，你跟佛多他們說，請他們千萬不要擅自行動，務必要等我過去。我現在立刻前往庫西斯山脈。記住！一定要等我過去。』

萊恩說：『好，我會將你的話傳達給他們。』通話結束後，源洛書先播了一通電話給曼妮芙，然後就進入實驗室裡面的房間。

經過一晚的休息，莉亞的身體感覺恢復了許多，她跟著阿萊莎和萊恩來到了思靈賽婆婆的房間，此時的佛多、波特以及艾格菲已經坐在石椅上和阿努伊公主商討事情，阿努伊公主說：『佛多，你知道齊云生居住的地方？』

佛多點點頭說：『我去過他的醫療院所，那是位在賽洛克城的西南區域，我還記得位置。』

阿努伊說：『好，那我們傍晚出發，夜間行動比較不容易被發現。』

這時萊恩跑到前面，告知大家昨晚源洛書交代的話，佛多思考了一下後說：『阿努伊公主，我想或許應該等源洛書院長過來再做打算。』

阿努伊點點頭說：『好吧。』

突然有一個族人走進來說：『思靈賽婆婆，慕若希已經來到部落裡，他說有事想找妳。』

幾分鐘過後，慕若希獨自一人走進了屋內。思靈賽婆婆一看到慕若希，彷彿見到多年的好友，她說：『慕若希，十幾年不見了。』

慕若希笑著說：『是啊，我還記得上次見面是我十八歲的時候。』

旁邊的莉亞開口問：『慕醫師，鬼面兵團的人都還安全嗎？』

慕若希看著莉亞說：『妳放心，他們都已經順利從隧道離開，而且米撒和諾拉也將他們都安頓好了。多虧妳把地下隧道的入口炸掉，殖晶動物才沒有追過去。至於西恩他們，我到現在還沒有任何消息。』

莉亞擔心的說：『希望他們平安無事。』

慕若希特別看了一下阿萊莎，然後接著說：『我今天是特地過來找你們的。昨晚草藥中心有人收到阿萊莎的通報說會帶莉亞過來醫治，當時我人不在。等我回去後，卻發現你們還沒到，我才趕緊出發去尋找你們。看到你們墜落在山谷的飛機，讓我非常擔心，還好你們都平安無事。』

旁邊的阿努伊說：『您好，我是現任瓦拉克部落的首領，阿努伊・蒂芙奈斯。我時常聽思靈賽婆婆和部落的長輩提到您，今天有幸一會。』

慕若希微笑的說：『我也久仰妳的大名。』這時慕若希的手機響起，他一接起來就聽到米撒慌張的聲音說：『老師，不好了，有沙漠行者發現死亡沙漠那裡聚集了非常多殖晶士兵，而且牠們聚集的位置正是那晚巨蠍出現的地方。』

慕若希一聽到後，慌張地說：『你立刻去通知沙漠行者們，請他們盡快前往那裡，我現在馬上趕去死亡沙漠，還有……』慕若希停頓了一下後說：『請法蒂雅公主盡可能說服國會調派軍力前往死亡沙漠。』

米撒連忙說：『好，我現在就去。』

電話掛斷後，慕若希很快地告知所發生的事，然後說：『各位，我現在必須馬上離開。』說完後就匆匆離開了房間。

阿努伊說：『思靈賽婆婆，他們肯定是為了九尾蠍而來的，我想率領部落的戰士和機械兵過去幫忙。』

思靈賽沈默了片刻，然後握著阿努伊的手說：『阿努伊，我有預感這會是一場祖靈的保衛戰，妳務必要小心。』阿努伊點點頭，在場的其他人也紛紛表示要一起去。阿努伊說：『走吧，我來分配機械白狼給你們。』

就在慕若希騎著卡梅爾趕往九尾蠍出沒的那些巨洞時，那裡已經聚集了許多前所未見的巨大殖晶動物，有體形高達三公尺的銀背大猩猩以及體長超過四公尺的美洲虎站在隊伍的前鋒。後面還有一排已經滅絕的重腳獸，這些重腳獸有著犀牛般壯碩的身軀，鼻子的地方長著一對巨大的角。所有動物身上都穿著盔甲，靜靜地等待著進攻的命令。

時間已經接近上午十點，在這些巨大動物的後方大約八百公尺的地方，出現了亞德里亞國王和斯邁爾的身影，他們正站在一輛坦克車上。斯邁爾看著前方那些出現在沙漠上的巨洞所排成的無限大符號，畢恭畢敬地說：『國王，齊云生老師自從發現這些巨洞後，就交代我要把 I.C.E 裡面最強壯的殖晶動物準備好。他有跟你說為什麼要派出這麼強大的兵力來這裡嗎？』

亞德里亞冷冷地說：『他只有說這裡可能埋藏著非常重要的寶物，要我們過來調查。』

斯邁爾疑惑地說：『如果只是調查的話，為什麼要派出這些巨大的殖晶動物？』

亞德里亞不高興地說：『老師的話，聽就對了，哪來的那麼多意見啊！』

斯邁爾連忙說：『是！您說的對。』

這時亞德里亞對旁邊的菲尼克斯說：『菲尼克斯，該是你表現的時候了。』

菲尼克斯拍動翅膀飛到空中，後方突然出現十幾隻和菲尼克斯一樣的哈斯特鷹，牠們從高空中快速地俯衝進入沙漠上的巨洞。不到一分鐘的時間，巨洞裡竟然傳出一陣驚慌的鳥叫聲，菲尼克斯和另外兩隻哈斯特鷹突然從洞裡飛了出來，彷彿在逃命一般。就在斯邁爾感到納悶時，兩隻大螯赫然出現在洞口，緊跟著一隻巨大的金黃色蠍子爬了出來。亞德里亞和斯邁爾都被眼前這隻比飛機還大的巨蠍驚嚇到，亞德里亞回過神來說：『前鋒的士兵們，攻擊！』

大猩猩和美洲虎發出一陣嘶吼聲後，立刻飛奔出去，和巨蠍展開了劇烈的戰鬥。巨蠍快速地在金黃色的沙面上爬行，後面的尾巴瞬間分裂成九條，每條尾巴的末端都有一根紅色尖刺。這些尾巴高高地舉起，以極快的速度朝著奔跑中的銀背大猩猩刺過去，三隻大猩猩閃躲不及，被一針貫穿身體，鮮血立刻飛濺出來。其他躲過攻擊的大猩猩已經來到蠍子旁邊，牠們紛紛往前一躍，巨大的拳頭同時揮出，砰砰砰，好幾聲響亮的撞擊聲後，這些拳頭的威力竟然讓九尾蠍的金屬殼整片凹陷進去。九尾蠍快速地甩動身體，後腳用力一瞪，將整個身體立起來，九根紅針從高空中朝美洲虎和大猩猩的方向刺去，大量的鮮血再度噴射出來，染紅了金黃色的沙土。閃過攻擊的美洲虎飛奔到蠍子的前腳附近，用尖銳的牙齒緊緊地咬住它。一群美洲虎同時攻擊著同一隻前腳，突然喀拉一聲，蠍子的一隻前腳應聲斷裂，露出了裡面的金屬線。九尾蠍的身體回到地面上，利用剩下的七隻腳來回移動，繼續奮力地作戰。

後方的亞德里亞和斯邁爾正欣賞著這場激烈的戰鬥，斯邁爾露出邪惡的笑容說：『沒想到這裡竟然藏有這麼厲害的巨蠍，果然老師的話要聽啊。』

亞德里亞突然將右手高高舉起說：『重腳獸們，攻擊！』

這些體型壯碩的重腳獸開始飛奔出去，瞬間捲起了一片狂沙。此時蠍子的一隻後腳也被美洲虎咬斷，它一拐一拐地爬行著，移動速度開始變得緩慢，但是它的尾巴仍然不停地在攻擊。快速奔跑中的重腳獸舉起了鼻子上那對巨大尖銳的角用力地撞向了巨蠍的身體，在一陣響徹雲霄的轟隆聲之後，戰場上瞬間恢復一片寂靜。

亞德里亞看著前面一片黃沙滾滾，露出了得意地表情。滿天的黃沙漸漸退去後，出現在眼前的是一隻靜止不動的巨蠍，身體好幾個地方都已經被重腳獸的巨角給刺進去，而且還冒出了濃濃的白煙。

『哈哈哈，』亞德里亞大笑幾聲後說：『如此不堪一擊。』

這時已經和沙漠行者們會合的慕若希趕到了現場，他們躲在旁邊的沙丘中觀看著。慕若希皺著眉頭，對米撒小聲地說：『我們先按兵不動，看他們到底要做什麼。』

亞德里亞吹了一聲口哨，後方出現了幾十隻哈比鷹，朝著蠍子旁邊的巨洞飛去。這時蠍子的身體裡突然發出了規律的滴滴聲，三秒之後，巨大的爆炸火焰從蠍子的身體射出，快速地向四面八方輻射出去。這場毀滅性的爆炸將它周圍所有的殖晶動物全部燒成灰燼，連剛到附近的哈比鷹也無一倖免。

遠在後方一公里的亞德里亞和斯邁爾立刻感受到一股強勁的氣流，亞德里亞用手阻擋著滿天飛舞的沙塵說：『真是太可惡了！最後還給我來這招。』

斯邁爾摀著臉說：『是啊，我們中心辛苦培育的這些猛獸就這麼完了。』

慕若希和沙漠行者們一看到這個爆炸，趕緊趴在沙丘後方。當劇烈的爆炸氣流過去後，滿天的沙塵也慢慢地隨之散去。慕若希從沙丘探出頭，驚訝地看著眼前的景象。方圓五百公尺的沙漠整片消失不見，一片花岡岩的地面出現在底下二十公尺的地方，而且那裡的地面上竟然出現了一個半徑五十公尺的巨石圓陣。這個圓陣是由十三顆巨大的石頭所組成，每一顆石頭都高達十五公尺，寬超過八公尺。慕若希一看到這個巨石圓陣，心想：『糟了！聖殿的入口出現了。』

這時，亞德里亞後方的天空中出現了巨大的獅吼聲，一位身穿黑色皮衣，咖啡色卡其褲的棕髮男子騎著一隻飛天獅子飛到了亞德里亞身邊。男子露出燦爛的微笑說：『兩位做得很好。』

斯邁爾問：『齊云生老師，前面那個巨石圓陣是什麼？』

齊云生微笑地說：『那是亞特蘭提斯古國的聖殿入口。』

『亞特蘭提斯的聖殿？』

『斯邁爾，根據古籍上的記載，亞特蘭提斯是萬年前存在地球上的一個高科技文明，但是因為某種原因滅亡了。傳說這個古國最核心的科技就埋藏在地底下的聖殿裡，你眼前的巨石圓陣稱作戈貝克，通往聖殿的入口就在這裡。』

斯邁爾笑著說：『原來如此，所以老師是想要去奪取裡面的科技。』

齊云生露出一種渴望的眼神說：『裡面有我想要的寶物，』他轉過頭對亞德里亞說：『好好守住這個地方，不要讓任何外人接近。還有，派遣一支猩猩部隊前往戈貝克巨石圓陣調查，務必找出進入聖殿的入口。』亞德里亞恭敬地點頭後，立刻命令後方的紅毛猩猩部隊將這個地方圍住，然後親自率領一支部隊前往巨石圓陣調查。

時空旅人的宿命

此刻的時間已經接近下午三點，慕若希從沙丘上看著正在搜查巨石圓陣的亞德里亞和紅毛猩猩們，憂心忡忡地想著：『絕對不能讓他們搶先一步進入聖殿。但是我們只有三十幾人，這樣的兵力要將他們驅逐這裡是不可能的，這可怎麼辦。』他思考了幾秒後，心想：『不管怎麼樣，我都必須保護阿坦拉，看來只能孤注一擲了。』

這時他們的後方傳來奔跑的聲音，米撒回頭一看說：『是佛多他們！』阿努伊帶了五十幾個部落戰士騎著機械白狼趕了過來，後面還跟著機械蜘蛛和無人機。

慕若希看著阿努伊帶來的兵力說：『太好了！你們趕來了。』他簡要地敘述了戈貝克巨石圓陣的出現以及目前的情況後，阿努伊生氣地說：『我們會誓死保衛祖靈的阿坦拉。』

慕若希說：『我知道，但是我們要有策略，現在出去火拼只會兩敗俱傷。』

阿努伊情緒緩和下來地說：『您有什麼好辦法？』

『我們必須比他們先一步拿到阿坦拉。』

阿努伊皺著眉頭說：『但是古地圖已經在內戰中失落了，我們也不知道要如何進入聖殿裡。』

慕若希從褲管側邊一個隱密的口袋裡拿出一塊黑色的半圓形物體，騎在萊恩身上的阿萊莎一看到後，立刻猜到那是另外半塊，不自覺地脫口說出：『你是派森爺爺當時所保護的孩子？』

慕若希點點頭後說：『是的，阿萊莎。而且我知道波格姆先生將另外半塊古地圖交給妳，現在必須把它們拼起來了。』

阿萊莎猶豫了一下後，把身上的半塊古地圖拿出來，交給了慕若希。阿努伊驚訝地看著眼前這兩塊失落多年的古地圖，激動地說：『沒想到古地圖會在你們兩位身上，真是祖靈庇佑。』

慕若希將兩塊地圖慢慢地靠近，就在它們要合起來前，兩塊的接合處自動伸出了許多很細的金屬線將彼此連接起來。一塊類似太極的圖樣出現在眾人眼前，白色部分的中央是一個∞的黑色符號，而黑色部分的中央則是一個Ψ的白色符號。慕若希翻到後面，一句完整的話出現在眼前：

『黑上帝與白惡魔攜手邁向浩瀚無窮的宇宙邊際，隱藏在地底下的秘密，在滿天的星斗之中共同尋找答案。』

慕若希看完這段文字，又翻過去看著圓盤上的符號，腦中快速地思考著：『Ψ是意識的符號，同時也代表著惡魔手中所拿的三叉戟，而∞是數學上的無限大符號，卻也有著永恆的含義，象徵著全知全能的上帝……，黑色的∞和白色的Ψ……，黑上帝和白惡魔攜手……，難道……』

他忽然靈光一現，嘗試去移動那兩個符號，果然Ψ和∞是可以移動的。他將兩個符號一起移動到中間，當它們碰在一起時，圓盤發出滴滴的聲響，正中央出現一個圓形的小孔，從裡面投影出一個立體的星象圖。旁邊的米撒看到這個滿天星斗的立體圖像，感到十分驚訝。一個半球形的天頂上佈滿著星斗，阿萊莎專心地觀察著這些星星的位置，過了幾分鐘後，她說：『這應該是秋季的星空，這邊是仙后座，下面這裡是英仙座。但是這些星座的位置和現在位置似乎有所不同。』

慕若希點點頭說：『阿萊莎，沒想到妳對星空這麼有研究。我也發現位置不一樣，不過我想這是因為地球自轉軸的進動所造成的，這個地圖所顯示的應該是萬年前的星空。』慕若希看著一顆旁邊出現綠色指標的亮點說：『這地方是不是仙女星系？』

阿萊莎仔細地觀察後說：『我也覺得是仙女星系。』這時萊恩突然說：『沒錯，那個位置的確是仙女星系，我已經模擬出萬年前的星空圖。』

慕若希說：『謝謝你，萊恩。不過這裡為什麼要特別將仙女星系標示出來？』

旁邊的佛多說：『或許是因為科斯摩斯星球位於仙女星系。』

『原來如此。這個仙女星系和巨石圓陣到底有什麼關係？』

阿萊莎看著巨石圓陣思考著，她突然說：『慕醫師，那十三座巨石會不會是代表著黃道面的十三個星座？』

慕若希想了一下後說：『阿萊莎，妳說的很有可能。如果是這樣，那入口應該是在雙魚座的位置。』

坐在佛多肩膀上的波特好奇的說：『為什麼是雙魚座？』

『因為在星象圖中，仙女星系最接近黃道十三宮的雙魚座，所以我猜入口應該在雙魚座那裡。』

阿萊莎問：『但是要怎麼知道哪一顆石頭代表雙魚座呢？』

慕若希思考了一下說：『我也不知道，或許石頭上刻有標示。我們必須過去調查才知道。我想到了一個計畫……。』這時眾人靠到了慕若希旁邊聆聽著計畫。

夜幕低垂，滿天的星斗出現在夜空中，沙漠行者兵分兩路，騎著飛天駱駝朝著沙漠上的紅毛猩猩飛奔過來。慕若希交代過他們，不要戀戰，只要轉移這些猩猩士兵的注意力即可。沙漠上的這些紅毛猩猩估計至少超過兩百隻，牠們一看到這些手持長鞭的沙漠行者，趕緊舉起機關槍開始掃射。三位沙漠行者長鞭一揮，五隻紅毛猩猩應聲倒地。沙漠行者來回穿梭的攻擊成功地吸引了其他紅毛猩猩的注意，讓原本守在不同位置的士兵們也聚集到他們附近。慕若希看準時機，率領著米撒和機械蜘蛛做先鋒，直衝巨石圓陣的位置，後面緊跟著阿努伊以及部落戰士。佛多、阿萊莎和艾格菲則是待在另外一邊觀察著情勢，慕若希已經將古地圖交給了阿萊莎，並且交代他們等待時機去調查入口的位置。

亞德里亞在沙漠底下的巨石圓陣周圍也部署著超過一百隻的紅毛猩猩和三十隻的黑猩猩。正在不斷調查入口的齊云生看到從沙漠上俯衝下來的慕若希和後面的機械白狼，立刻跳上飛天獅子大聲說：『開燈！』四周三十幾台探照燈瞬間亮起，將整片區域照得非常明亮，宛如白天。齊云生笑著說：『看你們要怎麼躲。』

所有的黑猩猩排成兩列聚集在慕若希一群人俯衝下來的地方，牠們身體站立起來，雙手同時不斷地搥打胸膛。慕若希手持機械長鞭用力一揮，快速飛舞的長鞭劃開了空氣，啪的一聲巨響之後，四隻黑猩猩應聲倒地。這時後面快速奔跑的機械白狼也紛紛一躍而起，跳過了黑猩猩的隊伍。一場激烈的戰鬥瞬間展開，機械蜘蛛用尖銳的細腳不停地攻擊紅毛猩猩，部落戰士則是和黑猩猩展開了一場廝殺。槍聲和重擊聲此起彼落，沒想到這時旁邊竟然又衝出十幾隻身穿盔甲的美洲虎加入戰鬥，阿努伊立刻命令機械白狼去攻擊這些美洲虎。

沙丘上的阿萊莎說：『佛多，我和萊恩先去調查那些巨石，你們在這裡等我通知。』佛多點點頭後說：『阿萊莎，要小心。』阿萊莎微笑了一下後就騎著萊恩飛出去。佛多騎在機械白狼身上，將波特緊緊抱在懷裡，心想：『如果阿萊莎有什麼危險，他就立刻衝出去。』旁邊的艾格菲不時地注意著阿努伊的情況，心裡非常的擔心，深怕她會受傷。

巨石圓陣周圍的地面上已經出現許多殖晶動物的屍體和冒著白煙的機械蜘蛛。阿萊莎小心地觀察著巨石，突然她在巨石的頂部發現了刻著星座的符號，她心想：『果然這些石頭是對應到黃道十三宮，這顆是獅子座，那雙魚座應該在……，』她飛到斜對面那塊巨石的上方，果然發現了雙魚座的符號。此時地面上的齊云生已經注意到阿萊莎，他按兵不動，默默地觀察著。阿萊莎仔細的檢查著這塊巨石，赫然發現在距離地面十公尺的地方有一個跟古地圖一樣的圖案。她思考了一下，趕緊拿出古地圖靠近巨石上的圖案。就在古地圖即將接觸到的時候，巨石上的圖案發出了微弱的綠色光芒。一陣感應的嗶嗶聲後，圖案下方出現了一個直徑四公尺的圓形入口。地面上的齊云生看到入口已經出現，立刻手指著阿萊莎的方向，大聲地說：『亞德里亞，阻止她！』

剛砍掉一隻機械白狼的亞德里亞聽到後，隨即跑向阿萊莎所在的那塊巨石。正在趕過來的佛多一看到，連忙朝著亞德里亞奔跑路線的前面射出一道紫光，花崗岩的地面瞬間凹陷出一個兩公尺深的大洞。沒想到此時的亞德里亞突然用力一蹬腳，跳到了十公尺的高空，準備攻擊阿萊莎。剛閃過黑猩猩拳擊的慕若希一看到，趕緊揮出手中的長鞭，咻地一聲，長鞭不偏不倚地纏住亞德里亞的腳。慕若希用力一拉，將亞德里亞拉回地面上。一聲撞擊聲過後，亞德里亞緩緩地從地面站起來，眼神充滿著殺氣，慕若希英勇地站到他面前說：『你的對手是我，不要忘了上次的決鬥還沒有分出高下。』

亞德里亞舉起手中的劍，惡狠狠地說：『你今天的下場就跟上次那位被我刺死的少年一樣，看劍！』說完後，亞德里亞立刻衝過去，慕若希趕緊將長鞭變成長槍，一場驚天動地的戰鬥隨即展開。

佛多和艾格菲已經來到阿萊莎所在的巨石下方，機械白狼開始沿著巨石往上攀爬。齊云生拿著手槍，朝著艾格菲的方向射去，碰碰碰，子彈打中了機械白狼的腳趾，一陣滑落的聲音伴隨著艾格菲啊的叫聲，機械白狼沿著岩壁上滑落到了地面。齊云生準備再度發射子彈時，阿努伊手持圓月彎刀擋在了齊云生面前，生氣地說：『你奪走了梅尼斯之眼，今天是你物歸原主的時候了。』

齊云生不慌不忙地說：『脾氣這麼衝，看來妳就是那位蒙面小姑娘。』

佛多和阿萊莎都已經來到了入口處，佛多對著底下的艾格菲大喊說：『艾格菲，你還好嗎？』艾格菲揉著屁股站起來說：『我沒事，只是屁股很痛。』

阿努伊大聲說：『阿萊莎，你們趕緊進去，艾格菲交給我照顧就好了。』

阿萊莎和佛多點點頭後，便進入了巨石裡面，旁邊的齊云生趕緊命令飛天獅子飛過去，沒想到阿努伊所騎的那隻機械白狼隨即撲了上去。同一時間，阿努伊從白狼身上跳出去，朝齊云生的方向攻擊過去。兩人來到了地面上，展開了一場近身肉搏戰。阿努伊的彎刀不斷地揮向齊云生，但是齊云生卻不慌不忙地閃過攻擊，他說：『小姑娘，我沒時間跟妳在這裡耗，要決鬥下次再約吧。』他立刻啟動身上的飛行裝置，一股氣體從背後噴出，將他帶往空中。阿努伊見狀，趕緊朝他丟出手中的彎刀，齊云生舉起手槍，碰的一聲，子彈準確地擊中了彎刀。

很快地，齊云生也進去了入口。正在和飛天獅子戰鬥的機械白狼突然朝著阿努伊的方向奔馳過來，阿努伊跳上白狼後，趕到巨石旁邊，拉起了艾格菲。白狼載著阿努伊和艾格菲，以非常快的速度爬到了巨石上面的入口處，也跟著進入了巨石裡。

就在巨石圓陣旁的戰鬥如火如荼的進行時，沙漠上的戰鬥仍然持續著。沙漠行者們一邊攻擊，一邊吸引著殖晶猩猩遠離巨石圓陣，但是沒想到這時候他們的後方竟然出現了二十幾台坦克車，擋住了他們的退路。站在坦克車上的斯邁爾大笑的說：『齊云生老師早知道你們會使用這招聲東擊西，特別命令我在這裡斷了你們的後路。哈哈哈，我要斷的不只是你們的後路，還有你們的生路。』說完後，立刻下令發射炮彈，咻咻咻，出現了好幾聲轟隆的響聲。兩位沙漠行者被爆炸的碎片擊中，身受重傷，跌倒在地。其他的沙漠行者趕緊衝過來將他們放在自己的飛天駱駝，然而此時所有的坦克車已經將他們團團圍住，砲口一致的朝著他們。所有的沙漠行者緊握著皮鞭，臉上露出視死如歸的表情。就在這千鈞一髮之際，四周出現了許多無人機，它們快速地飛向坦克車，幾秒過後，坦克車的外殼發生了爆炸，還好斯邁爾提早跳離坦克車，才沒有受到傷害。坦克車發出了濃濃的白煙，沙漠行者看到後，趕緊趁這個機會殺出一條血路。

斯邁爾生氣地說：『可惡！不要讓他們跑掉。』

熟悉地形的沙漠行者們打算把這些紅毛猩猩引到東北方五百公尺處一個特別巨大的流沙坑，就在他們準備朝東北方向離開時，西南方的天空出現了戰鬥機的聲音，斯邁爾大笑說：『太好了！神龍號來了，這代表你們要完了，哈哈哈。』

戰鬥機低空飛到沙漠行者的上方，迅速地朝他們發射子彈，一陣機關槍掃射的聲音過去後，三名沙漠行者不幸中彈倒地，旁邊的斯邁爾看到這個情況，開心地大笑著。沙漠行者不斷地閃躲著戰鬥機的攻擊，但是在這片廣闊的沙漠，很難找到掩蔽物，此時又有兩名行者不幸中彈。正在和亞德里亞對戰的慕若希聽到戰鬥機的聲音，心裡感到非常不安，原本兩人打得平分秋色，慕若希一個閃神，肩膀被亞德里亞的劍劃出了一道傷痕，鮮血立刻從肩膀上流下來。

就在情況十分危急的時候，東方的天空中出現了六架戰鬥機，很快地加入了戰鬥之中，慕若希一看到飛過去的戰鬥機，心中的不安立刻消失，他知道那是伊莎貝爾所率領的戰鬥機趕來幫忙。戰鬥機上的法蒂雅公主一邊指揮著其他戰鬥機，一邊和兩架神龍號纏鬥著。幾分鐘後，這兩架神龍號就陸續被法蒂雅擊落。法蒂雅公主低空飛過，對地面上的沙漠行者豎起了大拇指，沙漠行者們紛紛高舉雙手，歡呼慶賀。斯邁爾看到後，趕緊逃離現場。

進入巨石裡面的阿萊莎和佛多快速地在一個黑暗的隧道裡移動著，不知道過了多久，他們終於來到了隧道的出口。出現在他們眼前的是一個看不到盡頭的空間，沒有地面，也沒有天花板和牆壁。數不盡的巨大金字塔漂浮在空中，而且金字塔的前面還趴著人面獅身像。阿萊莎被這個地方的景象震驚不已，過了幾秒後，阿萊莎驚訝地說：『我該不會是在做夢吧！』

這時後面的隧道裡傳來了聲響，旁邊的佛多說：『阿萊莎，我們趕緊尋找阿坦拉的位置。』阿萊莎拿出古地圖，轉動了地圖上的兩個符號，突然地圖上方投影出一個綠色箭頭，指示出方位。他們朝著箭頭的方向前進，機械白狼載著佛多和波特在不同的金字塔之間跳躍著，阿萊莎則是騎著萊恩跟在旁邊。綠色箭頭不斷地自動變換方向，大約過了二十分鐘，他們跟著箭頭來到了一座綠色的金字塔。金字塔的前面是一片草原，草原上有一座圓形的花園，裡面種著五顏六色的小花，而且花園的周圍還有十三棵小樹圍繞著。佛多和波特聞著花香，想起了波姆斯村莊，波特看著佛多說：『這裡的花香味道好熟悉喔，我想起我們賽跑的時候，都會聞到這種味道。』

佛多笑著說：『是啊，我們秘密基地那裡也都有這種花香味。』

波特說：『好想念秘密基地喔！下次我們邀請阿萊莎一起來玩。』

旁邊的阿萊莎笑著說：『嗯，我也很想去看看呢。』

突然，後方傳來阿努伊的喊叫聲：『阿萊莎，佛多，小心！』話音剛落，立刻出現了槍聲，三顆子彈打在了花園上，許多花瓣瞬間被打碎。

阿萊莎和佛多看到齊云生正快速地飛過來，他們趕緊進入綠色金字塔。裡面種滿了各式各樣的植物，一股生命的氣息充滿在金字塔內。阿萊莎看到前方的平台上面出現了一個漂浮在空中，形狀類似松果的物體。這時齊云生也已經來到金字塔的入口，他舉起手槍說：『各位小朋友，不要輕舉妄動喔，那是屬於我的東西。』

波特趕緊躲到佛多身後，佛多拿起阿特拉斯，手中的胎記發出了綠光，他嚴肅地說：『這不是屬於你的東西。』

這時不遠處傳來了一群人唱歌的聲音，齊云生聽到後說：『總算來了。』

銀芬妮提和五位少年伸展著白色翅膀朝著綠色金字塔飛過來，後面還跟著一隻紅色的人面鳥，牠底下的爪子正緊緊地抓住阿努伊和艾格菲。他們優雅地飛進了金字塔內，五位少年停止了唱歌，其中一位正是闖過艾雪魔幻屋的柯帝斯。阿萊莎看到被抓住的阿努伊和艾格菲，顯得非常生氣。這時人面鳥的嘴巴張開，射出了一道細細的火焰，在綠色的草坪上燒出了一個倒五芒星的焦黑圖案。五位少年分別飛到了圖案的五個頂點上，銀芬妮提手拿著一個黑色盒子，微笑地說：『親愛的佛多，我們又見面了，今天你將親眼見證薩摩翼的復活。』說完後，旁邊的齊云生趕緊將梅尼斯之眼交給了銀芬妮提。

銀芬妮提手拿著梅尼斯之眼和黑色盒子緩緩地走向倒五芒星的正中央，佛多忍著胎記的刺痛，舉起阿特拉斯對準銀芬妮提，這時旁邊的人面鳥開口說：『佛多，不要輕舉妄動，你朋友的生命在我手上。』佛多心中感到憤怒，他對著人面鳥射出一道強烈的紫光，人面鳥立刻吐出火焰，擋住了紫光。

銀芬妮提來到了倒五芒星的中央，打開盒子，裡面放著一顆黑色骷顱頭。她看著佛多微笑的說：『親愛的佛多，你知道薩摩翼復活之後的第一件事是什麼嗎？就是回去科斯摩斯把波姆斯村莊給毀掉，你將永遠無法再見到你的父母了。』佛多生氣地看著銀芬妮提，前方的柯帝斯開口說：『佛多，現在是你加入我們的好時機，薩摩翼將為你帶來心靈上完全的自由。來吧！跟著我們一起改變整個世界。』

突然佛多的胎記發出了強烈的綠色光芒，他感到體內有一股無法控制的巨大力量正要釋放出來。內心強大的憤怒掩蓋了他那善良的心，他舉起阿特拉斯對準銀芬妮提，將他體內的力量透過阿特拉斯全部釋放出來，一道血紅色的光束射向銀芬妮提，銀芬妮提趕緊舉起綠色的梅尼斯之眼。紅光擊中了梅尼斯之眼，瞬間產生出強烈的震動，不到一秒鐘的時間，整顆梅尼斯之眼碎成粉末。

就在此時，乘坐在智能飛鷹上的源洛書已經帶著十幾隻翼手龍快速地飛進了巨石的入口，他的腦中正回憶著那句解碼之後的話：『**當時空旅人擊碎梅尼斯之眼時，我，薩摩翼，將從碎片中復活。**』

梅尼斯之眼粉碎後，一道黑色的氣體從裡面飛出，進入了黑色骷顱頭。銀芬妮提高興地說：『成了！』

射出紅光之後的佛多隨即昏倒在地，旁邊的阿萊莎飛奔到佛多的身邊用力呼喊著他，臉上露出非常擔心的神情。另外一邊的阿努伊看到後，努力想掙脫人面鳥的爪子，卻毫無作用。銀芬妮提微笑地說：『這個佈了千年的局終於完成了。』她看著阿努伊說：『妳以為你們圖坦族的祖先偷走了永生之書，老實跟妳說，那是我們羽族的祖先故意讓圖坦族偷走的。梅尼斯之眼其實是先行者伊卡旺的第三隻眼，他犧牲自己將薩摩翼原始的力量封印在裡面，然而只有時空旅人能破壞這顆第三隻眼。我們羽族等待著時空旅人的到來已經長達了幾千年之久，如今一切都成功了。』阿努伊憤怒地看著銀芬妮提，這時黑色骷髗頭裡傳出一聲低沈沙啞的恐怖聲音說：『銀芬妮提，我要阿坦拉。』

銀芬妮提畢恭畢敬地說：『是，我的主人。』她帶著骷髗頭走到了漂浮在空中的松果旁邊說：『主人，我立刻把伊卡旺的松果體放進去。』說完後，她取下松果體，將它放在骷髗頭的上面。松果體開始被吸進了骷髗頭裡，突然一道白色的氣體從松果體的內部射出，飛進了昏迷的佛多體內。

夢中的佛多來到了一間光線明亮的白色房間，前面站著一位老婆婆，臉上露出了慈祥的笑容。佛多認出老婆婆後，立刻奔向她說：『尤瑞卡婆婆！』

尤瑞卡將佛多溫柔地擁入懷裡說：『佛多，好久不見，你今天似乎過得不太好。』

佛多點點頭不說話，尤瑞卡摸著佛多的頭說：『這趟冒險旅程開心嗎？』

佛多說：『嗯，我認識了一些好朋友，只是……我今天很生氣。』

尤瑞卡笑著說：『是嗎？你想放棄這趟旅程嗎？』

佛多搖搖頭說：『不行，我的朋友還需要我。』

尤瑞卡溫柔地看著他說：『佛多，黑暗的力量已經復活了，只有你才能將祂再度封印起來。』

『但是我不知道該怎麼做？』

尤瑞卡拍拍他的肩膀說：『佛多，不用擔心，你會知道該怎麼做，而且你還有這麼多好朋友。現在……』尤瑞卡摸著佛多的頭說：『你該回去繼續這場冒險旅程了。』

佛多依依不捨地說：『尤瑞卡婆婆，我什麼時候可以再見到妳？』

尤瑞卡看著他微笑地揮著手，身影也漸漸地消失。這時昏迷的佛多開始聽到阿萊莎和波特呼喚的聲音，但是他的全身卻仍然無法動彈。

快要抵達綠色金字塔的源洛書，看著這些漂浮在空中的金字塔，心想：『這裡難道有反重力裝置？』

就在黑色骷髗頭將松果體吸入裡面的幾分鐘後，整個金字塔內部的植物開始一株株的枯萎，花園裡的花朵和小樹也都跟著凋零死去。同一時間，綠色的金字塔開始出現劇烈搖晃，源洛書和翼手龍趕緊飛進裡面。兩隻翼手龍帶著昏迷的佛多還有阿萊莎和波特飛離了金字塔，萊恩則是尾隨其後。源洛書看到了被抓住的阿努伊和艾格菲，立刻命令智能飛鷹衝向人面鳥，人面鳥不慌不忙地吐出一道強烈的火焰，卻被智能飛鷹靈巧地閃過。源洛書隨即拿出了一個類似凹面鏡的裝置，一道非常強烈的白光瞬間射向了人面鳥的眼睛，一股強烈的刺痛感讓牠鬆開了阿努伊和艾格菲。這時從旁邊飛來兩隻翼手龍接住他們，飛了出去。源洛書看著銀芬妮提和她手上的黑色骷髗頭，心中已經猜出發生了什麼事，他說：『銀芬妮提，我一定會和妳對抗到底的。』銀芬妮提看著他，露出了嘲笑的眼神。

源洛書離開之後，銀芬妮提拿著黑色骷髗頭，帶著齊云生飛到綠色金字塔的外面，五位少年和人面鳥緊跟在後面。所有的金字塔正在不斷地往下墜落，銀芬妮提看著正在崩塌的聖殿，大笑了幾聲後說：『黑暗時代要來臨了。』

薩摩翼的復活正式宣告黑暗時代的來臨，地球將會面臨什麼樣可怕的事？雪之城堡裡面的怪獸到底是從哪裡來的？卡厄斯又是一個什麼樣邪惡的組織呢？昏迷的佛多何時會清醒過來？他又要如何對付這股強大的黑暗力量呢？源洛書和阿萊莎有辦法喚醒馬克的靈魂嗎？齊云生會如何利用薩摩翼的力量來完成他的殖晶世界呢？

下一集佛多與波特的奇幻冒險三部曲：「戰神的甦醒」。

科學筆記Ⅱ：雪之城堡的詭計

目錄

第一章　消失的科技古國

「上帝與魔鬼在哪裡搏鬥，戰場便在人們的心中。」

《卡拉馬佐夫兄弟》

「現實生活中最可悲的地方在於科學收集知識的速度快於社會收集智慧的速度。」

艾薩克・阿西莫夫

流星雨、隕石、洛希極限

「夏帝癸（桀）十五年，夜中星隕如雨。」

《竹書紀年》

「夏，四月，辛卯，夜，恆星不見，夜中，星隕如雨。」

《春秋左傳・莊公七年》

流星雨是從流星衍生而來的一種天文現象，流星體的碎片在軌道上運行時以極高的速度進入了地球的大氣層，因此在夜空中輻射出許多像雨狀的流束，看起來就像是下雨一樣。絕大部分的流星都比砂礫還小所以在大氣層內就會被銷毀，不會擊中地球表面，而能夠撞擊到地球表面的稱為隕石。偶發的流星每天都有可能發生，而流星雨具有週期性。

獵戶座流星雨是每年十月至十一月初固定發生在地球上的流星雨，高峰期出現在十月二十一至二十二日，每小時約可以觀測到六十顆來自獵戶座靠近雙子座邊緣的流星。不同於其他的流星雨，獵戶座流星雨在極大期的十月二十一至二十二日前後幾天都能夠見到，且來自輻射點的流星每小時大約仍有五至十顆。

隕石是起源於外太空，墜落在地面的固體碎片。它的來源是小行星或彗星，對地球的表面及生物都有影響。在它撞擊到地表之前稱為流星。

比太陽系還古老的隕石

二〇二〇年一月，宇宙化學家報告說，迄今為止，地球上發現最古老的物質是來自五十年前撞擊地球的默奇森隕石中的碳化矽顆粒。這顆默奇森隕石的質量超過一百公斤，而且內部富含有機化合物。利用銀河系宇宙射線的氖同位素定年法已確定這些碳化矽顆粒的年齡為七十億年，比四十五點四億年的地球與太陽系年齡大了約二十五億年[18]。使用同位素質譜儀測量在默奇森隕石中發現的嘌呤與嘧啶的碳同位素比，結果顯示這些化合物並非源自於地球。這個樣本顯示許多有機化合物可能由早期太陽系天體提供，並且在生命的起源中發揮關鍵作用[19]。

洛希極限（Roche limit）[20]是指第一個星體本身的重力和第二個星體對它所造成的潮汐力相等時，這兩個天體所相隔的距離就是洛希極限，所以當兩個天體的距離小於洛希極限時，第一個天體就會被扯碎而成為第二個天體的環。這個命名是根據計算出這個極限的法國數學天文學家愛德華．洛希（Édouard Roche）來命名。一些內部重力弱的星體如彗星，可能在經過洛希極限時化成碎片，比如蘇梅克列維九號彗星，它在西元一九九二年經過木星時裂成碎片，並且於西元一九九四年落在木星上。現時所知的行星環都在洛希極限之內，比如說土星環等等。

然而有些天然或人造衛星在它們所環繞星體的洛希極限內卻不致於成為碎片，那是因為它們的內部結構除了重力之外還有受到其他力，比如位於土星F環內側的土衛十六（馬鈴薯狀）和位於土星A環縫中的土衛十八（核桃狀），雖然距離小於洛希極限卻仍未成為碎片是因為它們內部的結構具有彈性。

失重狀態

當我們聽到國際太空站上面的太空人處於失重狀態，通常會直接聯想到太空人是處在一個沒有受到地球重力的環境下，這個想法是完全不對的。所謂的失重狀態並不是指沒有受到星球的重力，相反的，當一個人只有受到來自星球的重力時，這個人就是處在失重狀態。這說法聽起來似乎非常奇怪，讓我們來舉幾個例子。一個人站在地面時，可以明顯感受到自己的重量，因為他的腳會感受到來自地板支撐他全身重量的力量。這個狀態的他不是處於失重狀態，因為他不只受到地球的重力，還有地板給他的支撐

---

18 Heck, Philipp R.; Greer, Jennika; Kööp, Levke; Trappitsch, Reto; Gyngard, Frank; Busemann, Henner; Maden, Colin; Ávila, Janaína N.; Davis, Andrew M.; Wieler, Rainer. Lifetimes of interstellar dust from cosmic ray exposure ages of presolar silicon carbide. Proceedings of the National Academy of Sciences. 2020-01-13, 117 (4): 1884–1889.

19 Weisberger, Mindy. 7 Billion-Year-Old Stardust Is Oldest Material Found on Earth - Some of these ancient grains are billions of years older than our sun.. Live Science 2020-01-13. https://www.livescience.com/oldest-material-on-earth.html

20 Édouard Roche: "La figure d'une masse fluide soumise à l'attraction d'un point éloigné" (The figure of a fluid mass subjected to the attraction of a distant point), part 1, *Académie des sciences de Montpellier: Mémoires de la section des sciences*, Volume 1 (1849) 243–262. 2.44 is mentioned on page 258. (in French)

力。另外一個常見的例子就是你在一台電梯裡面，電梯加速向下時，你的腳會感受到支撐的力量變小，所以你會覺得自己的重量變輕。如果當電梯和你以自由落體的方式往下掉時，你就完全不會感受到電梯的地板給你的支撐力。假設我們忽略空氣阻力或是潮汐力，正在做自由落體的你就只有受到來自地球的重力，這時的狀態就是失重狀態。

總結來說，所謂的失重狀態就是當一個人感受不到自己的重量時，這個情況就稱為失重狀態。如果你正在地球表面做一個拋物線運動，那樣的狀態就是一種失重狀態。在愛因斯坦的廣義相對論裡，重力的效應被等價於時間空間的彎曲，所以當一個質點的運動過程只受到重力的影響時，它的運動軌跡就會是彎曲時空裡面的短程線（geodesics）。

失重狀態對人體有不好的影響。由於在地球上的人類經過演化，已經適應了有感受到重力的環境，所以失重條件下會產生骨質疏鬆等病症。食物要做成牙膏狀，吸入口中，以免食物殘渣到處漂浮，殘渣吸入鼻中或落在儀器上都會產生不良影響。失重狀態也可能使胎生動物包括人類無法正確地受孕，另外鳥類需要靠重力完成吞嚥動作。

第二章　北極雪之城堡

「為政以德，譬如北辰，居其所，而眾星拱之。」

《論語．為政》

北極星

「北極謂之北辰。」

《爾雅．釋天》

北極星（Polaris）[21]是一顆用來辨別方向的天體，是導航的重要指標，可應用於野外活動和航海活動中。在未有指南針之前，尤其是地中海附近的航海民族常透過觀察北極星來導航。目前的北極星是位

21星空帝國／徐剛、王燕平，楓樹林；天空地圖／愛德華—布魯克希欽，聯經出版社。

於小熊座內最亮的恆星勾陳一（小熊座α），它非常靠近天球北極（在西元二〇〇六年相距僅四十二角秒），是地球現在的北極星。勾陳一幾乎就在地球自轉軸定義的北極點正上方，因此在天空中幾乎是不動的點，所以當我們處於北半球觀測其他恆星時都看似繞著它旋轉。

不同時期的北極星：

北極星是指最靠近北天極的恆星，是北半球能見到的極星。由於歲差的關係，北極點在星空中會悄悄的移動，約兩萬六千年一個輪迴，因此不同時期的北極星是不同的。現在的北極星是小熊座α星（勾陳一）。距今四千八百年前，當時的北極星是天龍座α星。古希臘時代，北極星是小熊座β星。到西元二一〇〇年左右，目前的小熊座α和北極的夾角才會變成最小。到西元三十一世紀後，少衛增八（仙王座γ）將會成為北極星。在距今一萬四千年之後，天琴座α星（織女星）將成為北極星。

極光

在北極或南極的極區上空或接近高緯度的地區，我們時常會觀察到夜晚的天空中會出現一條青龍飛舞般的現象，稱之為極光（aurora）。極光形成的原因是因為從太陽表面會射出許多速度很快的正負電荷，我們稱之為太陽風（solar wind），這些太陽風射到地球時，會被地球的磁場牽引往南極或北極移動，當它射入大氣層並進入極地的高層大氣（高於八十公里）時，會與大氣中的原子分子進行碰撞並激發釋放能量，產生的光芒圍繞著磁極形成大圓圈，這就是極光產生的原因。當太陽磁暴發生時，在較低的緯度也可能會出現極光。

其它的行星也會產生極光，木星和土星這兩顆行星都有比地球更強的磁場，而且兩者也都有強大的輻射帶。從哈伯太空望遠鏡中也很清楚的看見土星與木星的極光。值得注意的是火星被認為沒有全域的磁場且大氣層也很稀疏，照理說應該不會產生極光，然而西元二〇〇四年的研究指出火星上也存在極光[22]。在西元二〇〇四年的八月十四日，火星快車號的SPICAM儀器觀測到火星上的極光，這是因為雖然火星沒有全域磁場但仍擁有局域的磁場。

另外，在太陽黑子極大量的期間或當太陽週期在日冕活動增加和太陽風強度增強的階段時，極光出現的頻率和亮度也會增加。極光最易出現的時期是春分和秋分之前，且春秋兩季出現頻率更甚夏冬。這是因為在春分和秋分兩節氣時地球位置與磁場交錯最甚。在極光的顏色方面，地球的極光主要有紅、綠二種顏色，主要是因為氮和氧原子被太陽風的帶電粒子所激發，分別發出紅色和綠色光。

---

22 *"ESA Portal – Mars Express discovers auroras on Mars". Esa.int. 11 August 2004. Retrieved 5 August 2010.*

范艾倫輻射帶是在地球附近的近層宇宙空間中包圍著地球的大量帶電粒子聚集而成的輪胎狀輻射層，由美國物理學家詹姆斯．范．艾倫發現並以他的名字命名。范艾倫帶粒子的主要來源是被地球磁場俘獲的太陽風粒子，這些帶電粒子在范艾倫帶兩轉折點間來回運動。當太陽發生磁暴時，地球磁層受擾動變形，而侷限在范艾倫帶的高能帶電粒子大量洩出，並隨磁力線於地球的極區進入大氣層，激發空氣分子產生美麗的極光。

莫比烏斯帶

試想我們將一條長紙帶頭尾黏接起來，在這條紙帶上的螞蟻走了一圈之後將可以回到出發點，但這隻螞蟻永遠不可能走到這圈紙帶的另外一面。如果我們將這一條紙帶旋轉半圈再將兩端黏起來後，我們會發現這隻螞蟻將可以走到另外一面，而且我們將無法分辨紙帶的內面與外面，這就是**莫比烏斯帶**（Möbius strip），是一種只有一個表面和一條邊界的曲面。莫比烏斯帶是一種很重要的拓撲學結構，是一個不可定向的二維緊緻流型（一個有邊界的面）可嵌入高維空間中，而且其歐拉示性數是零。它是由德國數學家、天文學家莫比烏斯[23]和約翰．李斯丁在西元一八五八年獨立發現的。

這個結構可以用一個紙帶旋轉半圈再把兩端粘上之後輕而易舉地製作出來。事實上有兩種不同鏡像的莫比烏斯帶，它們相互對稱。如果把紙帶順時針旋轉再粘貼，就會形成一個右手性的莫比烏斯帶，反之則得到左手性的莫比烏斯帶。莫比烏斯帶本身具有很多奇妙的性質。如果從中間剪開一個莫比烏斯帶，不會得到兩條窄的帶子，而是會形成一個把紙帶的端頭扭轉了兩次再結合的環（這並不是莫比烏斯帶），然後再把這個做出來的紙帶從中間剪開，就會變成兩個相扣的環。如果你把帶子的寬度分為三分，並沿著分割線剪開的話，會得到兩個相扣的環，一個是長度比另一個環短一半的莫比烏斯帶，另一個則是一個旋轉了兩次再結合的環。

美國物理學家費因曼[24]的女友跟他討論凡任何事物都像紙張一樣擁有不同的兩個面，後來費因曼馬上拿出了一張白紙做了一個莫比烏斯帶讓她的女友非常的驚喜。因為莫比烏斯帶永遠只有一面。

巴克球與富勒烯

西元一九八五年，英國化學家哈羅德・克羅托（Harold Kroto）博士和美國科學家理察・斯莫利

23 August Ferdinand Möbius, The MacTutor History of Mathematics archive. History.mcs.st-andrews.ac.uk. Retrieved on 2017-04-26

24 *Feynman's Rainbow: A Search For Beauty In Physics And In Life*

（Richard Smalley）、海斯（James R. Heath）、歐布萊恩（Sean O'Brien）和科爾（Robert Curl）等人在氦氣流中以雷射汽化蒸發石墨實驗中首次製得由60個碳組成的碳原子結構分子 C_{60}。富勒烯的主要發現者們受建築學家巴克明斯特·富勒設計的加拿大蒙特婁世界博覽會球形圓頂薄殼建築的啟發，認為 C_{60} 可能具有類似球體的結構，因此將其命名為巴克明斯特·富勒烯（buckminster fullerene），簡稱富勒烯（fullerene）。為此，克羅托、科爾和斯莫利獲得了西元一九九六年的諾貝爾化學獎[25]。自然界也是存在富勒烯分子的，西元二〇一〇年科學家們通過史匹哲太空望遠鏡發現在外太空中也存在富勒烯，或許外太空的富勒烯為地球提供了生命的種子。富勒烯和碳奈米管獨特的化學和物理性質以及在技術方面潛在的應用，引起了科學家們強烈的興趣，尤其是在材料科學、電子學和奈米技術方面。

富勒烯，也稱之為「巴克球」（buckyball），是一種完全由碳組成的中空分子，形狀呈球型、橢球型、柱型或管狀。富勒烯在結構上與石墨很相似，石墨是由六元環組成的石墨烯（石墨的孤立原子層）層堆積而成，而富勒烯不僅含有六元環還有五元環，偶爾還有七元環。在數學上，富勒烯的結構都是以五邊形和六邊形面組成的凸多面體。最小的富勒烯是 C_{20}，有正十二面體的構造（正十二面體的面由十二個正五邊形所構成，二十個頂點，三十個邊，十二個面，歐拉示性數為二）。通過質譜分析、X射線分析後證明，C_{60} 的分子結構為球形三十二面體，它是由六十個碳原子通過二十個六元環和十二個五元環連接而成，具有三十個碳—碳共價雙鍵的足球狀空心對稱分子，所以，富勒烯也被稱為足球烯。

氣凝膠

小說內文裡所提到的奈米矽碳混合凝膠是一種根據氣凝膠所想像出來的虛構物質。氣凝膠（Aerogel）[26]是由氣體取代液體在凝膠（是一種固體類似果凍的材料）中的位置製造而成。氣凝膠是一個廣泛的術語，用於談論自西元一九六〇年代以來在太空旅行中使用的非凡的材料，但是現在可以在工業中找到用途。氣凝膠不是具有設定化學式的特定礦物或材料，而是用於涵蓋具有特定幾何結構的所有材料。這種結構是一種非常多孔的固體泡沫，在幾奈米的分支結構之間具有很高的連通性。氣凝膠最著名和最有用的物理特性之一就是其令人難以置信的輕巧性。氣凝膠通常僅比空氣重十五倍，並且密度僅為空氣的三倍。可以說是密度極低的固體。

氣凝膠是優良的熱絕緣體，氣凝膠幾乎能阻絕由三種傳熱方式（熱傳導、熱對流、熱輻射）中的熱

---

25 Richard E. Smalley, Robert F. Curl, Jr., and Harold W. Kroto. Chemical Heritage Foundation. [2016-02-03]. Kroto, Harold W. C60: Buckminsterfullerene, The Celestial Sphere that Fell to Earth. Angewandte Chemie International Edition in English (Wiley-Blackwell). 1992, 31 (2): 111–129.

26 *"What is Aerogel? Theory, Properties and Applications"* https://www.azom.com/article.aspx?ArticleID=6499 *12 December 2013. Archived from the original on 9 December 2014. Retrieved 5 December 2014.*

傳導和熱對流。凝膠中空氣的成分比例至少佔百分之九十九點八以上，而空氣為熱的不良導體，故它們是好的熱傳導隔絕材料（不過金屬凝膠在作為絕緣體的用途時就不是那麼有效）。例如矽凝膠，由於矽也為熱的不良導體，其隔絕性能又更加良好了。就熱對流的方式而言，因為空氣無法跨越凝膠表面行對流作用，它們也是好的熱對流隔絕材料。一般的氣凝膠對熱輻射不起太大的作用。碳凝膠是好的熱輻射隔絕材料，因為碳元素在標準溫度下能夠吸收熱量轉移時散發的紅外線輻射，所以現今性質最好的氣凝膠是摻入部分碳元素的矽凝膠。

把蠟筆放在一塊氣凝膠上[27]，懸浮在本生燈的火焰上。氣凝膠具有出色的絕熱性能，並且保護蠟筆免受火焰侵害而融化。美國太空總署 NASA 使用氣凝膠在太空船星塵號上，用以捕捉維爾特二號彗星的塵埃顆粒。這些高速運動的微小塵埃顆粒遇到氣凝膠時，會被減速並且困在氣凝膠中。此外，NASA 還將氣凝膠使用在火星探測器的隔熱裝置。

第三章　賽洛克城

「當我絕望時，我會想起：在歷史上，只有真理和愛能得勝，歷史上有很多暴君和兇手，在短期內或許是所向無敵的，但是終究還是會失敗。好好想一想，永遠都是這樣。」

聖雄甘地

「數學，正確地看，不僅擁有真，也擁有至高的美。一種冷而嚴峻的美，一種屹立不搖的美。如雕塑一般，一種不為我們軟弱天性所動搖的美。不像繪畫或音樂那般，有著富麗堂皇的修飾，然而這是極其純淨的美，只有這個最偉大的藝術才能顯示出最嚴格的完美。」

數學家暨諾貝爾文學獎得主　伯特蘭·阿瑟·威廉·羅素

27 https://stardust.jpl.nasa.gov/tech/aerogel.html

「有物混成，先天地生。寂兮寥兮，獨立而不改，周行而不殆，可以為天下母。吾不知其名，字之曰道，強為之名，曰大。大曰逝，逝曰遠，遠曰反。故道大，天大，地大，王亦大。域中有四大，而王居其一焉。人法地，地法天，天法道，道法自然。」

老子 道德經第二十五章

「我想那會是場災難。外星生物很可能遠比我們先進。這座星球的歷史上，先進種族遇見較為原始的種族，結局都不是非常快樂，而且他們還是同一個物種。我想我們應該低調一點。」

史蒂芬·霍金

「科學不只是理性的信徒，也是浪漫與激情的一種。」

史蒂芬·霍金

第四章　蟄伏的羽翼

「從某種意義上來說，我認為宇宙的存在是有目的。宇宙並不是是偶然地存在。有些人會認為宇宙的存在就像是經過了某種運算的簡單存在，而我們只不過是湊巧發現了這件事。我不認為那是一個非常卓越或有用來看待我們宇宙的方式，我認為宇宙的存在有著更深層的知識需要我們去了解，然而目前為止我們所知十分有限。」

2020 年諾貝爾物理獎得主數學家羅傑・潘若斯

艾雪：當藝術遇上數學

這裡要介紹一位藝術家，他儘管沒有接受過正規的數學訓練，而且對於數學的理解很大部份是停留在直觀的層面，但是他的藝術作品裡卻充滿著數學以及奇幻的元素，甚至啟發了許多的數學家，例如西元二〇二〇年的諾貝爾物理學獎得主數學家羅傑・潘若斯爵士（Sir Roger Penrose）就曾經深受艾雪作品的啟發。

莫里茲·柯尼利斯·艾雪（Maurits Cornelis Escher 1898-1972）[28]是一位荷蘭藝術家，他的作品裡以不可能的結構而著名，例如昇序和降序、相對論以及他的轉型版畫，例如變態I、II和III，天空與水I或爬行動物等等。他的作品以數學物件和運用為特色，包括不可能的物件、對無限遠的探索、反射、對稱、透視、多面體的星狀結構以及雙曲線幾何和鑲嵌。

儘管艾雪認為自己沒有數學能力，但他與數學家喬治·波利亞（George Pólya），羅傑·潘若斯，哈羅德·科克塞特（Harold Coxeter）和晶體學家弗里德里希·哈格（Friedrich Haag）進行了互動，並做了有關鑲嵌細分方面的研究。

直到西元一九五四年，荷蘭以外的數學家只有寥寥少數幾位知道艾雪的工作。那年國際數學家大會（ICM）在阿姆斯特丹安排了艾雪的版畫展品[29]。當潘若斯訪問展覽時，他感到很有興趣且非常的驚訝。艾雪的作品相對論（Relativity, 1953）特別讓他感興趣。它以三角形排列顯示了三個重要的樓梯（還有一些較小的樓梯），有幾個人同時攀登或以不可能的方式降落，這違反了重力定律。潘若斯受到該畫的啟發找到了一個結構，它的部分是個體一致，但整體合在一起時卻是不可能的。回到英國後，他提出了他著名的潘若斯三角形（Penrose triangle）的想法，其中出現三個相互垂直的線連接而形成三角形。隨後，他的父親同時也是一位生物學家的萊昂內爾·潘若斯（Lionel Penrose）設計了一個「無盡的樓梯」，這是一個可以畫在紙上但是無法構造的物體。西元一九五八年數學家羅傑・潘若斯和他的父親共同發表了一篇論文—「不可能的物體：一種特殊的視覺幻覺」[30]。後來他們向艾雪發送了一份副本，艾雪進一步又用它們來製作版畫，一個類似永動機概念的《瀑布》作品和僧侶永無止境的上升和下降。

此外，艾雪還對數學上的莫比烏斯帶十分著迷，他的木刻版畫《莫比烏斯帶 II》（Möbius Strip II，1963 年）描繪了一群螞蟻永遠在物體的兩個相對表面上行進，我們可以看到它們永遠是單面的一部分。艾雪說：『無止盡的環形帶通常具有兩個不同的表面，一個內部表面，另一個外部表面。然而，在這條地帶上，九隻紅螞蟻彼此爬行，並從正面和反面穿過。因此，此帶只有一個表面。』

---

28 https://mcescher.com/

29 Schattschneider, Doris (June–July 2010). "The Mathematical Side of M. C. Escher". *Notices of the American Mathematical Society*. 57 (6): 706–18. http://www.ams.org/notices/201006/rtx100600706p.pdf

30 Penrose, L.S.; Penrose, R. (1958). "Impossible objects: A special type of visual illusion". *British Journal of Psychology*. 49 (1): 31–33.

偏振片

偏振片（Polarizer，或可稱為偏光片）指的是可以過濾光線，讓特定方向的光線通過的一種光學元件。光是一種電磁波，也是一種橫波。所謂的橫波就是傳遞波的介質或者是電場磁場的振動方向和波的行進方向垂直。偏振（polarization）是應用於橫波的一種屬性，用來指定振動的幾何方向。橫波中，介質的振動是在垂直於波行進方向的二維平面上，所以振動的行為模式可以是兩個獨立振動方向的各種疊加。我們可以用撥奏小提琴琴弦的振動模式來舉例，琴弦的振動有許多種不同的方式，如果我們琴弦的某一處放置一個中間有長縫隙的木條，這樣可以使通過木條的琴弦振動變成線偏振。對於縱波而言，例如聲波，由於介質的振動方向和波的傳遞方向平行，所以只有一個方向的振動模式，無法有偏振的特性。

重力波和無線電波等也有所謂的偏振現象。關於橫波的科學領域，偏振是重要的參數，特別是對於雷射、無線電、光纖電信以及雷達等技術的發展。偏振片早已應用於許多光學技術和儀器中，例如攝影和液晶顯示器（LCD）。除可見光外，偏振片還可用於其他類型的電磁波，例如無線電波、微波和X射線。

我們在觀看立體電影時，觀眾需要戴上一副眼鏡，這就是一對振動方向互相垂直的偏光片，其原理是我們必須用兩隻眼睛看物體才能產生立體感。如果用兩個鏡頭如兩隻人眼那樣，從兩個不同的方向同時攝下電影場景的像，製成正片。在放映時通過兩個放映機用振動方向互相垂直的兩種線偏振光重疊地放映到銀幕上，人眼通過上述的偏振眼鏡觀看，每隻眼睛只能看到相應獨立的一個圖像，就會產生出立體的感覺。

第五章　永生之書

耶和華吩咐他說：「園中各樣樹上的果子，你可以隨意吃，只是分別善惡樹上的果子，你不可吃，因為你吃的日子必定死！」

——《創世記》第2章

肖維洞窟

位於法國東南部阿爾代什省的**肖維洞窟**（Grotte Chauvet）[31]，因繪有上千幅史前壁畫而聞名於世，洞名肖維來自三名發現者之一的姓氏，這些壁畫經證實可追溯至距今三萬六千年前，為人類目前已知最早的史前藝術。洞穴位於阿爾代什省城市瓦隆蓬達爾克附近的一個石灰岩山崖上，在地底二十五公尺深，長約五百公尺，面積達九萬平方呎，該洞約在兩萬三千年前被碎石掩埋，直到西元一九九四年由三位法國探險家所發現，引起學界及考古界的極大震撼，被視為歐洲最早第一批人類文化。基於保護岩畫的需要，政府未開放公眾參觀遊覽，但是法國政府在附近地區建造了一個仿造的洞穴，裡面也有相同的複製壁畫，已經於西元二〇一五年四月二十五日向公眾開放。

肖維洞窟裡也展現了許多動物的圖像，如猛瑪象、野牛、馬、貓頭鷹、犀牛、獅子、豹、人類手掌等，其中還包括一些在其它冰河時期繪畫中很少或從未發現的物種。這些壁畫是史前人類利用紅赭石和黑色顏料繪畫而成。法國考古學家在肖維岩洞的壁畫中發現了描繪一隻有很多腿、頭以及尾巴的動物畫面。他們通過研究認為，這是表現史前人類移動場景的一種方式。壁畫創作的年代，驗證了進化論對人類進化的結論，推斷壁畫可溯至三萬年前，是在智人離開非洲，到達歐亞大陸之後，與考古學界的主流意見相符。

肖維洞窟是屬於歐洲舊石器時期的奧瑞納文化（Aurignacian），奧瑞納文化的半人類和半動物的作品構成了原始的想像作品，證明了原始人類將神話轉化為創造物的藝術才華。此外還有在德國發現由猛瑪象牙所製作而成的霍勒·費爾斯的維納斯雕像與另一個也是在德國的一個洞窟被發現的史前獅子人雕像（Lion-man of the Hohlenstein-Stade），這個獅子人雕像為獅子頭但人身的象牙雕像。具顯示該雕像比肖維洞窟的壁畫還要更早幾千年，這些也代表著史前人類能夠將動物的型態融入到人類的輪廓中，兩者的共同點是皆顯示了非真實存在的生物與混合基因的特色。

31 肖維洞窟網站 https://archeologie.culture.fr/chauvet/en

德雷克公式

有多少個外星文明可以被我們所發現？德雷克公式給了我們一個能夠估算外星文明的好主意。德雷克方程式（Drake equation）[32]是西元一九六一年在西弗吉尼亞州舉行的一次專家會議中，由法蘭克．德雷克所提出的。它估計了銀河系內可與我們通訊的外星文明的數量（N），恰好是恩里科．費米提出費米悖論的十年之後。法蘭克．德雷克自己也認為德雷克公式不太可能解決費米悖論，但它梳理了悖論相關的未知參量。德雷克方程式如下：

$$N = R_* \cdot f_p \cdot n_e \cdot f_l \cdot f_i \cdot f_c \cdot L$$

這裡的N是指銀河系內可能與我們通訊的文明數量，R_*是指銀河系內恆星形成的數量，f_p是恆星有行星的可能性。n_e是指每一顆恆星周圍所環繞的行星中，能夠發展出生命的行星平均數。f_l是指這些有條件出現生命的行星中，真正發展出生命的可能性。f_i是指演化出智慧生物的可能性，f_c是指該智慧生命能夠進行通訊的可能性。L是指智慧文明能對外界進行通訊的總時間，通常是該文明所存活的時間。

德雷克最初的估算是N介於二十到五千萬。然而由於一些不確定因素，當初的會議所得出的結論是

$N \approx L$，也就是銀河系中具有文明的行星大約是介於一千個到一億個數量之間。

公式中幾個重要的參數包括：星系中恆星形成的速率、有行星的恆星數量、適宜居住的行星數、發展出生命的行星數、發展出智慧生物的行星數、智慧生物能進行通訊的行星數，還有這種文明的預期壽命。最基本的問題在於最後四個參量（發展出生命的行星數、發展出智慧生物的行星數、智慧生物能進行通訊的行星數、文明的預期壽命）是完全未知。我們只有一個樣本（地球），所以不能進行有效的統計學估計。

西元二〇二〇年，諾丁漢大學的學者發表了一篇論文[33]，提出了「平庸原理」下的「天體哥白尼學說」原理，並推測其他類地行星上的智能生命將像地球上的一樣形成，因此在幾十億年之內，生命將自動進化為自然組成的部分。他們得出的結論是，銀河系中有三十多種當前的外星文明（不考慮誤差線）。

---

32 Drake, N. (30 June 2014). "How my Dad's Equation Sparked the Search for Extraterrestrial Intelligence". *National Geographic*. Retrieved 2 October 2016.

33 Davis, Nicola (15 June 2020). "Scientists say most likely number of contactable alien civilisations is 36". *The Guardian*. Retrieved 19 June 2020. https://arxiv.org/abs/2004.03968

費米悖論

在西元一九五〇年的一次非正式討論中，物理學家費米問道，如果銀河系存在大量先進的地外文明，那麼為什麼連飛船或者探測器之類的證據都看不到。如果生命是普遍存在的話，為什麼我們探測不到電磁信號？這個簡單的陳述就是費米悖論（Fermi paradox）。

幾個理論上的解釋：目前沒有其他外星文明的存在，或者說其它的外星文明還沒有崛起，地球殊異假說中闡述地球是特殊的，像地球、太陽系和我們位於銀河系的區域這樣擁有適宜複雜生命生存的行星、行星系統和星系區域是非常稀少的，也因此高等智慧生命並非如此輕易存在，這或許為費米悖論提供了一個答案。外星文明也許存在，但外星文明也許比地球文明落後，以至於還無法與人類溝通。另外也有可能是外星文明故意不回答人類的訊息。他們已經與人類接觸了，但它們存在於更高的維度人類無法察覺。外星人只與適合的人類接觸，雖無意隱藏但也無意推廣。

人擇原理

「我真正感興趣的是上帝在創造宇宙的過程中是否有任何選擇的餘地？」

艾伯特・愛因斯坦

什麼樣的宇宙年齡，什麼樣的宇宙常數能讓有意識的生命存在？地球是特殊存在的嗎？那麼人類的存在又具備特殊地位嗎？為什麼物理學的基本定律採用我們觀察到的特定形式，而不是另一種形式？關於這些疑惑早在西元一九〇四年生物演化學家阿爾弗雷德・羅素・華萊士（Alfred Russel Wallace）就預言了人擇原理：『為了產生一個在每個細節上都精確地描述人類生命且有序發展的世界，我們所存在其中這個龐大且複雜的宇宙需要有許多條件的限制。』西元一九五七年，天文物理學家羅伯特・迪奇（Robert Dicke）寫道：『宇宙現在的年齡並不是隨機的，而是受生物存在的因素所限制。如果改變了物理學基本常數值將會排除人類可以存在去思考這個問題。』[34]

34 Dicke, R. H. (1957). "Gravitation without a Principle of Equivalence". *Reviews of Modern Physics*. 29 (3): 363–376. *Dicke, R. H.(1961). "Dirac's Cosmology and Mach's Principle". Nature. 192(4801): 440–441.*

「人擇原理」（Anthropic Principle）一詞首先出現在布蘭登．卡特（Brandon Carter）在西元一九七三年紀念哥白尼五百週年的會議中。哥白尼原理（Copernican Principle）認為人類在整個宇宙中並沒有居住在特殊的位置，卡特是一位劍橋理論天體物理學家，他對哥白尼原理作出了明確的回應[35]。他說：『儘管我們居住的位置不一定處於宇宙中心的地方，但不可避免地人類在某種程度上還是享有特權。』更清楚地來說，卡特不同意使用哥白尼原理去闡明「完美宇宙學原理」（Perfect Cosmological Principle）。完美宇宙學原理的概念是宇宙大尺度的空間和時間是各向同性且均勻，而且這個原理是穩態宇宙（the steady-state universe）理論的基礎。然而穩態宇宙因為西元一九六五年宇宙微波背景輻射的發現而被證明是錯誤的。宇宙背景輻射的發現是明確的證據，表明宇宙隨著時間的推移發生了根本性的變化（例如，通過大爆炸產生）。

卡特定義了兩種人擇原理，分別是弱人擇原理和強人擇原理。所謂的弱人擇原理僅僅關於人類在宇宙中的特殊時空的位置，而強人擇原理則是牽涉到物理學基本常數的值。羅傑．潘若斯（Roger Penrose）對弱人擇原理進行如下解釋：該論點可以用來解釋為什麼這些條件正好適合目前地球上智能生命的存在。因為如果他們不正好正確的話，那麼我們不應該發現自己在這個時間存在在地球上，而是在其他某個合適的時間。卡特和迪奇非常有效地利用了這一原理，解決了困擾物理學家很多年的問題。這個問題涉及到在物理常數（重力常數，質子質量，宇宙年齡等）之間保持著各種驚人的數值關係。令人費解的是，某些關係僅在地球歷史的當前時期才成立，因此這說明我們似乎生活在一個非常特殊的時期。卡特和迪克隨後對此進行了解釋，因為這一時期與所謂的主序恆星（例如太陽）的壽命相吻合。在任何其它的時期，那裡將沒有智能生命來測量我們所討論的物理常數，也因此人類存在的巧合必須成立，因為僅在巧合確實存在的特定時間才是有智能生命的存在！[36]

人類起源

達爾文的演化論認為人類是起源於類人猿，人類是從靈長類動物經過漫長的演化過程一步步發展而來，而經過近兩百年的各種科學驗證，這個理論獲得了絕大多數生物學、地質學、人類學與考古學家的支持，但同時這一理論至今仍然受部分基督教信仰者的反對，另外還有一些認為源自外星生命者的反對。

35 *Carter, B. (1974). "Large Number Coincidences and the Anthropic Principle in Cosmology". IAU Symposium 63: Confrontation of Cosmological Theories with Observational Data. Dordrecht: Reidel. pp. 291–298.*; republished in General Relativity and Gravitation (Nov. 2011), Vol. 43, Iss. 11, p. 3225-3233, with an introduction by George Ellis

36 *Penrose, R.(1989). The Emperor's New Mind. Oxford University Press. ISBN 978-0-19-851973-7.* Chapter 10.

人類起源有兩種理論，第一種是起源於非洲，第二種是起源於多個區域。人類大約是在兩百三十萬到兩百四十萬年前的非洲從南方猿人屬分支出來。在距今五百萬到七百萬年之間人類是與黑猩猩的共同祖先分支而來，而後又演化出若干種人屬與亞種，包括直立人與尼安德塔人。智人大約是在距今二十五萬到四十萬年前所演化而來。根據解剖學關於現代人類的起源主流說法是人類是源自於非洲，這個假說主張智人起源於非洲並在五萬年到十萬年前遷移出非洲大陸，人類的單一起源說獲得了ＤＮＡ研究的強力支持[37]。而另外一種人類起源於多個區域的假說[38]則主張有些研究表明蒙古人種在遺傳特徵上有其明顯的獨特性，並認為其起源與非洲起源說有所衝突。該學說同樣認為人類起源於非洲，只不過賦予了基因交流更加重要的地位，與單地起源說不同的是，單地起源說認為現代人的起源是晚近的，約五萬年前走出非洲的人完全取代了其他地區的人類，現代人作為一個物種是約五萬年前出現的，而多地起源說認為現代人的起源可以追溯到更早的時期，約兩百萬年以來的所有人類都屬於同一個物種，現代人只是這同一物種下的一個群體，五萬年前走出非洲的人並沒有完全取代其他地區的早期人類（這些早期人類也是非洲起源的）而是與早期人類有基因交流共同塑造了現代人類。該學說有化石證據、考古證據和部份基因證據支持，支持該學說的學者認為人類演化比單地起源說所認為的簡單的「完全取代」模型更為複雜。

生命的演化並不容易更況是演化出高等智慧的人類，若把地球誕生至今的這段日子當成一年，雖然三月可能已經有微生物，但要到十一月的第三個星期最簡單的魚類才出現。而人類所存在地球誕生至今的時間只有佔據一年裡的最後一分鐘。目前的學術界均支持演化論的真實性，認為人類是從外星文明而來或其它種說法均不獲得科學上的支持。

外星生物創造論或外星人複製論，是指地球及地球生物或文明是由古代外星人所創造出來。這些假說除了常出現在科幻想說和新興宗教外，亦有科學家研究這種假說的可行性。從科學角度而言，不能全盤否定外星生物創造論的價值。從科學的角度而言，外星生物確實有可能在地球上創造新的物種，並在地球上建立文明。就拿人類來說，人類目前已經運用基因工程、複製等生物工程創造了不少自然界原本不存在的生物。從理論上來說，人類有可能用生物工程的方法創造全新的物種，因此對這些全新的物種而言，人類就成為「造物主」。同樣的道理，地球上的人類也有可能是外星生物創造的。

著名的外星生物創造論有雷爾運動（Raëlianism）[39]等，其中雷爾運動宣稱得到外星人啟示，希伯來人誤譯舊約聖經的耶洛因（Elohim）為上帝，那個意思是「來自天空的人們」，而這群外星人於兩萬

---

37 Out of Africa Revisited – 308 (5724): 921g – Science. Sciencemag.org. 2005-05-13 [2009-11-23]. Stringer C. Human evolution: Out of Ethiopia. Nature. June 2003, 423(6941): 692–3, 695.

38 Wolpoff, M. H.; Spuhler, J. N.; Smith, F. H.; Radovcic, J.; Pope, G.; Frayer, D. W.; Eckhardt, R.; Clark, G. Modern Human Origins. Science. 1988, 241 (4867): 772–74

39 雷爾運動 https://rael.org/

五千年前在地球上以基因生物技術創造了人類，因此有夏娃出自於亞當之說。迄今，外星生物創造論並無任何公認的證據支持。然而憑藉諸如古文明的巨大遺蹟或超越大眾常識認知的古代技術等事物連結到各式推論或假設情節，令相關外星傳說長久在坊間或科幻小說中流傳。

碳十四計年法

在自然界中，碳存在兩種穩定且無放射性的同位素，即碳十二和碳十三，另外碳還有一種放射性的同位素碳十四，又被稱為「放射性碳」。碳十四計年法（carbon-14 dating）又稱為放射性碳定年法，是一種利用碳的同位素碳十四的放射性來對含有有機物質的物品進行年代測定的方法。這個方法對於考古學有非常大的幫助。

這個方法是由美國芝加哥大學化學家威拉得．利比（Willard Frank Libby）所發明並將結果發表於西元一九四九年的《科學》雜誌上[40]，也因此利比於西元一九六〇年獲得諾貝爾化學獎。這種方法主要是基於大氣中的氮和宇宙射線的反應不斷在大氣中產生放射性碳（碳十四），這些碳十四與大氣中的氧結合形成具有放射性的二氧化碳，又透過植物的光合作用進入生物圈，然後再被動物進食攝入體內，故此所有的生物終其一生都不斷地與大自然交換著碳十四，直至死亡。這個交換在死後會停止，碳十四的含量就會透過放射衰變逐步減少。碳十四的半衰期（所謂的半衰期就是給定某個數量的碳十四中，一半的數量發生衰變所耗費的時間）大約是五千七百三十年，可以透過測量死去動植物樣本的碳十四含量，例如一塊木頭或者一段骨頭，就可以利用半衰期的計算推算出動植物死亡的時間。樣本越古老，可檢測到的碳十四含量就越少。生物死亡後會停止攝入碳十四。然而，在原生物體內的碳十四會繼續衰變，導致碳十四和碳十二的比值降低。透過這一比值和已知的碳十四半衰期得知的碳十四減少量（樣本越老，碳十四就越少），最後就可以推得此生物的死亡時間。

碳十四計年法可應用於考古學上的時間爭議如死海古卷、都靈裹屍布等等，另外也可用於地質學岩層的考究上。

---

40 *Arnold, J.R.; Libby, W.F. (1949). "Age determinations by radiocarbon content: checks with samples of known age". Science. 110 (2869): 678–680.*

波茲曼的大腦

「提出真相，寫清楚，捍衛你的最後一口氣。」

路德維希・波茲曼

「在這裡，我們有一個封閉的一致性圈：物理定律產生復雜的系統，這些複雜的系統導致意識，然後產生數學，然後可以以簡潔而啟發性的方式編碼產生它的物理基本定律。」

數學家　潘若斯（R. Penrose）

有沒有可能複雜的宇宙就是一個具有意識的大腦呢？有沒有可能自我意識的存在是來自於熵的漲落呢？熱力學與統計力學的奠基者奧地利物理學家波茲曼（Ludwig Boltzmann, 1844-1906）曾經提出一個根據熱力學第二定律[41]所做的物理思考實驗。如果已知的低熵態宇宙是來自於熵的漲落，那麼漲落中也應該會出現許多低熵的自我意識，因為我們知道宇宙誕生的早期無序程度較低，意識的確是有可能產生的，宇宙中一個由熵的漲落而形成的孤單大腦被稱為波茲曼大腦。這個議題緣起於波茲曼在西元一八九六年[42]發表的一個理論：被觀測的宇宙總會處於幾乎是不可能的高度不平衡狀態，因為只有這樣的狀態隨機出現後，大腦才能得以存在以便觀察宇宙。而對於波茲曼的「波茲曼宇宙」假說有這樣一種批判：熱力學漲落最普遍的情況總體上來說都是儘可能接近平衡態的；因此，不管以什麼合理的準則判斷，在波茲曼宇宙中，存在於空洞宇宙中的「波茲曼大腦」的可能性會遠遠超過現實宇宙中所存在的人類大腦。

波茲曼大腦對宇宙學的影響：

大約於西元二〇〇二年，波茲曼大腦在其它領域再次被重新提起。一些宇宙學家開始思考，在許多現有的關於宇宙的理論中，當前宇宙的人腦要遠遠多於未來宇宙中和我們完全相同的感知的波茲曼大腦。這樣的觀點就導出了一個荒謬的結論：在統計學上，我們本身就很有可能是波茲曼大腦[43]。這種歸謬法論證時常用來反駁某些宇宙理論，而應用到最近的理論如多重宇宙論中則使得波茲曼大腦爭論成為一個尚未解決的宇宙學測量問題。波茲曼的大腦仍然是一個思想實驗，物理學家並不相信人類實際上是波茲曼的大腦，而是將這個思想實驗用作評估科學理論的工具。

41 熱力學第二定律指出封閉系統中熵只會永遠保持不變或者是隨著時間而增加。
42 Ludwig Boltzmann, *On Certain Questions of the Theory of Gases* (Nature, Feb 28, 1895, p413)
43 http://albrecht.ucdavis.edu/special-topics/inflation-arrow-time

所以我們會是波茲曼大腦的存在嗎？

波茲曼大腦是具有自我意識的假想虛構實體，比起整個宇宙，波茲曼大腦更可能出現，而這個想法突顯出熱力學的一個悖論。根據物理學家的工作，自然界中的隨機量子波動更有可能創造出比令我們震撼的宇宙中更簡單的事物，例如：一個自我意識的實體，認為它是一個充滿人，歷史以及特定的物理學。但是這樣的一個人，假設你只是充滿了所有的知識和經驗，因為通過創造你的波動使你成為那樣，除了你的自我意識之外，這裡什麼都沒有[44]。這樣類型的實體被現代物理學家安德里亞斯．阿爾布雷希特（Andreas Albrecht）和洛倫佐．索博（Lorenzo Sorbo）稱為「波茲曼大腦」。他們沒有聲稱這種大腦確實存在，而是用這種思想指出了將熱力學波動的思想推廣到某種程度的荒謬性和局限性。

波茲曼大腦也曾被批評為經驗上無法被證明的哲學悖論。加州理工學院的理論物理學家肖恩．卡洛爾（Sean Caroll）在他二〇一七年的論文《波茲曼大腦為什麼不好》中稱它們為「認知上的不穩定（cognitively unstable）：它們不能同時真實且有理由相信」[45]。他認為，因為形成波茲曼大腦所需的時間比目前宇宙的年齡還要長，但這些波茲曼大腦認為它發現了自己存在於較年輕的宇宙中，這表明如果我們真是波茲曼大腦的話，那麼代表記憶和推理過程將是不可信的。

在一次採訪中，林德博士（Dr. Linde）將這些波茲曼大腦描述為輪迴的一種形式[46]。他認為在永恆的過程中，一切皆有可能。在遙遠的將來再度發生大爆炸之後，他說：『您自己有可能會重新出現。最終，您將與桌子和計算機一起出現。但更有可能的是，您將被重新轉世為孤立的大腦，而沒有恆星和星系的包袱，就可能性而言，這個情況是更為容易的。』

44 Are you a Boltzmann Brain? Why nothing in the Universe may be real, Paul Ratner, 21 October, 2018 https://bigthink.com/surprising-science/boltzmann-brain-nothing-is-real?rebelltitem=3#rebelltitem3

45 Why Boltzmann Brains Are Bad, Sean M. Carroll, Feb 6 2017 https://arxiv.org/pdf/1702.00850.pdf

46 "Big Brain Theory: Have Cosmologists Lost Theirs?", Dennis Overbye, *The New York Times*, 15 January 2008 https://www.nytimes.com/2008/01/15/science/15brain.html

第六章　巨石圓陣之謎

「要記得抬頭仰望星空，別低頭俯視著自己的腳步。保持好奇心，試著弄清楚你所看到的並懷疑什麼使得宇宙存在。無論生活看起來多麼艱難，總有一些事情可以做，並且有機會可以成功，重要的是你不要放棄。」

史蒂芬．霍金

克萊因瓶

就像莫比烏斯帶一樣，克萊因瓶（Klein bottle）是不可定向的。與其說克萊因瓶是個瓶子，還不如說它是個沒有定向的平面。克萊因瓶是一個封閉的二維曲面，也就是說它沒有邊界。莫比烏斯帶可以嵌入到三維或更高維的歐幾里得空間，克萊因瓶只能嵌入到於四維或更高維空間。換句話說，如果要完整地畫出克萊因瓶，必須要在四維以上的空間才可以辦到，由於我們受限於三維空間的感知，只能藉由數學的抽象方法來理解它。

克萊因瓶是在三維空間中數學上沒有體積沒有方向性的二維面，沒有內部與外部之分。在數學領域中，克萊因瓶是指一種無定向性的二維平面，沒有「內部」和「外部」之分。在拓撲學中，克萊因瓶是一個不可定向的拓撲空間，最初由德國幾何學家菲立克斯．克萊因提出。

要想像克萊因瓶的結構，可以試想一個紅酒瓶底部有一個洞，現在延長瓶子的頸部，並且扭曲地進入瓶子內部，然後和底部的洞相連接。這和我們平時用來喝水的杯子不一樣，這個物體不存在一維邊界，所以它的二維面不會有邊界。另外一種沒有邊界的二維面是球面，但是它和球面有一個非常不同地方就是球面區隔出了三維空間的內部和外部，而克萊因瓶則是沒有內外的區隔，因此這代表一隻蒼蠅可以從瓶子的內部直接飛到外部而不用穿過表面。

在三維空間裡面所製作出來的克萊因瓶是可以裝入水的，這主要是受限於三維空間裡無法完整的表達出克萊因瓶的數學性質。如果在四維空間裡所製作出來的克萊因瓶是無法裝水的，因為數學上這個二維封閉面的瓶子本身沒有體積，所以怎麼裝水也裝不滿。克萊因瓶最大的神奇之處在於它的底部有一個洞口，無論你用什麼方式將水注滿，它都沒有辦法永遠留在裡面，就像是沙漏一樣，終究會一點一滴地流失掉。

國家圖書館出版品預行編目（CIP）資料

佛多與波特的奇幻冒險．二部曲：雪之城堡的詭計／王志宏，吳育慧作．-- 初版．-- 臺中市：時空研究書苑，2021.05
面；　公分

ISBN 978-986-98171-1-0（平裝）

863.596　　110004598

佛多與波特的奇幻冒險

二部曲：雪之城堡的詭計

作　　者：王志宏、吳育慧
封面設計：絞腦汁專賣店
封面繪圖：林孟嬌
封面排版與文字：劉瑞
校　　稿：羅雪琪
內頁排版：葉欣玫
排版與印刷：中原造像股份有限公司
總 編 輯：吳育慧
出 版 社：時空研究書苑 Spacetime bookshop
商　　標：時空研究學苑 Spacetime Academy ®
代 理 商：白象文化事業有限公司
401 台中市東區和平街 228 巷 44 號
電話：（04）2220-8589　　傳真：（04）2220-8505
時空研究書苑、時空研究學苑網址：
https://spacetime.academy/
https://www.facebook.com/space.time.academy/
https://www.facebook.com/spacetimebookshop/
初版第一刷
頁數：384 頁
定價：480 NT
出版日期：2021 年 05 月

SPACETIME BOOKSHOP

獻給每位愛看故事的小孩

SPACETIME
BOOKSHOP

獻給每位愛看故事的小孩